遠日奇談

椹野道流

white heart

講談社X文庫

目次

物紹介

●天本《あまもと》　森《しん》

　二十七歳。デビュー作をいきなり三十万部売ったという、話題のミステリー作家。だが、それは表向きの顔であり、じつは霊障《れいしょう》を扱う「組織」に属する追儺師《ついなし》。彫像のような額に該博《がいはく》な知識を潜《ひそ》め、虚無的《きょむてき》な台詞《せりふ》を吐《は》くことも多いが、その素顔は温かい。

　敏生《としき》に惹《ひ》かれる自分に戸惑いながらも、どこまでも彼と共にあることを決意している——。

●琴平敏生《ことひらとしき》

　十九歳。植物の精霊《せいれい》である母が禁を犯《おか》して人とのあいだにもうけた少年。身体《からだ》を流れる半分の精霊の血によって、常人には見えぬもの、聞こえぬ音を見聞きする。母の形見《かたみ》ともいうべき水晶珠《すいしょうだま》の力を借りて、草木の精霊の守護と古《いにしえ》の魔道士《まどうし》の加勢《かせい》を受けている。「裏の術者」である天本の助手として、「組織」に所属。天本がいなくては生きてはいけない。

登場人

●河合純也《かわいすみや》

「表の術者」。駆《か》けだしであったころの天本の師匠。通称「添《そ》い寝屋《ねや》」。その名のとおり、添い寝をすることによって妖《あやか》しを見切り、封じる。眼鏡《めがね》に隠された容貌は、意外と端正。

●小一郎《こいちろう》

天本の使役《しえき》する要《かなめ》の「式」で、天本に従う式神《しきがみ》どもの束《たば》ねの役を負う。物言いは古風だが、妖魔《ようま》としては若い。羊《ひつじ》の形の人形に憑《よ》っているが、顕現する際は青年の姿をとる。

●龍村泰彦《たつむらやすひこ》

天本森の高校時代からの友人で、現在、兵庫県下で監察医《かんさつい》の職にある。屈託《くったく》ない気性の大男で、豪快《ごうかい》な視点と率直な言動、かつ無闇《むやみ》と派手な服装とが、その特徴である。

●早川知足《はやかわちたる》

「組織」のエージェント。長年、天本と渡りあっている、結構な食わせ者。本業は外国車メーカーの販売課長。その如才《じょさい》なさと仕事の速さには、天本も一目置いている？

イラストレーション／あかま日砂紀《ひさき》

石の蛤《はまぐり》

1

氏名、龍村泰彦《たつむらやすひこ》。

年齢、二十九歳。

職業、医師。兵庫県《ひょうごけん》常勤監察医。Ｋ大学医学部法医学教室非常勤講師。

独身。恋人、なし。

前科・賞罰、なし。

ＴＯＥＩＣ、７８３点。


……今の僕自身のプロフィールを簡潔に記すなら、こういうことになるだろうか。

「何だか、つくづくつまらんな、僕の人生ってやつは。これではまるで、平々凡々じゃないか！」

僕は書きかけの原稿用紙の上にボールペンを放《ほう》り投《な》げ、椅子《いす》に深々ともたれて大きな溜《た》め息《いき》をついた。

僕がＫ大学の定期刊行冊子《さっし》のために原稿を依頼されたのは、一か月も前のことだった。今でこそ非常勤講師だが、Ｋ大学は僕の出身校であり、常勤監察医を辞《や》めたら、ここに帰ってくるつもりでいる。今でさえ、非常勤講師担当の日は、こっちに入り浸《いびた》って、実験だの何だのをやっているのだ。大学からの頼みを無下《むげ》に断るわけにはいかない。原稿といっても、四百字詰め原稿用紙十枚以内のエッセイのような軽いものでいいのだと聞き、僕は、二つ返事でその依頼を引き受けた。

迂闊《うかつ》だった。

安請《やすう》け合《あ》いは、やはり禁物だ。せめてテーマを聞いてから、返事をすべきだった。と、後悔しても、もう遅いのだ。締め切りはとうに過ぎているし、つい昨日も編集委員から、催促《さいそく》の電話がかかってきた。

いくら何でも、そろそろ何とかしないとまずいことになりそうだ。教室まで取り立てに来られでもしたら、また教授殿にお小言《こごと》を頂戴《ちょうだい》してしまう。

危機感に迫られた僕は、今朝から仕事を放《ほう》り出《だ》して原稿用紙に向かった。ところが、午後になってもまだ一行たりとも書けていない。

そんなにも僕を悩ませている原稿のテーマ。それは、「私の人生を変えたあの出来事」である。

つまり、先方の希望としては、僕が法医学者を志したきっかけを軽いエッセイ仕立ての読み物にしろと、どうもそういうことらしいのだ。

依頼はクリアで、難しいことは何もない。

基礎系医学に身を置いている以上、文章を書くこと自体は決して苦手な作業でも特別なことでもない。書いた論文の総重量で出世のスピードが決まるとさえ言われるこの業界では、何もないところから立派らしいペーパーをでっち上げる才能が自然と身についてくる。

今回の原稿なぞは、何かをでっち上げる必要すらない。本当のことを、思うがままに書き散らかせばそれでいいのだ。

それが何故《なぜ》、こうまで書けない？　お前は馬鹿か、龍村泰彦！

書けない理由はわかっている。わかっているが、敢《あ》えてそう自分に問いかけてみたその時……。

「龍村先生、実験室のほうにお電話ですけど」

教室の扉を半開きにして上半身を覗《のぞ》かせたのは、うちの教室の紅一点、大学院生の中原《なかはら》真理子《まりこ》であった。実験を中断させてしまったのだろう、何だか少し怒ったような顔をしている。

「誰から？」

「ええと、かまもと、だか、いえもと……だか、そんな名前の人」

「何だそりゃ。窯元《かまもと》にも家元《いえもと》にも網元《あみもと》にも知り合いはおらんぞ。相手の名前くらいしっかり聞いとけ」

軽口のつもりで言ったのだが、癇性《かんしょう》の真理子の眉《まゆ》はみるみる吊《つ》り上《あ》がる。

「私は先生の電話番じゃありません！　とにかくさっさと出てくださいっ」

バタン！　と、荒々しく扉は閉められた。

やれやれ、姫はすこぶるご機嫌《きげん》斜めらしい。「セクハラだ！」と叫ばれなかっただけマシか……と、僕はしぶしぶ席を立った。

「もしもし、お待たせしました、龍村ですが。……何だ、お前か」

相手が誰だかわかるなり、僕はよそ行き口調をポイと捨て、ぶっきらぼうに言った。

「若い女性でなくて残念だったな」

負けず劣らずの無愛想《ぶあいそう》な返答をよこした声の主は、高校時代からの友人、天本森《あまもとしん》であった。

つきあいも十年を越えると、お互い社交辞令や時候の挨拶《あいさつ》といった面倒くさいものにはかまわなくなるものだ。それでも天本は、いちおう詫《わ》びらしき言葉を口にした。

「仕事中に邪魔して悪いな、龍村さん。あんた今、忙しいか？」

「死ぬほど忙しい……と言いたいところだが、そうでもない。どうした？」

「べつに何でもないが、たまたま近くに来る用事があってね。実は今、大学前の公衆電話からかけているんだが、暇《ひま》なら少し出てこないか？」

「ああ、いいとも。すぐ行く」

僕は二つ返事で承知した。いい気分転換になりそうだと思ったからだ。

白衣を脱ぎ捨てていそいそと出ていこうとする僕を、真理子は何か言いたげな三白眼《さんぱくがん》で見上げた。が、かまわずその横を通り過ぎた。背中に冷たい視線が突き刺さるのを感じつつ、実験室を出ていく。

どうせ僕が出ていったらすぐ、教授にご注進《ちゅうしん》に及ぶつもりだろう。若いくせに姑《しゅうとめ》じみた女だ。

（どっちにしても、今日は仕事をするような気分じゃない。解剖も入ってない。いてもいなくても同じことさ）

心の中でそんなふうに言い訳して、僕は教室を後にした。


十月にしては暖かい、よく晴れた日だった。

天本は、正門を出てすぐの電話ボックスの前に、腕組みして立っていた。近づいていく僕を、眩《まぶ》しげに目を細めてじっと見ている。

すらりとした長身、日射《ひざ》しを受けて輝く艶《つや》やかな黒髪、一目で白人の血が混じっていることがわかる、彫りの深い端正な顔立ち。

ダークグレイのスーツという黒っぽい服装も手伝って、そこだけが周囲から切り離されたモノトーンの世界を創《つく》り出《だ》しているように見える。

こうして会うのは数か月ぶりだが、天本は十年一日、少しも変わらない。軽く耳にかかるくらいの長さに整えた髪型などは、高校時代からの定番《ていばん》である。

「よう」

僕が目の前に立ってそう言うと、彼はゆっくりとボックスから離れて腕組みを解いた。

わずかに微笑して、それで無沙汰《ぶさた》の挨拶《あいさつ》はおしまい。決して無口なわけではないが、この男の場合、「目は口よりものを言う」のである。

それに、整いすぎて酷薄《こくはく》な感じさえする彫像のごとき白い顔も、ほんの少し笑っただけで急に人間味を増すから不思議《ふしぎ》だ。

「こんにちは、龍村先生」

突然、天本の陰からピョコンと跳び出してきた元気な声と顔に、僕は驚いて目を見張った。

それは言うまでもなく、天本の助手……というより、そろそろ公私共におけるパートナーと言うほうが正しいかもしれない、琴平敏生《ことひらとしき》君だった。

「おお、琴平君もいたのか！　天本に隠れて、全然気づかなかったぞ」

「吃驚《びっくり》させようと思って。天本さんの背中大きいから、上手に隠れられたでしょう」

琴平君は、得意げにニコニコ笑いながら、僕の顔を見上げる。もう二十歳《はたち》になろうというのに、いつまでも少年そのものの可愛《かわい》らしさを失わない。

「今日は、珍しくおめかしじゃないか、どうしたんだい？」

パーカとジーンズが定番《ていばん》の琴平君が、今日はネクタイこそしていないものの、ジャケット着用だ。おそらく天本の見立てなのだろう。シンプルなモスグリーンのブレザーはよく似合っているが、着慣れない様子は否《いな》めない。

「こいつときたら、あんたに会うかもと言ったら、俺の仕事に無理やりついてきたんだよ。人に会う以上、いつもの格好では不都合《ふつごう》だからな。無理やりドレスアップさせた」

琴平君の代わりにそう答え、天本は口元に軽い笑みを浮かべた。

「しばらくぶりだが、元気そうだな、龍村さん」

「おう。僕は元気だぜ。お前たちも変わりないか？」

僕の言葉に、天本は軽く頷《うなず》き、こう言った。

「俺も敏生もこのとおりだよ。……昼飯は？」

僕は彼を呼び捨てにするが、彼のほうは僕を「龍村さん」とさんづけで呼ぶ。僕が彼より一つ年上だからだ。親友と呼べるほど近しい間柄になってからも、それはまったく変わらない。そういうところには、妙に律儀《りちぎ》な男なのだ。

「食った。お前たちは？」

「俺の仕事の相手とすませたよ。だったら、駅前に行こうか。確か、ハーゲンダッツがあったろう」

「ハーゲンダッツ？」

僕は思わず目を剝《む》いた。

「ハーゲンダッツ！　久しぶりだなあ」

琴平君は、嬉《うれ》しそうに目を輝かせる。やれやれ、甘党《あまとう》コンビは健在らしい。僕ひとりだけが、言うだけ無駄《むだ》の文句を言う。

「おいおい、十月に、大の男が三人してアイスクリームか？　……まあ、琴平君は大きくないが」

「いいじゃないか。喫茶店の不味《まず》いコーヒーに四百円も払うくらいなら、旨《うま》いアイスクリームをダブルで食うほうがずっとましだ。幸い今日は天気もいいし気温も高い。絶好のアイスクリーム日和《びより》だよ、龍村さん」

そうだった。普段《ふだん》は煙草《たばこ》も吸わず、大酒も飲まず、ましてや賭《か》け事《ごと》などもってのほかのこの男の唯一の悪癖《あくへき》とも言えるのは、「鬼のような甘い物好き」なのだ。

「……いいさ。そういやお前は学生時代から『三度のメシよりおやつが好き』だったもんな」

「言い得て妙だね」

天本はにこりともせずに頷《うなず》いた。


十五分後。

燦々《さんさん》と陽光溢《あふ》れるガラス張りの店内で、僕たちはアイスクリームをつついていた。

(こんなところを大学の連中に見られたら嫌だよなあ)

そんな居心地の悪さはあっても、うっすらと汗ばむような今日の陽気に、ひんやりと甘《あま》いバニラアイスクリームは気持ちよく喉《のど》を潤《うるお》してくれる。

「で、お前の仕事ってのは何だったんだ？」

僕が訊《たず》ねると、天本はカップについたアイスクリームを大事そうにこそげながら答えた。

「次の小説の取材だよ。このあたりが舞台になるんだ」

「……というと、次は時代物か」

「そう」

「で、主役は高山右近《たかやまうこん》だな、キリシタン大名の」

「ご名答。さすがだね、龍村さん」

「凄《すご》い。龍村先生って物知りなんですね。僕、その高山なんとかって人、名前も聞いたことなかったですよ」

琴平君は、感心したようにそう言った。

「僕だって、名前だけしか知らないさ。高校の日本史の授業でチラッと聞いたのを、かろうじて覚えているだけだよ」

そう答えながら、僕はふと、高校時代の社会科の教師の姿を思い出していた。いかにもつまらなさそうに……おそらくは毎年同じ内容の授業を繰り返していた、冴《さ》えない中年男のくたびれた背広と、白髪《しらが》交じりの頭と、そしていつも疲れた顔つきを。

あの頃は、自分が三十歳になることなど、想像もできなかった。ましてや四十歳なんて、十代の僕らには、老人に分類すべき年齢だった。

あの頃の僕が、今の自分を見たら……どう思うだろう。

こんな大人になっていることが、嬉《うれ》しいだろうか、悲しいだろうか、情けないだろうか、それとも腹立たしいだろうか……。将来に希望は持てるだろうか、それともがっかりしてやけっぱちになってしまうだろうか……。

いつの間にか、そんな物思いに耽《ふけ》ってしまっていたらしい。

「どうした？　急に黙り込んで」

天本の切れ長の目が、訝《いぶか》しげに僕を見ていた。闇《やみ》より暗い瞳《ひとみ》と濡《ぬ》れたような黒髪だけが、エキゾチックな顔立ちの中で、妙に日本的である。

「龍村先生？」

琴平君も、せっせとアイスクリームを口に運びながら、不思議《ふしぎ》そうに僕を見ている。

僕は慌《あわ》ててかぶりを振った。

「何でもない。じゃあ、仕事の相手というのは……」

「高山右近の研究者だよ。アマチュアだが、地元で長年にわたってこつこつと資料を集めてきた人だ。その人と、昼飯を食いながら話をしていた」

「どこで？」

「駅前の寿司屋で」

僕は小さく口笛を吹いた。

「寿司か！　昼間っから豪勢だな」

他愛《たわい》ない冷やかしに、天本は嫌そうに顔を顰《しか》めた。同性でもほれぼれするような綺麗《きれい》な口元を、ずいぶん思いきりよく歪《ゆが》めてみせる。

「そういつもあることじゃないさ。それに、食ったのはちらし寿司だったはずなんだが、話をしながらだったから上の空で、味なんか少しも覚えていない」

寿司屋が聞いたら泣きそうなことを、天本はあっさりと言ってのけた。

実際、彼にはどんなに高級な寿司よりも、今食べているアイスクリームのほうが百倍嬉《うれ》しいに違いない。

「それはそうと、龍村さん」

アイスクリームを食べ終わり、ペーパーナプキンで口元を拭《ぬぐ》いつつ、天本は言った。

「そっちこそ、よほど仕事がきついのか?」

「いいや、さっきも暇《ひま》だと言ったろう。何だっていきなりそんなことを訊《き》くんだ?」

天本は形のよい眉《まゆ》を顰《ひそ》めて、僕の顔をじっと見つめた。眉間《みけん》のあたりに、不審と気遣《きづか》いの色がある。

「顔に影が差している。ずいぶん疲れて見えるよ」

「龍村先生、体調悪いんですか?」

琴平君も、心配そうに僕と天本の顔を見比べている。

「ああ、これか! 確かに消耗《しょうもう》してるが、仕事のせいじゃない。つまらない話だが……」

僕は笑って、例の原稿のことを二人に話した。作家を生業《なりわい》とする天本なら、何かよいアドバイスを授けてくれるかもしれないと思ったのだ。

しかし、やはりおかしそうに笑って天本が言ったさりげない言葉は、アイスクリームの千倍の威力をもって僕の背筋を凍らせた。

「何だ、埒《らち》もない。あんたが法医学者を志したきっかけなんて、考えるまでもなくあの事件だろう? さっさと書けよ。文豪よろしく長々と悩む必要はないぞ」

「書けるものか!」

思わず大声になってしまった。慌《あわ》てて周囲を見回したが、ほかの客を驚かせるほどではなかったようで、僕はほっと胸を撫《な》で下《お》ろす。

天本は僕の反応を面白がっているらしく、上機嫌《じょうきげん》に言葉を継いだ。

「何故《なぜ》？　本当のことじゃないか。それともあれは夢だったとでも？　駄目《だめ》だよ龍村さん。俺は今でも証拠物件を持っている」

そんなことはわかっている。彼がそれを自宅で文鎮《ぶんちん》代わりに使っているのを、僕は見たことがあるのだ。

「夢だなんて思っとらん。あんなことを書きたくないから悩んでるんだ。大学の連中に、頭がおかしいと思われるだろうが」

「ふん？　……思い出すのも怖いとか？」

揶揄《やゆ》するような調子の天本の言葉に、僕は不覚にも頷《うなず》いてしまった。

そう、僕は怖いのだ。あの夜のことを思い出すと、未《いま》だに背筋が寒くなる。

天本は、薄い唇《くちびる》に皮肉な笑みを刻《きざ》んだ。

「やれやれ、法医学者なんて物騒《ぶっそう》な職業を選んだくせに、怖がりは相変わらずなんだな」

「うるさい！　死体は人間だが化け物は違うだろう」

「化け物と呼ばれるものも、元は人間だったことが多いんだがね」

顔を赤くして弁解する僕を、天本はあからさまに虐《いじ》めて遊ぶ。嫌な奴《やつ》だ。

「とにかく、あれはいかん！　何か別の話を考えたいんだ、僕は。嘘《うそ》でもいいから、もう少しまっとうな話を」

「大丈夫《だいじょうぶ》、本当のことを書けよ。皆きっと、ただの面白い作り話だと思うさ。それに、龍村さんが今さら怖がるようなことは、何もないんだよ」

「だがな、天本。何だか、あれをエンターテインメントにしたら、祟《たた》られそうじゃないか」

「あれはあれでもう終わった話なんだ。祟りなどない」

右肘《みぎひじ》をテーブルについて、手のひらで細い顎《あご》を支えた天本は、妙にきっぱりとそう言いきった。

ややや上目遣《うわめづか》いに僕を見ている切れ長の涼しい眼差《まなざ》しは、あの頃とそっくり同じだ。芥川竜之介《あくたがわりゅうのすけ》のポートレートそっくりのポーズに、何でも見透かしてしまう漆黒《しっこく》の瞳《ひとみ》。薄い笑いを含んだ紅《あか》い唇《くちびる》。

過去と現在の境界が急に薄れて、眩暈《めまい》がした。

「まだそんなに怖いというなら、余計に書いたほうがいい。文章にしてしまえば、ちゃんと過去の記憶にすることができるよ」

「そうだろうか」

無意識のうちに、僕は教師に媚《こ》びる学生のような口調になっていた。天本は頬杖《ほおづえ》をついたまま、瞬《まばた》きで頷《うなず》いてみせる。

薄い唇がほんのりと微笑を湛《たた》え、そこからは「大丈夫」という言葉が聞こえてくるような気がした。

　あの時も、こんなふうに二人で話した。あれからもう、十年になる。

　僕は溜《た》め息《いき》をついて、それでも最後の抵抗を試みた。

「しかしな、天本。あれを書いたら、お前は死体損壊罪《そんかいざい》に問われちまうぞ？」

「かまうものか、どうせもう時効《じこう》だよ、龍村さん」

　天本の答えは簡潔だった。

　そこで、それまで僕らの会話をポカンとして聞いていた琴平君が、おずおずと口を挟《はさ》んだ。

「あの……『あの事件』って何ですか？」

　一人置き去りにされて、ちょっとムッとした顔をしている。

　普段《ふだん》から、僕と天本が旧知の仲なせいで、自分だけ仲間外れの気分を味わうことの多い琴平君だ。こういう展開は、面白くないに違いない。

「ああ……。ええと、だな」

　僕が思わず言葉に詰まると、琴平君は大きな目で僕を恨《うら》めしげに睨《にら》んできた。

「おい、話してやれよ、龍村さん。このまま黙っていると、敏生が拗《す》ねるぞ」

　天本が、珍しいほど上機嫌《じょうきげん》に、僕をからかう。術者としてではなく、作家としてここに来て、そして今は私人として僕と話をしている。そんな解放感があるのだろう。

天本の助手をしている分、怪奇現象には柔軟な頭を持っているはずの琴平君だ。おそらく「あの事件」について語っても、僕の頭がおかしいとは思うまい。

だが……。僕のことを父親のように慕《した》ってくれている琴平君に、自分の情けない過去のエピソードを語るのは、いささかつらいものがあるのだ。

そして、そんな僕の葛藤《かっとう》が、天本には面白いに違いない。

「……龍村先生？」

それでも、琴平君の声に促《うなが》され、僕はとうとう諦《あきら》めて、小さく肩を竦《すく》めて言った。

「わかったよ、話す。そして、原稿にも正直にありのままを書くことにしよう。そうだ、ちょうどいい。ここでもう一度、あの時のことを一緒に思い出してくれよ、天本。記憶に間違いがあるといけないからな」

「いいとも」

天本は頷《うなず》いて、その前に……と立ち上がった。

「長くなりそうだから、もう一つアイスクリームを買ってくる」

「僕も！　あ、龍村先生は？」

「……遠慮する」

僕はテーブルに突っ伏して、ずきずきと痛み始めた頭を両手で抱えたのだった。

2

それは、二度目の高校二年生の初夏のことだった。

「二度目」といっても、べつに留年したわけではない。一年間イギリスの高校に留学したものの、日本に帰ってみると向こうで取得した単位が認められず、一年下の学年に編入させられただけの話だ。

幸い、僕の通っていた私立春明《しゅんめい》学園は、「幼稚園から大学まで」をモットーとする典型的な良家の子女を対象とした学校だった。

生活の苦労も受験戦争もない平和な小宇宙では、学年などそう大きな意味を持たない。すべての生徒が顔見知りと言っても過言ではないのだ。

おまけにたいしたスポーツもしないのに、僕はどういうわけだか背が高く、やたらとがっちりした体格をしていた。顔つきもどちらかといえばいかつく、一見、「喧嘩《けんか》が強そう」だったらしい。

おかげで僕は、熱烈歓迎もされなかった代わりにイジメに遭《あ》うこともなく、すんなりと新しい学年に馴染《なじ》むことができた。

僕を天本《あまもと》に引き合わせたのは、教室で隣の席に座っている津山《つやま》かさねだった。アーチェリー部の部長を務《つと》める、男勝《おとこまさ》りの単純明快な少女である。全身真っ黒に日焼けして、肩のあたりまで伸ばした……というか、おそらくは勝手に伸びた髪には、いつも妙な寝癖《ねぐせ》がついている。おそらく学内でも一、二を争う「セーラー服が似合わない女の子」だろう。

よく見ればそれなりに可愛《かわい》らしい顔をしているのだが、寝過ごしたと言っては顔を洗わないまま登校したりするので、とても「魅力的な女の子」だとは思えない。

それでも今にして思えば、僕は、彼女のサバサバした気性やぞんざいな言葉遣《ことばづか》いが好きだったのだろう。僕らはよく一緒に飯を食ったりしていた。

「あ、天本！　こっちこっち！」

確かそれもある日の昼休み、津山と学食でうどんを啜《すす》っていたときだったと思う。偶然近くを通りかかった少年を、彼女が大きく手を振って呼び寄せたのだ。

天本と呼び捨てにされた彼は、あからさまに鬱陶《うっとう》しそうな顔をしたが、それでも素直に僕らのテーブルにやってきた。

「何か用か？」

意外なほど低い声が不機嫌《ふきげん》に問う。

津山は相手の機嫌など意にも介さず、僕ら二人を引き合わせた。

「お互い顔は知ってるでしょ？　こいつ、天本ってんだけど、あたしと同じアーチェリー部の副部長なの。龍村《たつむら》さんはイギリス帰りだけど、こいつはお父さんがイギリス人でさ、だから話が合うんじゃないかと思って。ねえ、天本。この人が、こないだ話した龍村さんだよ」

紹介されて、天本は小さく頭を下げると僕の向かいに腰を下ろした。

実は同級生なので顔だけは知っていたが、話をするのはそれが初めてだった。

学年で、いや、学校じゅうで最も女の子に人気がある男子生徒。それが、今僕の目の前にいる天本森《しん》らしい。

僕は男とどうこうする趣味など持ち合わせていないが、それでも彼の顔をしげしげと眺《なが》めずにはいられなかった。

陶磁器《とうじき》のような白い額《ひたい》にパラリとかかる艶《つや》やかな黒髪、大理石の彫像のように端正な顔立ち——無駄《むだ》な肉のいっさいついていないシャープな輪郭《りんかく》、細く通った鼻筋、引き締まった薄い唇《くちびる》、そして、見る者を引きつけて離さない、切れ長の鋭い両眼。

ここまで左右対称の美貌《びぼう》を誇る人間などそうはいない。同性の僕ですらうっとりするような顔立ちなのだから、女の子たちが放《ほう》っておかないのも道理である。

後に天本本人が語ったことだが、初めて僕の顔を見たとき、「弁当箱みたいな顔の男」だと思ったのだそうだ。だから今こうして彼の容貌《ようぼう》を絶賛するのはちと悔しい気もするのだが、事実なのだから仕方がない。

ふと気がつくと、天本は怪訝《けげん》そうに眉《まゆ》を顰《ひそ》めて僕の顔を見返していた。初対面に等しい奴《やつ》からジロジロ見られて気に障《さわ》ったかと、僕はひやりとした。

ところが彼は、顰《しか》めっ面《つら》のまま、実に不思議《ふしぎ》なことを口にした。

「龍村さん、でしたね。……最近、体調がすぐれないことはないですか？」

心臓が、ドキリと跳ねた。

底なし沼のように暗い、鋭い視線が、真《ま》っ直《す》ぐ僕に注がれている。……いや、正確に言うと、わずかに僕の顔からずれた……ほんの少し右のあたりを凝視《ぎょうし》しているのだ。

「ちょっとお、のっけから変なこと言わないで。龍《たつ》さんはそういうのに慣れてないんだからさ。……こいつ、たまにおかしなこと言うけど、悪気はないんだ。気にしないでよね」

津山の前半の言葉は天本に、後半は僕に向けられていたが、僕らは二人とも、彼女の言葉にはまったく注意を払わなかった。

僕は胸騒ぎを抑えて、できるだけさりげなく訊《たず》ねてみた。

「そういえばあんまり調子よくないな。……って、お前んち、医者か何かか？」

「いえ、そうではなく……。そんな状態では、頭も肩もさぞ重いだろうと。ちょっと失礼」

天本は左手をテーブル越しにひょいと伸ばすと、僕の頭から肩にかけて、軽く払うような奇妙な仕草をした。

途端《とたん》に、僕はあっと声を上げてしまう。

ここ一週間、ずっと悩まされ続けていた頭痛が一瞬のうちに消え、そのまま飛んでいってしまいそうなくらいに身体《からだ》が軽くなったのだ。

「どうです？」

天本は面白くもなさそうな口調で僕に訊《たず》ねた。僕はただもう絶句して、その謎《なぞ》めいた美しい微笑に見入るばかりである。

「さてと、俺はパンでも買ってきます。では」

彼は軽く頭を下げて、すっと立ち上がった。

「何あいつ？　わけわかんない、ホント」

津山の呆《あき》れ声《ごえ》を上の空で聞きながら、僕は人混みに紛《まぎ》れていくすらりとした長身を、いつまでも目で追っていた。

「龍村さん。もうお帰りですか？」

校門を出て、長いダラダラ坂を下りかけていた僕は、背後から呼び止められて振り返った。そこには、思ったとおり、天本森が立っていた。

「お前も帰りか。……ちょっと待て、部活は？」

「今日はサボります。津山がまた怒るだろうけど、ほかに気になることがあるから」

はっきりとは言わなかったが、どうやら僕の後を追いかけてきたらしい。

昼間は津山が一緒だったのであれきりになっていたが、僕のほうも彼に訊《き》きたいことがあった。

「昼間のことだけどな」

並んでゆっくりと歩きだしながら、僕は天本の無表情な横顔に問いかけた。

「先週からずっと頭が痛かったんだよ。薬を飲んでも早く寝ても、全然駄目《だめ》だった。じっとしてても、割れそうに痛かったんだ。それが、さっきお前が妙なことしただけで、嘘《うそ》みたいに治っちまった。……いったい、どういうことなんだ？」

あまり物の入っていなさそうな薄べったい鞄《かばん》を肩からかけた天本は、こともなげに答えた。

「津山はこういうことをまったく信じない奴《やつ》でね。だから、あの時は何も言わなかったんですよ。俺だってみすみす馬鹿にされる気などありませんから」

「ああ……？」

「あんたはどういう考えの人だか知りませんが、事実として、細かいのがたくさん憑《つ》いていたんですよ」

「細かいの？」

　何の話だか、さっぱりわからない。僕が首を捻《ひね》るのを見やりつつ、天本は立て板に水の滑らかさで、説明を加えてくれた。

「雑鬼《ざつき》。……つまり、その辺に普通にいる、つまらない鬼です。あんたは津山よりは繊細《せんさい》そうだから、見えないまでも気配くらいは感じていたはずです。一匹二匹ならたいしたことはありませんが、あそこまで大量に集めてしまっては、身体《からだ》にいいはずがない。調子が悪くなって当然ですよ」

　天本は大真面目《おおまじめ》な顔でそう言った。

　これがほかの奴《やつ》なら、僕は一笑に付していたことだろう。それまでの僕はかなりの現実主義者で、オカルトに興味がないばかりか、幽霊だの妖怪《ようかい》だのといったものの存在を、あまり信じるほうではなかったのだから。

　それでも、そもそも自身が幾分《いくぶん》人間離れした美貌《びぼう》の少年の口から出た言葉だけに、それは笑い飛ばすことを許さない強い力をもって僕に迫《せま》った。

「雑鬼？　それが頭痛の原因だってのか？　お前がそれを祓《はら》ってくれたから治ったたって言うのか？　まるで見えてるみたいなこと言うんだな」

「……見えているんです」

天本の答えはあくまで明快だった。そして、僕に「馬鹿馬鹿しい」などと言わせないだけの威圧感を持っていた。

彼はさらにこんなことも言った。

「そもそもあんたは中途半端《ちゅうとはんぱ》に陽の気が強い。津山くらい完全に陽ならいいが、あんたの場合は、その半端な陽の気が、かえって陰の気を引きつけてしまいやすいんです。日頃からよくよく気をつけたほうがいいですよ。他人よりずっと憑《つ》かれやすいんですから」

ちょっと言葉を切って、笑いを含んだ流し目で僕を見る。紅《あか》い唇《くちびる》が、妙にゆっくりと言葉を紡《つむ》いだ。

「間違っても、遺跡や山の中で、おかしなものを拾ってきたりしてはいけない」

「…………！」

今度こそ、僕は本当に肝《きも》を潰《つぶ》した。反射的に、両足の動きが急停止する。三歩ほど行って足を止めた天本は、皮肉っぽい笑みを片頬《かたほお》に浮かべて振り向いた。

——何でもお見通しだよ。

冷ややかな双眸《そうぼう》が、そう語っている。

「あの……あのな……」

僕はさらに問いを重ねようとしたが、何をどう訊《たず》ねればいいのかわからなかった。僕の抱えているトラブルを、天本に打ち明けていいものかどうかも、判断がつかなかった。

とにかくそれは、我ながら馬鹿馬鹿しくなるくらい奇妙な体験なのである。そんなことを今日初めて言葉を交わしたばかりの奴《やつ》に、ペラペラと喋《しゃべ》っていいものだろうか。

それに、この風変わりな美貌《びぼう》の少年は、もしかしたら少し頭がおかしいのではないだろうか。鬼が見えるなどと、荒唐無稽《こうとうむけい》なことを平気で口にするあたり……。

逡巡《しゅんじゅん》する僕の心の内を見透かすように、天本は並んで歩く僕の肩に、軽く触れた。

「べつに困っていないのなら、何も言う必要はありません。ただ、手に負いかねている問題があるなら手助けします。それだけのことです」

「何故《なぜ》?」

やっと言葉が出た。それにしても間抜けな問いだ。

天本は右眉《みぎまゆ》を吊《つ》り上《あ》げ、僕を斜めに見た。

どんなふうに表情を変えても、白く秀《ひい》でた額《ひたい》には、皺《しわ》ひとつ寄らない。青ざめた肌の色といい滑らかさといい、皮膚というよりは上質の磁器《じき》めいて見える。

「何が、何故?」

薄い唇《くちびる》が、無愛想《ぶあいそう》に問い返す。僕は、小さく肩を竦《すく》めた。

「どうしてそんなふうに、今日初めて言葉を交わしたばかりの僕に親切にしてくれるのかって訊《き》いてるんだよ。噂《うわさ》じゃあ、お前は人間嫌いだって聞いたぜ。津山とは仲いいみたいだけどな」

「人間嫌いというのは大袈裟《おおげさ》だな。それに、津山とはクラブの幹部同士なんだから、仲良くせざるを得ないでしょう」

天本は迷惑そうに形のよい眉《まゆ》を顰《ひそ》め、微《かす》かに笑った。

「それに、あんたにも別段親切にしているつもりなどありません。世話を焼くのは……そうですね、強いて言うならば……」

夕暮れの涼しい風に、絹糸のような繊細《せんさい》な前髪が乱れる。それを長い指で優美に掻《か》き上《あ》げ、冷たく笑ったままの顔で、抑揚《よくよう》なく彼は言った。

「あんたが津山の友達だから。それに、そう無防備に雑鬼《ざっき》だの妖魔《ようま》だのをくっつけてウロウロされると、俺の結界《けっかい》が乱れてしまう。あんたのトラブルに関《かか》わろうというのは、それが俺のためでもあるからです」

「けっかい？　何だそりゃ」

「結界というのは、言うなれば妖《あやか》しに対するバリアーのようなものです。まだ修行中で学校じゅうに張るほどの力はありませんが、いちおう、教室の中は俺の結界なんです。普通にその辺をウロウロしているような妖しは閉め出せるくらいのパワーはあるはずなんですよ。そこへあんたが妙なものを大量にぶら下げて入ってきたものだから、とても防ぎきれない」

「はあ……？」

話についていけない僕などにはおかまいなしに、天本はブツブツと愚痴《ぐち》り続《つづ》ける。

「とにかく、俺にとっても今の状態は少しばかり不愉快で……たとえば、授業中に目の前を変なものがウロチョロしていたら、とても勉強などできないでしょう。だから……」

これ以上妙なことを聞かされたら、自分の話を切り出す前に挫《くじ》けてしまいそうだ。僕は少し強い口調で、天本の話を遮《さえぎ》った。

「もういい、わかった！　いや、本当のところは何だかよくわからんが、とにかく僕はお前にえらく迷惑をかけているわけだな？」

「そういうことです」

天本は、あっさりと頷《うなず》いた。

気づけば、いつの間にか、駅前まで来てしまっている。僕は思いきって言ってみた。

「実はお前の言うとおり、僕は厄介《やっかい》ごとを抱えてる。それも、どうしていいんだかまったくわからないような、とびきり不思議《ふしぎ》で気持ち悪い経験をしたんだ。……話を聞いてくれるか？　家はどっちだ？」

「西岡本《にしおかもと》。K大学のすぐ近くです」

「僕は岡本だから、同じ方角だな。ちょうどよかった」

そこで僕たちは、ホームで電車を待ちながら話を続けることにした。

うちの生徒だけでなく、そこに居合わせた他校の女生徒たちも、天本を遠巻きに見ている。ところが、本人はそんなことをいっこうに気にする様子もない。

（もったいない。僕だったら、これくらい女の子にモテりゃ、有頂天《うちょうてん》になるけどなあ）

そんなことを思うでもなく思っていると、天本が続きを促《うなが》した。

「で、そもそも何が問題なんです？　どうせ、何か拾いものをしたんでしょう」

図星である。

きまりが悪いので、僕は両手を学生服のポケットに突っ込んで、爪先《つまさき》でホームの黄色いタイルを蹴《け》りながら口を開いた。

「先週、遠足があっただろう」

何しろ受験戦争とは縁のないのんびりした学校だけに、遠足はきっちり年二回あるのだ。先週の火曜日、僕らの学年は近くの山に紫陽花《あじさい》を見にいった。

天本は腕組みして、線路を見下ろしながら僕の話を聞いている。レールのそばに落ちた、誰かのハンカチが気になっているらしい。

「遠足が何か？」

「紫陽花寺に行く前に、雨乞《あまご》い岩のところでいったんバスを降りたのも憶《おぼ》えてるか？　ほら、谷川のほとりの大きな岩だよ。そこで先生の説明を聞いたろ？」

「ええ、憶えていますよ。室町《むろまち》時代の酷《ひど》い干魃《かんばつ》の時、あの岩の上で旅の僧が祈禱《きとう》を執り行ったという話でしょう」

「そうそう。その時村人が海から大きな鮫《さめ》を捕ってきて、雨乞い岩の下にある『鱶切《ふかき》り岩』で解体して神に捧《ささ》げたら雨が降ったっていう……」

天本は軽く首を傾《かし》げる。

「それも憶《おぼ》えています。もっとも、その鮫《さめ》は供物《くもつ》として捧げられたわけではなく、その血で神聖な岩を汚し、神を怒らせて清めの雨を降らせたということでしたが。それが何か？」

「あの後、川縁《かわべり》でしばらく自由散策の時間があったじゃないか。その時に……」

「龍村さん、まさか……」

天本は突然怖い顔で僕を見た。

そこへ絶妙のタイミングで電車がホームに滑り込み、不快なブレーキ音が彼の言いかけた言葉をかき消してしまう。

天本はふいと口を噤《つぐ》んで、電車にのり込んでしまった。僕も慌《あわ》てて後に続く。

車内はあいにく混みあっていて、僕らはあっという間に離れ離れになってしまった。たった一駅、しかも同じ駅で降りるとわかっていても、僕は彼とこのまま二度と会えないのではないかと不安な気持ちで人の渦に紛《まぎ》れていた。

しかし、そんな心配は無用だった。先に降りた天本は、改札口の前で僕を待っていてくれた。しかも、さっきと同じ、鬼気迫る怖い顔で。

美人が怒ると怖いというのは、どうやら本当のようだ。

僕が何か言いかけるより先に、彼のほうが口火を切った。

「話の続きです。あの場所で何か見つけたんですね」

「うん、まあ」

「そしてそれを家に持って帰った。……いったい、それは何なんです?」

「たぶん石、なんだけどさ。形が珍しかったから、つい」

それを聞くなり、天本は横を向いて吐き捨てるように言った。

「あんなところで物を拾う馬鹿が……失礼。でも、いちばん悪い場所ですよ、神を祀《まつ》った神聖な場所なんて。しかも、拾ったのが石ときた」

最後の一言はほとんど独り言であった。彼は細い顎《あご》に手を当ててしばらく考えていたが、やがてこう言った。

「その石とやらを見せてもらえますか?」

僕は曖昧《あいまい》に頷《うなず》いた。

「そりゃ願ってもないが……。学校に持ってくるか?」

「とんでもない! 冗談じゃありませんよ。そんな物を持ってこられては、『場』が乱れるでしょう。まったく、あんたという人は……」

わけのわからないことを言って、天本は呆《あき》れたように何度か頭を振った。

どうやら僕は、相当に愚かしいことをしでかしたらしい。彼の口調には、僕の無知に対する苛立《いらだ》ちがありありと感じられた。

それでも天本はこう言った。

「龍村さんがかまわなければ、俺がお宅まで伺《うかが》います。そこで見せてください」

「お前がうちに来るってのか？」

「いけませんか？」

いけない理由など何もない。ただ、クラスメートが自宅まで訪ねてくるなど小学校以来だったので、少し面食らっただけだ。

僕は慌《あわ》てて両手を振った。

「いけなくなんかない。そのほうが僕も助かる、あれはけっこう重いから……。で、いつ来る？　今から？」

「今日は……」

天本はあらぬほうに視線を泳がせ、何か計算でもしているように指先を遊ばせていたが、やがて首を横に振った。

「今日はやめておきます。今、龍村さんの家のほうは、俺にとってあまりいい方角ではないので。日を改めて……そうですね、明後日《あさって》伺います。それでいいですか？」

「僕はいつでもかまわないが……方角が悪いってのはどういうことだ？」

「星の巡《めぐ》りの関係で……。詳しく言ってもわからないでしょう、あんたには。とにかく方角の悪いほうへ行くと、いろいろと都合の悪いことが起こる、そういうことです。だからといって、今どき方違《かたたが》えなんかできやしないし……。とにかくまた明日、学校で」

口の中でブツブツと独り言を言いながら、天本は僕に背を向けた。

商店の並ぶ賑《にぎ》やかな通りを早足で遠ざかっていくその後ろ姿を、僕は呆然《ぼうぜん》と見送ったのだった……。

3

翌日は、何事もなく過ぎた。

僕が密《ひそ》かに抱えている問題は相変わらずだったが、前日に天本《あまもと》が「祓《はら》って」くれたおかげでしつこい頭痛はすっかり治っており、久々に爽《さわ》やかな一日だった。

そして、何より例の「厄介《やっかい》ごと」は決して昼間には起こらないのだ。

天本とは同じクラスにいるだけに挨拶《あいさつ》くらいは交わしたが、特にこれといった会話はなかった。

彼はどうやらひとりでいるのが好きらしく、休み時間になるとどこかへ姿を消してしまうことが多い。話しかけるチャンスさえ、なかなか見つけられないというのが現状なのだ。

昼休み、昼食を摂《と》りながら、僕は津山《つやま》に天本のことを訊《き》いてみた。

「あたしもさ、よく知らない」

コロッケサンドを口いっぱいに頬張《ほおば》ったまま、津山はモゴモゴと答えた。

大きなコッペパンが三口ほどで終わってしまいそうな大口である。見ていて気持ちのいい食いっぷりだ。

「だって、お前とは仲いいんだろ、あいつ。クラブ一緒だし」

「そりゃ、幼稚園からずっと一緒だもんね」

「え？　お前らって、幼馴染《おさななじ》みなのか？」

「そうだよ。……っていうか、べつに馴染んでたわけじゃないけど、ま、古くからの知り合いってとこ」

津山はこともなげにそう言って、コーヒー牛乳を一気に飲み干した。

「家が近所だから、ホントに小さい頃はあいつの家に遊びに行ったこともあったけど。外国人のお父さんって珍しいじゃない。だからよく憶《おぼ》えてる」

「へえ。どんな家だった？　あいつの家族ってどんな人たち？」

「天本のお父さんって、学者さんなんだってさ。いつも書斎に閉じこもってて、あたしが行っても、ちょっと顔出すだけ。口きいたことなんか、ほとんどないんだ。お母さんは長いこと病気らしいし。今はどうなのか、よく知らない。天本、訊《き》いても何にも言わないんだ。そんでね……家は、とにかくでっかい洋館」

津山は両手を広げて、大きな長方形を描いてみせた。

「あいつ、一人っ子だから両親と三人暮らしなんだけどさ、もう、全然無駄《むだ》に部屋数が多いわけ。だから、探検ごっこには最高だった」

「探検ごっこ……って、あいつもやってたのか、そんなこと」

津山は、「まあね」と言って、クスッと笑った。

「昔からああいう性格なの。物凄《ものすご》く嫌そうな顔をしながら、でもつきあってくれた」

「なるほど」

あまりしつこく訊《き》いては嫌がられるだろうと思いつつも、僕は詮索《せんさく》をやめることができなかった。

「今だって、つきあいはあるんだろ？」

「そりゃ、クラブが一緒だからさ。でもあいつはしょっちゅうサボるし、それにもうガキじゃないんだから、わざわざ遊びに行ったりしないよ。それこそ怪しい仲かと思われちゃう」

それもそうだ。僕が妙に納得していると、津山は大きく伸びをしながら言った。

「まあ、あたしと天本って、連れだって遊びに行くでもないし、人生の悩みを語り合うでもないの。そういうのって友達とは普通言わないじゃん？　でも二人とも誰かとベタベタくっついて過ごしたりしないし、他人のことには干渉しない。その辺だけ似てるんだよ。……だいたい、あたしはこんなだから、あんまり女の子だって認識もないんじゃない？」

「ふうん……」

なんと返事したものかわからず、僕は唸《うな》った。津山は、そんな僕に熱心に言った。

「あのさあ、確かに物凄《ものすご》く変だけど、いい奴《やつ》なんだよ、天本は。時々でいいから、つきあってやってよ。あいつも龍《たつ》さんのこと、気に入ってるみたいだし」

「気に入ってる？　僕をか？」

僕は驚いて問い返したが、津山は自信たっぷりに頷《うなず》いた。

「でなきゃ、初対面であんなにベラベラ喋《しゃべ》るもんか、あの人見知り野郎がさ。人と話すのヘタだから、あれで龍さんには、一生懸命話そうとしてるんだよ」

「……へえ」

「そう思うと、あれでなかなか可愛《かわい》いとこあるでしょ」

「あ……まあ、な」

（あの無愛想《ぶあいそう》、唐突《とうとつ》な喋りかたは、人見知りのせいだったのか……）

それを知ると、何だか少しばかり天本に親近感が湧《わ》くような気がした僕だった……。

そのまた翌日、つまり約束の日の放課後である。

僕が鞄《かばん》を持ち上げると同時に、二日前と同様、物音ひとつ立てずに天本がそばにやってきた。

僕と目が合うと、形のよい眉《まゆ》をほんの少し吊《つ》り上《あ》げてみせる。それが挨拶《あいさつ》の代わりであるらしい。僕も彼に合わせて小さく片手を挙げただけだった。

二日前と違って、実に静かな帰り道だった。特に話すこともないので、僕たちは黙りこくってただ闇雲《やみくも》に歩いた。

それでも不思議《ふしぎ》なことには、その沈黙は決して苦痛ではなかった。

まるで沈黙の行を長年続けてきた修道僧のように、天本にとっては沈黙こそがニュートラルな状態なのだろう。

わざわざ話題を探さなくてもいいということが、こんなに楽なものだとは知らなかった。僕は何だか新しい発見をしたような気分で、無口な道連れと家路をたどった。


家に帰り着くと、出迎えた母親は、吃驚《びっくり》した顔つきで天本を見た。友達が家に来ること自体も珍しいのだが、天本の容貌《ようぼう》が、彼女を何よりも驚かせたらしい。きっと、自分の息子にこんな男前の友達がいることが信じられないのだろう。

「いらっしゃい。……泰彦《やすひこ》、お友達？」

「ええと……その……」

「クラスメートの天本です。突然お邪魔して申し訳ありません」

友達、と言っていいものか一瞬躊躇《ちゅうちょ》した隙《すき》に、天本は実にスマートな挨拶《あいさつ》を口にして、僕の母親に頭を下げた。

天本は例によって仏頂面《ぶっちょうづら》のままなのだが、母親のほうは年甲斐《としがい》もなく、僕が今まで聞いたこともないような華やいだ声を上げた。

「あらまあ。……どうしましょう。泰彦、あんた電話でもしてくれたら、ケーキでも何でも買っておいたのに。気が利かない子ねえ」

どうやら、僕の母親の頭の中身も、駅で天本を遠巻きに見つめていた女の子たちと大差ないらしい。

「あ、そんなに長居しないから。お茶とか全然いらないよ」

僕はそう言い捨て、天本の背中をぐいぐい押して、逃げるように二階へと上がった。階段を上ってすぐ右手が僕の部屋、南向きの六畳間である。ただし、六畳といっても南北に長いので、実際よりずっと狭く感じられる。

部屋に入るなり、天本は、

「これはこれは」と呟《つぶや》いて、部屋じゅうを眺《なが》め回《まわ》した。

「狭いし散らかってるし、申し訳ないんだけどな」

僕は顔を赤らめて弁解したが、天本が呆《あき》れているのはそんなことではなかったらしい。

彼は黙ってつかつかと出窓に歩み寄り、くるりとこちらを向いた。ファッションモデル顔負けの優雅なターンである。

「よくもまあ、こんなに溜《た》め込《こ》んだものだ。よほど大変なものを拾ってきたんですね。これでは、いつ病気になっても不思議《ふしぎ》はないですよ。窓を開けてもいいですか？　吐きそうだ」

「ちょっと待ってくれよ」

僕も窓際に行き、彼と同じ場所から見慣れた自分の部屋をぐるりと眺《なが》めてみた。

変わった様子はどこにも見あたらない。適度に散らかり適度に片づいた、おなじみの兎《うさぎ》小屋《ごや》である。

「何を溜《た》め込《こ》んでるって？　例の雑鬼《ざっき》とかいうヤツか？」

「そのとおりです。ベッドの上にもタンスの上にもびっしりだ。……龍村《たつむら》さんの頭の上にも」

僕はぞっとして、頭をブルンと振った。

「落ちたか？」

「とりあえずはね」

からかわれているのではないかと思いもしたが、天本はにこりともしない。少なくとも、彼の目には何かが見えているのだ。僕には見えない何かが。

(しかし、それがこいつにしか見えないものだったら？　……つまり、こいつが本当は狂人だったら？)

一昨日と同じ疑念が、僕の胸にちらりとよぎる。天本の切れ長の鋭い目は、そんな僕の心の揺れを見逃さなかった。

「龍村さん。窓を開ける前に……見たいですか？」

ブリザードのように冷たい声音だった。眼光も、硝子《ガラス》のように冷淡でよそよそしい。僕の疑惑に気分を害しているのは明らかだ。

それでも僕は、頷《うなず》かずにはいられなかった。この目でそれを見てみたい。そんな好奇心を抑えられなかったのだ。

「見たい。だけど、僕にも見えるようになるのか？　その、鬼とか何とかは」

「残念ながら、そのものの姿を見ることはできないでしょう。こればかりはセンスの問題でね。見えない人にはどうしても見えない。雑鬼《ざっき》はパワーが弱いから、誰の目にも見えるほど自分を具現化させることはできないんです」

そんなセンス、なくても悔しくない。

そう言いたかったがやめた。これ以上、彼の機嫌《きげん》を損《そこ》ねたくなかったからだ。

天本はじろりと僕を見たが、あくまで事務的に話を続けた。

「ですが、俺にはこいつらをいちどきに暴れさせて、その動きを間接的に見せることはできますよ。少しばかり部屋が散らかることになると思いますが」

「それでもいいよ、見てみたい」

僕は熱を込めて言った。

わかりました、と言って、天本は左手を胸の前に上げた。そして、ちらりと僕を見てから、パチリと指を鳴らした。

「……それだけか？」

怪しげな呪文《じゅもん》のようなものを期待していた僕は、拍子抜けして思わず不満げな声を出してしまった。が、天本がそれに答える間もなく、とんでもないことが起こったのである。

ガチャン！

ドタン、バタバタッ！

ギチギチ、ガリッ、ドスン！

机上のペン立てが倒れ、天井からぶら下がる電灯の笠《かさ》が揺れ、本棚の本がひとりでにポンポンと飛び出し、壁のポスターが風もないのに剝《は》がれてはためく。サッカーボールは子犬のように、床の上を弾《はず》みまくっている。

ベッドに目をやると、互い違いに高く低くジャンプしているのは、枕《まくら》とクッションだ。

ジャーン！　というけたたましい音に仰天して跳び上がると、それは勝手にスイッチの入ったラジカセから流れてくるロックミュージックだった。ドラムのリズムに合わせてガシャガシャと機嫌《きげん》よく上下しているのは、電話の受話器である。

「わ、わかった！　もういいよ、やめてくれ！」

傍《かたわ》らで呑気《のんき》に腕組みなどしてこの光景を眺《なが》めている天本に、僕はおろおろと懇願《こんがん》した。

天本は意地の悪い笑みを浮かべ、わざとのんびりした口調で言った。

「もういいんですか？　なかなか楽しい眺《なが》めじゃありませんか」

「堪能《たんのう》したよっ！　お前のこと、疑って悪かった！」

早くこの騒ぎを収めてもらわないと、母親が音を聞きつけて上がってくるに違いない。こんな光景を見たら、きっと卒倒してしまう。

僕の素直かつ必死の謝罪にも、天本は冷笑を崩そうとしない。

「うるさくてよく聞こえませんねえ」

「ごめんと言ってるんだよ！　僕が悪かった！」

「その言葉が聞きたかったんです」

天本は腕組みを解くと、勢いよく窓を開け放った。凛《りん》とした声が、簡潔に、かつ鋭く命じる。

「失《う》せろ！」

一瞬にして、まるで嘘《うそ》のように喧噪《けんそう》は去った。

後に残されたのは、僕ら二人……そして、竜巻《たつまき》が通り過ぎたように散らかった僕の部屋だけである。

「納得しましたか？」

「……ああ」

僕は、やっとそれだけ言って、シャツのいちばん上のボタンを外した。運動したわけでもないのに、息が上がってしまっている。

「その……あれがいわゆるポルターガイストってやつか？」

「そういうことです」

乱れた髪を撫《な》でつけ、やっと場所が空いた、と言って、天本はベッドに腰を下ろした。

さっきまでぎっしりと雑鬼《ざつき》が座っていた——すなわち僕はその上に毎晩寝ていたわけだが——という場所である。

「それにしても、たかだか一週間でこう大量の雑鬼を呼び集めてしまうとは……あんたの拾ってきたものは、相当手強《てごわ》そうですね。見せてもらえますか？」

「ああ、すぐ」

僕は机のいちばん下の引き出しを開け、新聞紙に包んだずっしりと重いそれを取り出し、彼に手渡した。

両手で重い包みを受け取った天本は、厳《きび》しい顔つきでそれを膝《ひざ》の上にのせた。丁寧《ていねい》に新聞紙を剝《は》がしていく。

「これは……」

程なく姿を現した物体を見るなり、さすがの彼も言葉を失った。

それは、巨大な二枚貝の化石だった。

大きさは大人の手のひら二つ分ほどもあるだろうか。黒く艶《つや》やかな二枚の貝殻《かいがら》は、蝶番《ちょうつがい》でかっちりと繋《つな》ぎ留《と》められ、水も漏《も》らさぬほどぴったりと閉じている。

化石は驚くほど完璧《かんぺき》な状態で、口をこじ開けたら、中から例の白く柔らかな身がするりと出てきそうに思えるほどだ。

「綺麗《きれい》だろ？　だから思わず持って帰っちまったんだ」

「綺麗云々《うんぬん》より、こんなものがそんな場所に落ちていること自体を不自然に思ってほしかったですね」

天本は息を詰め、低い声で訊《たず》ねた。

「……正確に思い出してください、何処《どこ》でこれを？」

「鱶《ふか》切《き》り岩のすぐそばだ。川底の砂利に交じって、水の中にどっぷりと浸《つ》かっていた。最初は生きた貝だと思ったぞ。浅蜊《あさり》だか蛤《はまぐり》だか知らないが、実に見事だよな」

天本は物憂《ものう》げに頷《うなず》いた。

「俺もあまり貝には詳しくないんですが、表面がすべすべしているから、たぶん蛤だと思います。……それにしても、いったい誰だろう、これは」

最後のほうはごく小さな声だったが、彼は確かに「誰だろう」と言った。「何だろう」ではなく、「誰だろう」と。

「どういうことだ？　化石なんだろ、これ」

僕の問いに、天本は今までの毅然《きぜん》とした態度とは違う、どこか戸惑った表情で首を傾《かし》げた。そうすると、前髪が流れて、白い額《ひたい》が現れる。

彼は、考え考えゆっくりと言った。

「化石と言うこともできるし、そうでないとも言えます。定義の問題ですね」

「というと？」

「過去の生物の記録……その総称として、という意味なら、これはまさしく化石です。ですが、恐竜や三葉虫《さんようちゅう》の化石と同じ類《たぐい》のものだと思っているのなら、少しばかり勘違いしていると言わねばなりません」

今度は、僕が首を捻《ひね》る番だった。

「それ、同じことじゃないのか？　昔、地球に住んでた生き物の抜《ぬ》け殻《がら》が、たまたま保存がよくて石になったのが化石だろ？」

「まあ……ここでこれ以上説明しても、あんたには一生納得してもらえそうにありませんね。違いは、そのうち嫌でもわかりますよ。それにしても、いったい中に何が……」

天本のしなやかな両手の指は、話している間にもずっと、冷たく滑らかな貝の表面を注意深く撫《な》でている。彼は独り言のような呟《つぶや》き声《ごえ》で、こう訊《たず》ねてきた。

「いったん閉じてしまうと、防御《ぼうぎょ》が堅すぎて駄目《だめ》だな。どうでした？　夜にここから何か出てきたでしょう」

「え？　……ど、どうしてそれがわかったんだよ？」

驚く僕に、天本はつまらなさそうな溜《た》め息《いき》とともに答えた。

「でなければ何のトラブルも起こらないでしょう。今のままならこの石は、『見えない』人間にはただの石くれにすぎない。病気になろうが不幸になろうが、それがこいつのせいだなんて思いつきやしない。あんたみたいな鈍い人でも震え上がるような、何か恐ろしいものが、ここから出てきたはずなんです。違いますか？」

天本の声は、いつもの冷静さを取り戻している。

「……ご明察《めいさつ》」

僕は彼の隣にどすんと腰かけ、深く嘆息した。

出会ったときからずっと、天本には驚かされっ放しだ。べつにそれが不愉快だというわけではないが、どうも自分が手のつけられない阿呆《あほう》になったようで、それが闇雲《やみくも》に腹立たしかった。

背丈こそ同じくらいだが、天本は僕よりずっと細身である。首も手足も、華奢《きやしや》ではないが、長くて繊細《せんさい》なつくりだ。そして、彫像のように整った美しい顔……。誰よりも威厳《いげん》に満ちた、生まれながらにして、ほかの人間より一段上に立つ存在。

そこに立っているだけで、誰もかもを自分の引き立て役にしてしまう——考えようによっては、最高に嫌な奴《やつ》かもしれない。

それでも、そんな天本に助けを求めたのは、僕のほうなのだ。彼はそれに応じて、わざわざ来てくれたのである。

「……お前の言うとおりだ。……これから話すことを、頼むから馬鹿にしないでくれよ」

僕は気を取り直し、もうすっかり暗くなってしまった窓の外に目をやった。

あと何時間かすれば、また「あれ」がやってくる。その前にすべてを打ち明けておかなくてはならない。

「いいですよ」

天本は、短くそう言い、僕の顔をじっと見守っている。その目はもはや冷ややかではなく、むしろ気怠《けだる》げな光を帯びているように思われた。

質問する前から答えがすでにわかっている、そんな感じの顔だ。

僕は、ぼそぼそと話し始めた。

「これを拾った夜、机の上に飾ってベッドに入ったんだ。嬉《うれ》しかったからな。そうしたら、真夜中にふと、妙な物音で目が覚めた。起き上がってみたけど、何も変わったことはない。気のせいかと思ってもう一度横になったら、しばらくしてまた聞こえた。……今度ははっきりとな。人間の——女の声だった」

「女の声?」

「ああ。吃驚《びっくり》して跳ね起きようとしたが、動けなかったよ。あれを金縛《かなしば》りと言うのかな。目だけしか動かせないんだ。それで、声のするほうへ何とか視線を向けたら……人がいた」

思い出しただけで、全身に寒けが走る。ブルリと身を震わせた僕に、天本は低い声で静かに囁《ささや》いた。

「大丈夫《だいじょうぶ》ですよ、続きを。……どんな人でした？」

何が大丈夫なものかと思いつつも、何故《なぜ》か少し安心した。僕は自分自身を力づけるように、両手を膝《ひざ》の上で固く握り合わせた。

「小柄で痩《や》せた、凄《すご》く髪の長い女の人だ。その人が、ベッドの脇《わき》……そうだな、腰の脇あたりに立っていた。驚きすぎて、悲鳴も出なかったよ。もしかしたら、舌まで金縛りだったのかもしれないな」

「金縛り、ね……。それから？」

「その人は、ズタズタに裂《さ》けて血のついた、薄い色の着物を着ていた。顔は髪で隠れてよく見えなかった。だけど、ほんのり赤い、綺麗《きれい》な唇《くちびる》をしていたよ。その口が開いて、か細い声で言うんだ。『目が痛い』ってな」

「目が痛い？」

天本は器用に右の眉《まゆ》だけを跳ね上げた。それだけで驚きを表現できるのだから、実に便利な男だ。

「うん。『目が痛い、ああ、目が痛い』って、まるでお経《きょう》みたいに繰り返すんだ。僕も動転してるだろ？　つい声をかけてしまってさ。『あの、目をどうかしたんですか？』ってな」

ううう、と天本は小さく呻《うめ》いた。こめかみのあたりを、細い指先で押さえて俯《うつむ》き、黙り込んでしまう。その唇《くちびる》からは、特大の溜《た》め息《いき》が漏《も》れた。

どうも僕は、またしても失態をやらかしたらしい。先を促《うなが》す天本の声には、心なしかさっきより険《けん》がある。

「で、どうなったんですって？」

「そうしたら、その人がこっちを向いて……相変わらず髪のせいで顔は見えないんだ、下向いてるからな。月の光に半分透けた身体《からだ》で、ふうわり僕の顔のほうへ漂ってきた。すぐ目の前に来て、『目が痛い、気づけば手もなし、足もなし。ああ、痛や痛や』……そんな感じの言葉だったと思う。奇妙な節をつけて、歌うみたいに言ったよ。はっとして見ると、着物の袖《そで》の中は空っぽだった。ちぎれた裾《すそ》の下にも……」

「足はなかった？　それはまた……」

天本は、硬質の頬《ほお》に微《かす》かな笑みを浮かべる。

「それはまた古典的な幽霊ですね、なんて言ってくれるなよ。冗談でなく、僕は死ぬほど

怖かったんだからな！」

「先に言われてしまったか」

悪びれたふうでもなくそう言ってのけた天本は、眉《まゆ》のあたりを長い指で揉《も》みほぐしながら、再び先を促《うなが》した。

「それで？」

「幽霊か？　それこそ石みたいに固まった僕の顔に自分の顔を近づけて、ふうっと息を吹きかけるなり消えちまった。吐き気を催《もよお》すような、臭《くさ》い息だったぞ。日向《ひなた》に一日じゅう置きっ放した鶏肉《とりにく》みたいな。後には何も残らなかった。いつもどおりの僕の部屋さ。ただ、気がつくとこの蛤《はまぐり》が床に落ちていた」

「ふん……」

「それからは毎晩、同じくらいの時刻に、そっくり同じことが起こるんだ。貝をしまい込めば大丈夫《だいじょうぶ》だろうと思って、さっきみたいに紙でくるんで机の引き出しに鍵《かぎ》をかけたこともあった。別の部屋に貝を置いたことも、僕がほかの部屋で寝たこともある」

「捨てようとは思わなかったんですか？」

「思ったさ。粗大ゴミの日に出してみた。それなのに、学校から帰ったら、机の上にあるんだ。腰が抜けそうになったぜ。……母親に訊《き》いても、そんなもの知らないって言うし」

「……なるほど」

面白い、と呟《つぶや》き、天本は言った。

「話の腰を折ってすみませんでした。貝をしまい込んだり、ほかの部屋に置いてみたりしたんですね？　それで、どうなりました？」

「それでも同じことだ。あの女の幽霊が出てきて、目が痛いと愚痴《ぐち》って、僕に臭《くさ》い息を吹きかけて消えちまう。床には蛤《はまぐり》が落ちてる。さすがに慣れてきたが、それでも怖くてよく眠れん」

「息を吹きかけられた？　毎晩？」

顔を上げ、鋭い調子で天本は訊《き》いてきた。僕が頷《うなず》くと、彼は細い顎《あご》の先を指先でカリカリと掻《か》き、うーむ、と小さく唸《うな》った。

「な、何だよ？」

「急がないとそろそろまずいかな……」

それは何気《なにげ》ない一言だったが、僕を震え上がらせるには十分だった。

「どど、どういうことだっ？　まずいって何だ？」

情けないほど動揺している僕を無表情に見やり、それでも彼は丁寧《ていねい》に説明してくれた。

「つまりね、龍村さん。息を吹きかけるという行為は、妖《あやか》しにとっては『相手に呪《のろ》いをかける』という意味を持つんです。その女の幽霊は蛤から出てくる……女と蛤に何か深い因《いん》縁《ねん》があることは間違いありません。そしてその目が痛い幽霊は、今まではずっと例の谷川で嘆《なげ》いていたんでしょう。ひとりで勝手にね。ところが、あんたが余計なことをしたばかりに、貝と一緒にこの部屋に引っ越してくる羽目《はめ》になった。……それでも相手にさえしなければよかったのに、声をかけてしまったと、そう言いましたね？」

「あ……うん」

「そんなことをするから、この幽霊はあんたに縁《えん》づいてしまったんですよ。『袖触《そでふ》り合《あ》うも何とやら』で、あんたに救済を求めることにした。そして、もし助けてくれないなら呪《のろ》い殺《ころ》してやる……そういうえげつない脅しをかけているわけです」

ぼやくような調子で淡々と続く彼の解説を聞きながら、僕の身体《からだ》は、きっと傍目《はため》にもわかるほど小刻《こきざ》みに震えていたことだろう。

それまで僕は、まさか自分がそんな恐ろしい状況に置かれているなどと、思いもしなかったのだ。ただ、幽霊が消えてくれればいい……そんなふうに単純に考えていたのに。天本の話を聞いた後では、お馴染《なじ》みの幽霊も怖さ倍増である。とてもまた今夜、彼女にお目にかかる気分にはなれない。

僕は、それでも怖々訊《き》いてみた。

「……あのな。参考までに訊きたいんだが、その脅しを無視し続けるとどうなるんだ？」

「今、龍村さんがしているように……ですか？」

「まあ、そうだな」

「しびれを切らした幽霊に殺されるのがオチでしょうね」

「そ、そんな」

「脅かしているわけではありませんよ。相手は本気です」

そんなことをそうきっぱり言われても、ちっとも嬉《うれ》しくない。

いったいどうすればいいのか、と、縋《すが》るような気持ちで僕は彼に訊《たず》ねた。彼はしばらくじっと俯《うつむ》いて考え込んでいたが、やがて嘆息してこう言った。

「どう転んでも、幽霊の望みを叶《かな》えてやるしかありませんね。行きますか、雨乞《あまご》い岩に」

「……今からか？」

天本は小さく肩を竦《すく》めた。

「もう一週間になるんでしょう？　そろそろまずいですよ。善は急げだ、まだ電車はあるし、駅から雨乞い岩までは何とか歩いていける距離だったはずです」

「でも、お前の家の人、心配するだろう」

「うちは徹底した放任主義でね。今夜俺が家にいないことさえ、家の連中は気づかないでしょう」

どうやら、恐ろしく野放し状態の高校生であるらしい。

「だけどな、天本。雨乞い岩まで行けば本当に何とかなるのか？」

「……さあね。乗りかかった船だ、精一杯の努力はしますが、駄目《だめ》なら諦《あきら》めてください」

つくづく、慰めや気休めといったものには縁《えん》のない奴《やつ》だ。僕は、力無く頷《うなず》くしかなかった……。

何も知らない母には「天本の家で勉強する」と言い置き、僕たちは夜の道を雨乞《あまご》い岩へ向かって急いだ。

まずは電車で三駅、その後は延々と登山道を歩いていくのである。遠足の時は途中までバスで登ったその道を、今回は自分の足で進まなくてはならない。

赤外線スコープでも目の中に装着しているのではないかと疑いたくなるほど、天本は楽々と暗い山道を登っていく。

僕は懐中電灯を持っていたが、あいにくそれには、でこぼこした地面を十分に照らすほどのパワーはなかった。足元がおぼつかないせいで、僕は木の根や岩に何度も躓《つまず》き、そのたびにみっともなく転んだ。

バランスを崩すたびに、バックパックに入れた例の「石の蛤《はまぐり》」が、ずしりと肩に食い込む気がした。

日頃鍛えていない身体《からだ》には、山道は酷《ひど》くこたえた。心臓はドキドキするし、喉《のど》もカラカラで、吐く息が妙に金臭い。

「お……おやつ、持ってくるの、忘れたな」

掠《かす》れた声でそんな冗談を言うと、先を行く天本はふと立ち止まり、学生服の胸ポケットから何かを出して、僕に手渡してくれた。

「何？」

「少しは腹の足しになりますか？」

飴《あめ》だった。

「……サンキュ」

セロハンを剝《は》がして口に入れると、爽《さわ》やかな苺《いちご》の味が口じゅうに広がった。

「だけどお前、いつも飴持って歩いてんのか？」

「常に飴かチョコレートを携帯しろというのが、数少ない父親の教えでね」

「……ふうん。でも、お前がこういうの食ってるとこ、想像できないな」

「想像なんかしなくても、そのうち嫌でも見る羽目《はめ》になりますよ。甘《あま》い物は好きですから」

天本は面白くもなさそうな顔つきで、あっさりとそんなことを言った。

――今にして思えば、それが天本の「甘い物好き」を知ったそもそもの初めだったような気がする。

「旨《うま》い」

僕がそう言うと、彼は、口の端《は》で小さく笑って再び歩きだした。

4

やっとのことで目指す雨乞《あまご》い岩にたどり着いたのは、歩き始めて四時間近く経《た》った頃だった。

僕はもうヘトヘトになっていて、何度も転んだせいで、服はすっかり泥まみれになっていた。一方の天本《あまもと》は、シミ一つない服を着て、息も乱さず、じっと眼前の岩を見上げている。

それは、岩と言うよりは「崖《がけ》」と表現するのがふさわしいほどに高くそびえ立つ、見るからに神々《こうごう》しい巨岩であった。

昼間見たときはただ大きいだけに見えたが、こうして夜中に見ると、月の光を白々と受け止める垂直に切り立った岩の側面は、神聖でもあり不気味《ぶきみ》でもあり、なかなか複雑な感じがした。

雨乞い岩のそばには、対照的に低く平べったい……しかし、小劇場の舞台ほどもある「鱶切《ふかき》り岩」が横たわっており、その底面を洗うように、冷たい谷川が流れている。

僕は谷川の浅い流れに両手を浸《ひた》し、清冽《せいれつ》な水の冷たさを楽しんだ。ついでに顔も洗おうと思ったところで、例の蛤《はまぐり》をまさしくここで見つけたことを思い出し、げんなりしてやめてしまった。

天本はデジタルの腕時計に目をやり、こちらに向き直って言った。

「そろそろ午前零時近い。幽霊を呼び出してもいい頃です」

「……幽霊を呼び出す？」

「現場で本人に要求を語ってもらうのが、いちばん手っ取り早いでしょう」

何の躊躇《ためら》いもなく断言して、天本は僕に、「石の蛤」を鱶《ふか》切《き》り岩にのせるように、と言った。

「こ……こうか？」

僕は指示されたとおりにバッグから蛤を取り出すと、包み紙を取り去り、そっと平たい岩の端《はし》っこに置いた。

いつもは冷たい蛤が、今夜に限って妙に生温かい。単に僕の体温が移ったからだと思いたいが、しかし、その温《ぬく》みは妙に生々しく感じられる。

「下がっていてください、龍村《たつむら》さん。そして、何があっても声を立てないように。いいですね？」

「わかった」

僕は岩から少し離れた……いささか必要以上に離れた砂利の上に、腰を下ろした。天本の姿を、懐中電灯で眩《まぶ》しくないように注意して照らす。

天本は学生服の上着を脱ぎ、カッターシャツの袖《そで》をまくり上げると、谷川の水で両手を清めた。

それからその辺の小枝を折り、水を含ませ、蛤《はまぐり》にも振りかけた。同じように、東西南北にも小枝で水を振りまき、お清めめいたことをする。シャンと伸びた背筋が、まるで神主《かんぬし》のように厳《おごそ》かに見えた。

僕からは彼の顔が見えないのだが、それでも、ほっそりした後ろ姿からは、徐々に緊張が高まっていくのがありありと感じられた。彼の「気」が、あたりの空気を染め上げていくような感じだ。目に見えるわけではないが、確かに何かを感じることができる。

これが「オーラ」というものかもしれない、と僕は思った。

蛤を前にして真《ま》っ直《す》ぐに立ち、静かに呼吸を整えていた天本は、やがてゆっくりした動作で岩に向かい、深々と二度、頭を下げた。

次に、柏手《かしわで》を二回。

「橘《たちばなの》乃小戸《をど》乃《の》身禊《みみそぎ》を始めにて今も清むる吾身《わがみ》なりけり……」

奇妙な節回しの意味不明な言葉が、朗々《ろうろう》と響く。これが祝詞《のりと》、というやつなのかもしれない。

「招《を》ぎ奉《たてまつ》る此柏手《このかしはで》に、恐《かしこ》くも来座坐《きたりましま》せ薬師《やくし》の大神《おほかみ》」

また、柏手《かしわで》が一つ。

今度はどうやら神様を呼び出しているらしい。それくらいは素人《しろうと》の僕にもわかる。きっと何かのまじないなのだろうが、いったいどんな由来《ゆらい》を持つものなのか、僕には見当もつかない。

天本の姿勢は少しも揺るがない。頭のてっぺんから爪先《つまさき》まで、堅い棒でも通したようにピンと伸びている。

そして、全身の力を振《ふ》り絞《しぼ》るように、張りのある力強い声が不思議《ふしぎ》な呪文《じゅもん》を紡《つむ》ぎ続《つづ》ける。

「……奥津鏡《おくつかがみ》、辺津鏡《へつの》、八握剣《やつかのつるぎ》、生玉《いくたま》、足玉《たるたま》、死反玉《まかるかえしのたま》、道反玉《ちかえしのたま》、蛇比礼《へびのひれ》、蜂比礼《はちのひれ》、品々物比礼《くさぐさもののひれ》……」

ひゅう、と風が吹いた。爽《さわ》やかな山の夜風とは違う、生臭《なまぐさ》い、変に暖かな風である。

(あ、この臭《にお》いだ)

さっき「腐った鶏肉《とりにく》」と表現した、例の幽霊の息と同じ悪臭だ。

僕は、夕食を食《た》べ損《そこ》なったことを密《ひそ》かに感謝した。さもなくば、とても吐かずには耐えられなかっただろうから。

そんな凄《すさ》まじい臭気にも、天本はまったく動じていないようだ。

「比止《ひと》、布太《ふた》、身《み》、与《よ》、出《い》、武与《むよ》、奈那《なな》、弥《や》、古此《ここ》、多里《たり》、布留部由良由良《ふるべゆらゆら》……」

いつの間にか、蛤《はまぐり》を包み込むように、薄紫色の霞《かすみ》のようなものがどこからか湧《わ》いている。それはゆっくりと濃度を増し、凝縮《ぎようしゆく》され、やがて人の形――あの幽霊の姿になった。顔の大半を隠し、腰のあたりまでバサリと垂れる、長い乱れ髪。襤褸《ぼろ》と言ったほうがしっくりくる破れた着物。

青みがかった乳白色の肌の向こうには、黒々とした木々の影が透けて見える。何もかもが同じだ。ただ、月光の加減だろうか、それとも山の空気のせいだろうか。僕の部屋ではただ不気味《ぶきみ》でしかなかった女の姿が、ここでは何かしら美しいもののように感じられた。

「……目が痛い……」

女の珊瑚色《さんごいろ》の唇《くちびる》が開き、いつもの台詞《せりふ》が発せられた。

「目が痛い……。目が痛い、気づけば手もなし、足もなし。ああ、痛や、痛や」

「目をどうした？」

僕には声を出すなと言ったくせに、天本は僕とそっくり同じ問いを幽霊に投げかけた。まるで世間話でもするような、軽い調子である。

女は答えず、ただ同じ言葉を経文《きようもん》のように繰り返すばかりだった。それでも彼は、辛抱《しんぼう》強く幽霊に語りかけた。

「お前の愚痴《ぐち》を聞いているだけでは、どうにもなるまい。俺が成仏《じょうぶつ》させてやる。だがそのためには、お前の身体《からだ》を捜さなくては。お前はどこにいる？　手と足はどこへ行った？」

成仏、という言葉に、幽霊は反応を示した。僕は、その唇《くちびる》が初めてほかの言葉を吐き出すのを聞いた。

「……手は失《う》せた、足は失せた。経《ふ》る年月に胴もどこかへ行き失せて、あるのは髑髏《どくろ》が一つきり。……妾《わたし》をお助けくださいますか」

天本は力強く頷《うなず》く。

「そのために来た。俺を導け」

「……おお……」

女の顔は見えなくても、喜んでいるらしいことは気配でわかった。

僕は驚くと同時に、いたく感動していた。

幽霊も喜ぶのだ。生きている人と同じように。そして、ちゃんと嘆きも怒りも驚きもするのだ。

ただ悲しいことには、手も足もないその幽霊には、自分の頭蓋骨《ずがいこつ》のある場所を指し示すことはできなかった。その代わりに……。

「妾を……助けてくださいませよ……」

弱々しい声とともに、何ということだろう、岩の上に置かれた石の蛤《はまぐり》が、開き始めたのだ！

僕の手の中にあったときは、そして岩の上に置いたときも、確かにガチガチの石だった。それが今、目の前でゆっくりと音もなく開いていく。

貝の口からは、薄紫色の淡い光が広がって、ぼんやりと夜陰に滲《にじ》んだ。

「…………」

天本はためらいもなしに手を伸ばすと、今まで二枚の貝が大切に守ってきたものを、そっと取り上げた。

それを合図に、再び貝の口が閉じ始めた。同時に、貝の中から放たれる光も、みるみる弱まっていく。

どうやったら化石の蝶《ちょうつがい》番がそんなふうに動きうるのか、そんなことはもはや問題ではない。開いたんだから仕方がない、なのだ。

女は長い髪の毛越しに天本を見、僕を見てから静かに消えていった。

幽霊が失《う》せ、あたりに闇《やみ》が戻っても、不快な臭気だけはいつまでも肺の底に残っているような気がする。

ややあって、天本が振り向いた。

「もういいですよ、龍村さん。こちらへ」

僕は立ち上がって彼のそばまで行き、懐中電灯で手のひらの中の物体を照らしてみた。

「それが、貝の中に入っていたものか？」

「ええ。これは……」

「歯、だよな。綺麗《きれい》な、白い歯だ」

「ですね。そしてこれはたぶん、人間の……」

天本はしばらくそれを手の中で転がしていたが、やがてシャツの胸ポケットに大切そうにしまい込んだ。僕は蛤《はまぐり》を手に取って、ためつすがめつして見た。

やはり、完全に石化している。開くはずなどないのだ。だが……。

「龍村さん！」

考え込んでしまった僕を叱《しか》りつけるように、天本が呼んだ。

「一晩じゅう、その蛤と睨《にら》めっこしているつもりですか？　そんな暇《ひま》はありませんよ。あの女の髑髏《どくろ》を見つけ出さなくてはならないんですから」

「だって、結局どこにあるのか言ってくれなかったじゃないか。手も足もどこかへ散ってしまったらしいし。あてもなく掘ったって、見つかるものか」

「あてはあります。おそらく、蛤があったのと同じあたりでしょう。せいぜい頑張《がんば》ってください」

「……僕が？」

天本は腕を組んで、斜めに僕を見た。

「ほかに誰がいるんですか？」

「………そうだよな」

僕はすごすごとズボンを膝《ひざ》までたくし上げ、裸足《はだし》になって川の中に入った。跳び上がるほど冷たい水が足を洗う。足首から下が、たちまちジンジンと疼《うず》きだした。

鱶《ふか》切り岩の下流側の底面近く、確かその辺にあの蛤《はまぐり》はあったはずだ。天本に岩の上から懐中電灯で照らしてもらいながら、僕は黙々と川底の石を取り除き続けた。

だが、三十分経《た》っても、一時間経っても、何も現れなかった。

いくら自分の命がかかっているとはいえ、僕はこの単調きわまりない作業に、大概《たいがい》嫌けがさしていた。おまけに、冷たい水に浸《つ》けっぱなしの両手は、まるで無数の針でつつき回されているように痛むのだ。

助けを求めるように、僕は時折手を休めて天本を見上げた。が、美貌《びぼう》の少年は冷たい無表情で見返してくるばかりである。……さっさとしろよ、と言われなかっただけ、ましとすべきなのだろうが。

コツン！

突然、石とは異質の響きが鼓膜《こまく》を打った。僕は半ば手探りでそれを取り上げ、懐中電灯の明かりにさらしてみた。

象牙色《ぞうげいろ》でU字形の、とても硬くて滑らかな感触の、軽い物体である。

「何だろう？」

「どれ……」

天本はそれを受け取ると、しげしげ眺《なが》めた後で言った。

「これは……下顎骨《かがくこつ》ですね」

「下顎ということは、上顎《うわあご》……ていうか、頭蓋骨《ずがいこつ》もこの辺にあるんだな！」

僕は勢い込んでそう言ったが、天本は首を傾《かし》げて、どうかな、と呟《つぶや》いた。

「どうかな、って、お前……」

「ちょっと待ってください」

天本はその華奢《きゃしゃ》な、そしておそらくはずいぶん水に洗われて磨《す》り減《へ》ったであろう下顎骨を片手に持つと、また口の中でなにやらブツブツと唱え始めた。唱え終わってもしばらく、目を閉じて何かをじっと念じているようだ。

僕はただ、細い三日月の微《かす》かな月明かりに照らされた、天本の怖いくらい整った白い顔を見つめていた。

やがて顔を上げたとき、彼の顔にはうっすらと微笑が浮かんでいた。

幾分安堵《いくぶんあんど》したように、そして気の毒そうに、彼は僕に言った。

「こいつが片割れの在《あ》り処《か》を教えてくれました。……あっちの藪《やぶ》の中、だそうです」

「藪《やぶ》の中？　じゃあ、僕はまったく見当違いの場所を掘ってたってわけか！」

僕の抗議など聞こえていないふりをして、天本は実に身軽に谷川を飛び越え、対岸の茂みに分け入っていく。

僕も慌《あわ》てて後を追おうとしたが、濡《ぬ》れたままの足で靴を履《は》くのはなかなか骨の折れる作業だ。あたふたしていると、天本が僕を呼ぶ、鋭い声が聞こえた。

行ってみると、彼は一本のヤシャブシの木の前で、難しい顔をして立《た》ち尽《つ》くしていた。

「どうした？　もう見つかっちまったのか？」

「あったんですがね」

天本は口をへの字に結んで、木の根本を指さした。

「……あーあ……」

視線を落とした僕も、思わず嘆息した。

半ば土に埋もれ、苔《こけ》むした髑髏《どくろ》。その盆《ぼん》の窪《くぼ》から左目の穴——、つまり今の僕が知っている医学用語で当時の状況を表現するならば、大後頭孔《だいこうとうこう》から左《ひだり》眼窩《がんか》を見事に貫いて、この木はにょっきりと生えているのだ。

ヤシャブシというのは、きわめて成長の早い木である。今や眼窩をぎっちり埋め尽くすほど太くなった幹は、程なく頭蓋骨《ずがいこつ》を内側からメリメリと砕き、バラバラにしてしまうことだろう。

「こりゃあ……さぞ痛かっただろうな」

生身の自分に頭蓋骨《ずがいこつ》の境遇を重ね合わせて想像し、僕は思わず身震いした。だが天本は、片手を腰に当て、相変わらず冷静に言った。

「感心している場合ではありませんよ、龍村さん。何とかしてこの頭蓋骨を木から取り外さなくては。しかも、朝までにね」

「朝までに？」

「幽霊は、朝日が射《さ》すまでが活動時間ですよ」

真面目《まじめ》な口調で、天本はそんなことを言う。僕は思わず、暗い夜空を仰《あお》いだ。

「そりゃ……大変だ」

それからは……本当に大変だった。

いくら何でも、鋸《のこぎり》までは用意していなかったから、木を切り倒すことはできない。

僕はまず、素手《すで》で土を掘って、根っこごと木を掘り起こした。それから、天本所持の小さなナイフを使って枝を落とし、幹をこそげるように少しずつ削って、やっとのことで頭蓋骨から木の幹を引き抜くことができたのだ。

言葉にすると単純かつ簡単に聞こえるだろうが、実際は三時間もかかる大仕事だったのだ。しかも、実際に労働するのは僕ひとりなのだから！

「これでもう大丈夫《だいじょうぶ》だな」

頭蓋骨《ずがいこつ》を天本に手渡し、疲労困憊《ひろうこんぱい》して地面にへたり込んだ僕に、天本はさらに不吉な一言を浴びせてくれた。

「それは、これがあの女の頭蓋骨であることを確認してからでないと、保証できませんね」

「……どうやって確かめるんだよ、そんなこと」

「そのためにこれがあるんですよ、きっと」

そう言いながら彼が取り出したのは、例の蛤《はまぐり》の中にあった「歯」である。

長年、野ざらしだったにもかかわらず、頭蓋骨は驚くほど綺麗《きれい》に保たれていた。いわゆる「念」とやらがこもっていると、骨も容易に土に還《かえ》れなくなるのだろうか？

さすがに歯は一本もついていなかったが、歯槽骨《しそうこつ》は残っている。注意深くこびりついた泥を落としてから、天本は小さな「歯」を頭蓋骨の上顎《うわあご》に当ててみた。

ぴったりだ。その「歯」は、左上顎の前から三本目の孔《あな》——ということは、これは犬歯《けんし》だ——にすっぽりとはまり込んだ。

やはりこれは、あの女の頭蓋骨だったのだ。僕は、恐怖を一瞬忘れ、自分が冒険家になったような高揚感に包まれた。

「……で、これをどうすりゃいいんだ？　天本」

弾《はず》んだ声で、張りきって問いかけた僕だったが、天本の態度は、相変わらず冷ややかだった。

「心配せずに、後は俺に任せてください」

天本は黴臭《かびくさ》い湿った頭蓋骨《ずがいこつ》を顔の前に真《ま》っ直《す》ぐ向き合うように持ち上げ、ためらいもなく自分の白く美しい額《ひたい》を頭蓋骨の前頭部に押し当てた。両の瞼《まぶた》を固く閉じ、意識を頭蓋骨に集中させている。形のよい眉《まゆ》が、苦しげにぎゅっと顰《ひそ》められる。

僕はひたすら息を殺して、それを見守ることしかできなかった。


どのくらいそうしていただろうか。

「龍村さん、終わりにしましょうか」

髑髏《どくろ》から顔を離した天本は、何だか妙にすがすがしい顔でそう言った。

かと思うと、彼は鱶《ふか》切《き》り岩の上に頭蓋骨と下顎骨《かがくこつ》をきちんと組み立てて置き、蛤《はまぐり》の化石を手にして岩の上に立った。

「天本……？　いったい何をする気だ？」

「供養《くよう》ですよ」

そう言うが早いか、制止する暇《ひま》もなく、手にした石の蛤を頭蓋骨に思いきり振り下ろす。

ガツッ……！

長い年月を経て脆《もろ》くなっていた髑髏《どくろ》は、天本の渾身《こんしん》の力を込めた一撃で、木っ端微塵《こっぱみじん》に砕け散った。

……いや、そうではない。天本が女の願いを聞き届け、その髑髏に澱《よど》んだ「念」を解放してやったために、骨はやっと灰燼《かいじん》に帰すことが許されたのだ。

天本は岩の上にしゃがんで、呆然《ぼうぜん》としている僕の前に、蛤《はまぐり》を差し出した。さっきの痛撃でほんの少し傷がついたが、相変わらず美しい、完璧《かんぺき》な形を保った化石である。

彼は少し笑って言った。

「あの女は成仏《じょうぶつ》したし、歯を取り出してしまったから、こいつと女の因縁《いんねん》も切れた。もう、この蛤から幽霊が出ることはないし、二度と貝の口が開くこともない。どうします？　持って帰りますか？」

「いいっ！　いらない、そんなもの、断じて持って帰らんぞ！」

僕は、我ながら大袈裟《おおげさ》なほど両手を振って辞退した。こんな不気味《ぶきみ》なものをこれ以上手元に置く気などしない。

「ではこれは、俺がもらい受けることにしましょう。今回の報酬《ほうしゅう》ということで」

何がそんなに気に入ったのか、彼は嬉《うれ》しそうに蛤を両手で抱え込んだのだった。

「謎解《なぞと》きを聞きたいですか？」

白々明けの山道を並んで下る途中で、不意に天本がそう訊《たず》ねてきた。

さっき、女の髑髏《どくろ》から何かを読みとったに違いない。僕はもちろん聞きたいと答えた。

「可哀相《かわいそう》な女ですよ。……彼女は、人身御供《ひとみごくう》として、鮫《さめ》をおびき寄せるための餌《えさ》にされたんです。手足がないのは、巨大な鮫に食いちぎられたからだ」

僕は思わず顔を顰《しか》めた。そういう生々しい話は、どうも苦手だ。

「酷《ひど》いな。じゃあ、あの人は、自分を飲み込んだ鮫ごと、あの場所で神様に捧《ささ》げられてしまったというわけか」

天本はあっさりと頷《うなず》く。

「そうです。同じ時、鮫の腹の中には、この蛤《はまぐり》君も紛《まぎ》れ込《こ》んでいた。そして、何かの拍子に、鮫の胃袋の中で、食われた女の歯が一本だけ、この貝の中に飲み込まれたんです。その時から、女の無念がこの貝に宿ることになった。怨念《おんねん》がこの貝をこんなに大きくし、石に変えたんです」

僕はぽんと手を打った。

「ああ、そうか！　だからこれは化石であって化石でないと、そう言ったんだな。生き物が石になったことに変わりはないが、こうなるまでのプロセスが恐竜とは違うわけだ」

「そういうことですね」

「世の中には、不思議《ふしぎ》なことがあるもんだなあ」

「まったくね。こいつはその生き証人というわけです」

天本の手の中で、物言わぬ蛤《はまぐり》は黒々と息づいていた……。


幹線道路に出る頃には、午前五時を過ぎていた。

「腹が減ったな。どうせ家に帰ってる暇《ひま》はないし、この辺でゆっくり朝飯を食ってから学校へ行こうぜ。いろいろ迷惑をかけたから、せめてもの礼に好きなものを奢《おご》る。何がいい？」

そう訊《たず》ねると、天本はしばらく考え、やがてこう言って笑った。

「ドーナツが山ほど食べたいですね。低血糖発作《ていけっとうほっさ》で倒れそうだ」

いつの間にか、彼はずいぶんとくだけた笑顔を僕に向けてくれるようになっていた。僕にはそれが、無性《むしょう》に嬉《うれ》しかった。


駅前のドーナツショップで、僕らは熱いコーヒーと甘《あま》いドーナツという、いわゆる至福《しふく》の朝食を摂《と》った。

「山ほど」という言葉に違《たが》わず、天本はドーナツを貪《むさぼ》るように五つも平らげた。本当に、甘い物が大好きらしい。

僕は何も言わずにそれを見ていたが、ドーナツを囓《かじ》っているときの彼は、いつもよりずっと少年らしい、幸せそうな顔をしていた。

視線を窓の外に転じてぼんやりと考えごとに耽《ふけ》っていると、天本が低い声で静かに訊《たず》ねてきた。

「何を考えてるんです？」

僕はテーブルに頬杖《ほおづえ》をついて答えた。

「うん……。僕は今まで、幽霊なんて信じてなかった。死んだら何もかも消えてなくなるんだと思ってたんだ。だが、死んでも魂は残るんだな。報《むく》われない魂は、どこへも行けずにこの世のどこかに彷徨《さまよ》ってるんだな」

天本は黙って頷《うなず》く。

「だからさ、天本。僕は思うんだよ。……いかに生きるかが大切だってことは誰でも知ってるだろ？　でも、いかに死ぬかも、それと同じくらい重要なんだってな。今まで積み重ねてきたよいことは評価され、悪いことは罰せられ、きっちり落とし前のつく死にかたをしなくちゃいけない。……ああ、どうも上手《うま》く言えないが、そんなことを考えてた」

天本は、秀麗《しゅうれい》な顔に、驚くほど優しい微笑を浮かべた。そして一言、ぽつりと言った。

「この一件で、人生が変わりましたね、龍村さん」

(大袈裟《おおげさ》な奴《やつ》だな)

その時の僕はそう思った。しかし、それは天本の恐ろしく的確な「予言」であった。

なにしろ僕は翌年、それはそれは唐突《とうとつ》に文学部志望を撤回して医学部を受験する。そして医者になってからは、臨床医学にいっさい手を染めないまま法医学教室に入り、死体の専門家になって今日に至るのだから……。

5

「こんなものだったかな、天本《あまもと》よ」

「たぶん。大筋は合っていると思うよ」

天本は三カップ目のアイスクリームを食べ終え、さすがに満足そうな溜《た》め息《いき》とともに頷《うなず》いた。これでちっとも太らないのだから、世の中は不公平にできている。

「ねえ龍村《たつむら》先生、僕もその蛤《はまぐり》、見たことありますよ！　天本さんが書斎で、原稿の上に置いてたやつでしょ」

おとぎ話を聞く子供のように、わくわくと耳を傾けていた琴平《ことひら》君は、そう言って、両手で蛤の大きさくらいの輪を作ってみせた。

僕はテーブルに両肘《りょうひじ》をつき、遠い日を思っていささか感傷的な気分で言った。

「ああ、そうだ。……はあ、しかし懐《なつ》かしいなあ。思えばあの時、初めて人間の生と死について真剣《しんけん》に考えたんだよ、僕は」

「だからといって、それまで文系志望だった人間が高三の秋に突然医学部を目指すなんて、あまりに単純すぎやしないか？　俺はあの頃、本気であんたの行く末を心配したよ」

天本はそう言って笑う。眉《まゆ》を少し顰《ひそ》めたその笑顔は、何やら妙に優しい。

「うるさいな。因果《いんが》関係は正しいし、何とかなったんだからいいじゃないか」

恥ずかしさも手伝って、僕はぶっきらぼうに言い返した。

「とにかく、あの事件が今の僕を作り上げたことは確かなんだ」

(そして、お前との腐《くさ》れ縁《えん》もあの日から始まったんだよな、天本)

僕の心の声に反応したかのように、天本は軽く右眉を上げた。気を悪くしているわけではなく、どちらかといえば照れ気味《ぎみ》の表情だ。

不思議《ふしぎ》なことに、昔からこの男には、口に出さなかった言葉のほうがストレートに伝わってしまう。

そしてこれもずっと変わらないようだが、そんなとき自分の感情を……特に嬉《うれ》しい気持ちを素直に表現できないのが、天本という男なのだ。

「……それにしても、最後のあたりは本当に死体損壊罪《そんかいざい》ものだぜ」

僕の意地悪な冗談を、天本は鼻で笑い飛ばした。

「室町《むろまち》時代の骨に、死体損壊罪もくそもあるものか。大丈夫《だいじょうぶ》、安心して書けよ」

「ははは、そうだな。そのとおりだ」

僕も笑った。

「そうしよう。さて、僕はそろそろ職場に戻る。今日じゅうに原稿を書き上げにゃならんし、あんまり派手《はで》にサボっちゃ、教室の連中がうるさいからな」

店の外に出て別れ際、天本はふと暗い底なし沼のような嫌な目つきで僕を見た。そして、こんなことを言った。

「そうそう、言っておこうか。信じるも信じないもあんたの勝手だが、女難の相が出ているよ、龍村さん。用心したほうがいい」

「馬鹿言うな。そんな物好きな女がいるものか」

僕は軽く受け流したが、天本は笑いを嚙《か》み殺《ころ》したような中途半端《ちゅうとはんぱ》な真顔で肩を竦《すく》めたきり、もう何も言わなかった。


たっぷり小言《こごと》を頂戴《ちょうだい》する覚悟で教室に戻ると、たまたま教室には中原真理子《なかはらまりこ》がひとりでいた。

僕が身体《からだ》を小さくして入っていくと、彼女は、

「何してるんですか、今さら」

と、屈託《くったく》なく笑った。どうやら機嫌《きげん》は直ったらしい。

五つ年下のくせに偉そうな口をきく生意気な女だが、こうしてにこにこしていると、そ

れなりに可愛《かわい》いと言えなくもない。

「みんなは？」

「実験室か、図書館か」

「ふうん？」

僕は手持ち無沙汰《ぶさた》に真理子の前をうろうろし、使いもしないマッキントッシュを立ち上げてみたりする。

「龍村先生はなりが大きいんだから、ちょっとばかり小さくなったってちっとも効果ないですよ。……心配しなくても、教授には言いつけてません。何も知らずに、教授会に行っちゃいました。ほかの人だって、きっと先生がいないのに気づいていないから大丈夫《だいじょうぶ》」

「それは……どうも、なんともはや」

僕が頭を掻《か》くと、真理子は今まで見たことのないような、とびきりの笑顔を僕に向けてきた。

「可愛い」と「色っぽい」と「そら恐ろしい」を足して三で割ったような、何とも形容しがたい「女」そのものの笑いである。普段《ふだん》は男勝《おとこまさ》りのまったく愛想《あいそ》なしな奴《やつ》だけに、これは相当面食らう状況だ。

さらに彼女は、甘《あま》い喉声《のどごえ》でこう言った。

「本当に困った先生。……まあ、そこが可愛いんだけど。今晩、お暇《ひま》ですか？」

背筋に冷たいものが走った。

真理子の媚《こ》びを含んだ妖《あや》しい眼差《まなざ》しが、じっと僕を見つめている。

（早すぎるぞ、天本！　用心する暇《ひま》なんかないじゃないか！）

さっき別れた親友の皮肉っぽい笑顔を思い浮かべて、僕は心の中で思いっきり悪態《あくたい》をついた。

僕は時々思うことがある。

天本森《しん》の予言。

——あれこそは、実は予言ではなく、「呪《のろ》い」なのではないか、と。

人形の恋

1

出張や学会で天本《あまもと》家に滞在するとき、僕はいつも客間に通される。

客間といっても、特にゴージャスな部屋というわけではない。普段《ふだん》使わない一階の和室を、天本がそう呼んでいるだけのことだ。

だが、綺麗《きれい》好きな天本は、使わない部屋でも掃除を欠かさないらしく、突然訪問しても、広い室内はいつも綺麗に整えられている。

床の間にさりげなく生けられている季節の花は、琴平《ことひら》君の心尽《こころづ》くしらしい。

とにかく、僕にとって天本家は、今や第二の……いや、本当の実家を追い抜いて、まるで故郷のような気すらする場所なのだ。

今日も僕は、予告なしに天本家を訪れていた。

急な出張で近くまで来たので、琴平君の喜ぶ顔が見たくて、土産《みやげ》片手に寄ってみたのだ。天本の都合がよければ、晩飯でもご馳走《ちそう》になろうかという魂胆《こんたん》だった。

だが、何度インターホンを鳴らしても、誰も出てこない。どうやら、二人とも留守らしい。

閉口して二階を見上げてみると、幸い、雨戸は閉められていなかった。おそらく、夕方までに帰ってくる予定で出かけたのだろう。

これ幸いと、僕は天本に預けられている合い鍵《あいかぎ》で、家の中に上がり込んだ。勝手知ったる他人の家である。今さら遠慮しても始まらないだろう。

「邪魔するぜ」

玄関で脱いだ靴を揃《そろ》えつつ、誰もいないのを承知のうえでそう言ってみた。返事はない。どうやら、例の真っ黒な式神《しきがみ》君も、どちらかについていったらしい。

「もぬけの殻《から》……か」

口の中で呟《つぶや》きながら、僕は客間の襖《ふすま》を開けた。

室内に入ると、青草の甘《あま》く爽《さわ》やかな匂《にお》いがした。天本の奴《やつ》、奮発《ふんぱつ》して畳《たたみ》を新しくしたらしい。

おそらく、僕や河合《かわい》さんのような、押しかけ泊まり客のためなのだろう。相変わらず、妙なところで気を遣《つか》う男だ。

僕は、ボストンバッグを隅《すみ》に置くと、部屋の真ん中に大の字になってみた。

(天井……高いなあ)

ちょうど顔の上に、中国の風景を透《す》かし彫《ぼ》りにした、灯籠《とうろう》のような不思議《ふしぎ》な形のシャンデリアが下がっている。瀟洒《しょうしゃ》な品だが、和室には今ひとつそぐわない感じがする。

そういえば天本から、この家は、イギリス人の銀行家が戦前に建てた家なのだと聞いた。ヨーロッパ人独特の美的感覚が、このミスマッチを生んだのかもしれない。

その銀行家が帰国したか死んだかした後、この広い屋敷は、長い間空き家だったらしい。いい家だから、住み手がなかったことには何か理由があるのだろうが、天本はそれについては語らなかったから、僕は知らない。

とにかく、神戸《こうべ》を去った天本は、美代子《みよこ》を連れて、この家に越してきた。

まるで幽霊屋敷のようだった家に、二人で少しずつ手を入れていったのだそうだ。家じゅうを掃《は》き清《きよ》め、木の床を磨《みが》き上《あ》げ、家具や食器を揃《そろ》え、庭に花を植え……。

美代子はあまり細かい作業には向かない性格だから、おそらくそうした作業のほとんどを、天本はひとりでやってのけたはずだ。

霞波《かなみ》さんを失って、心身共に深く傷ついていた天本には、それは格好のリハビリだったのかもしれない。

瀕死《ひんし》の家を、自分の手で徐々に甦《よみがえ》らせていく……。それと同時に、あいつは自分の魂をも、少しずつ癒《いや》していったのだろう。

だが、天本が本当に心と呼べるものを取り戻したのは、琴平君が来てからだ。

天本が誰かを「拾った」のは、美代子に続いて琴平君が二人目だが、あの二人には、確実な違いがあった。

美代子は……野良猫《のらねこ》のような女だ。行き場を失って天本の家に飛び込んできたにもかかわらず、彼女は決して、僕や天本に「守られる」ことを望んではいなかった。

もちろん僕らに懐《なつ》いてはいたが、少なくとも僕には、心を許してはいなかった。そして、いつかは力をつけて、ひとりで生きていこうと決意していることは、その目を見ればわかった。

——あたしは、いつかここを出ていく。でも、それまでは、あたしが天本さんを守るよ。あんたなんかより、ずっとしっかりとね。

あの時……霞波さんが死んで、僕が天本を置いて去る決心をした時、まだ幼さの残る少女だった美代子は、驚くほどきつい眼差《まなざ》しで、僕を睨《にら》んでそう言った。

そんな彼女だからこそ、僕はあの時、美代子に天本を任せる気になれたのかもしれない。

(そして実際……あいつはカメラマンの助手になって、天本んちをあっさり飛び出していったんだよな)

美代子は、すべからく有言実行《ゆうげんじっこう》の女なのだ。……昔も、今も。

一方、琴平君は……。

琴平君が、美代子に比べて弱いとは思わない。だが、彼は美代子と違って、自分を前面に押し出すようなタイプではない。

天本と違って、ボキャブラリー貧困な僕には上手《うま》く言えないが、彼は、自分の大切な人のために強くなれるのだ。つまり……今は、天本のために。

考えてみれば、面白い話だ。

普段《ふだん》は、まるで幼子が母親にまとわりつくように天本に甘《あま》えている琴平君が、いざという時には、誰も敵《かな》わないような力を発揮《はっき》する。

ただひたすら、天本を守るために。

天本は、誰かの世話を焼きたがるくせに、自分がとことん脆《もろ》い奴《やつ》だから、普段は甘え上手で、非常時にしっかりと支えてくれる琴平君は、最高のパートナーだろう。

（いい相棒を見つけたな、天本……）

本当の意味で天本の心を開かせてくれたのは、琴平君の純粋な心なのだろう。彼に心から愛され、信頼されることで、天本はやっと人間らしい気持ちになれたのかもしれない。

僕が天本に再会したのは、琴平君がこの家に来てすぐ後だったはずだ。ということは、天本が琴平君と暮らし始めて、もうすぐ二年になる。

その間、天本は会うたびに変わっていった。何より、雰囲気が柔らかくなったし、それに、驚くほどよく笑うようになった。

天本の、この笑顔ばかりは、「昔どおり」というわけにはいかない。何しろ、昔からあいつは、今のように優しく笑うことなど滅多《めった》になかったのだ。

僕は目を閉じ、記憶に残る学生時代の天本の顔を思い浮かべてみた。

取り澄ました冷たい横顔、そして、ごくたまに見せる、薄い微笑。その反対に、嫌というほど見てきた、皮肉っぽく歪《ゆが》めた口元。あれも、冷笑という言葉を使うならば、笑顔の一種と言えないこともないが……。


目を閉じていると、新しい畳《たたみ》の匂《にお》いが、いっそう強く感じられた。その香気《こうき》を胸一杯に吸い込むと、大脳の奥のほうから、懐《なつ》かしい記憶が浮かび上がってくる。

あの日、僕と天本はこんな青草の匂いを嗅《か》ぎながら、草の上に並んで横たわっていた。頭の上には、眩《まぶ》しい太陽が輝き、目を閉じていても、網膜《もうまく》の裏側に、白い光がチラチラと飛んだ。

あの暖かい日射《ひざ》しと、駆《か》けどおしだったせいでカラカラの喉《のど》と、弾《はず》む息を、僕はまるで昨日のことのように鮮やかに覚えている。

(そういえば……天本はあの時、よくわからない言葉を口にしていたっけな)

僕は片手でネクタイを緩《ゆる》め、畳の上に両腕をダラリと伸ばした。

そのまま全身の力を抜いて横たわっていると、微妙な部屋の暖かさも手伝って、徐々に眠気が襲ってくる。

(……天本の夢を見そうだな。……そして、あの人形の夢を)

僕は目を閉じたまま苦笑いして、甘美《かんび》な夢を運んでくれるであろう眠りの訪れを待ったのだった……。

2

高校二年、十月十一日の昼休み。

僕、龍村泰彦《たつむらやすひこ》は、学校じゅうの廊下という廊下に、大判のポスターを貼《は》って歩いていた。

「第三十五回　春明祭《しゅんめいさい》！　十一月十日開催！　今年のテーマは『何でもアリ！』」なんて、でかでかと書かれたやつだ。

そう、我が春明学園の年間最大行事、春明祭——つまり文化祭のことだが——まで、ちょうど一か月となったのである。

それはいいが、何故《なぜ》僕がこんなポスターを貼り歩く羽目《はめ》になったかと言えば……。

話は先週に遡《さかのぼ》る。

「おい、龍村いるか！」

そんな言葉とともに、二年D組の引き戸を勢いよく開けたのは、三年B組の桜井雅志《さくらいまさし》だった。僕は一年海外留学した後、一つ下の学年に編入したから、桜井は元同級生ということになる。

ちょうど終礼が終わったばかりで、僕は鞄《かばん》に教科書を詰めているところだった。

「よう、桜井か。どうした？」

懐《なつ》かしいというほど仲のいい奴《やつ》ではなかったのだが、それでも知った顔を久しぶりに見るのはそう悪くない。僕は笑って片手を挙げた。

「いたか！　やれやれ、助かった！」

桜井はほっとした顔で、僕のそばまでやってきた。

どちらかといえば丸い顔に、飛び出し気味《ぎみ》のいつも眠そうな目——相変わらず兎《うさぎ》みたいな容貌《ようぼう》をした男だ。

「何だよ？」

鞄の口を閉じながら僕が訊《たず》ねると、桜井は唐突《とうとつ》にこんなことを言いだした。

「あのさ、バザーやってくんないかな」

「バザー？」

わけがわからないまま鸚鵡返《おうむがえ》しする。桜井はうんうんと頷《うなず》き、立てた人差し指を僕の目の前で振りながら、重ねて言った。

「ほれ、春明祭で生徒会主催のバザー、毎年やってるだろ？」

「ああ、うん」

「今年はどうも生徒会が人手不足でな。バザーにまで手が回らんのだわ」

　そういえば、桜井は高三でありながら未《いま》だに生徒会の庶務《しょむ》を務《つと》めている、と聞いたことがある。

「なあ龍村。元同級生のよしみじゃないか。お前、やってくれないか？」

「僕が？　駄目《だめ》だ駄目だ、そんなことは！」

　僕は思いっきり顔を顰《しか》めてみせたが、桜井は少しも怯《ひる》まない。

「頼むよ。もうあと一か月しかないだろ？　そろそろ準備を始めなくちゃ間に合わないんだよ。べつに生徒会に入れってんじゃないんだしさ、バザーだけやってくれりゃそれでいいんだ」

「バザーだけ、ったって、あれ、大変じゃないか！」

　実際、バザーは春明祭の目玉の一つといってもいいような大がかりな行事なのだ。

　生徒や教職員から家庭の不要品を寄付してもらい、適当に安い値をつけて売りさばく……。システム自体は至極簡単なのだが、品物集めや値段つけ、そして何より、当日、雲《うん》霞《か》のごとく押し寄せる「理性を失った」おばさん軍団の相手……。そういうもろもろの作業に費やされる労力は、はたで見ていても相当なものに思える。

「お前にしか頼めないんだよ、龍村。ほかの奴《やつ》はみんな、クラブの出店とか文化部発表会とかで忙しくてさ。この辺でクラブ入ってないのはお前くらいのもんだ」

「嫌だ」

「頼むって」

今まで取り立てて仲良くもなかった奴《やつ》にそんなことを言われても、あまり同情する気にはなれない。僕は鞄《かばん》を取り上げ、冷淡に言い放った。

「僕がクラブに入ってないのは、文化祭の間のんびり過ごすためだ。面倒ごとなんざごめんだぜ」

「そんなこと言わないで、な？」

「嫌だったら嫌だ！」

学生服の袖《そで》を掴《つか》んだ桜井の手を、僕は乱暴に振り払った。

それでも彼は、教室を出ていこうとする僕の前に、素早く立《た》ち塞《ふさ》がった。こんな時だけ、びっくりするほどの反射神経を発揮《はっき》する奴だ。

「聞けよ。ひとりでやれなんて言わない。ちゃんと補佐をつけるから！」

「……補佐って誰だ？」

迂闊《うかつ》にそんなことを訊《き》くべきではなかったのだ！　あの時さっさと教室を出ていっていれば、今回の一連の災難とは無関係でいられたはずなのに。

「補佐は、あ・た・し！」

いきなり背後から左腕を取られて、僕は跳び上がらんばかりに驚いて振り向いた。

ダッコちゃん人形のように僕の腕を両手で抱きしめているのは……。

真《ま》っ直《す》ぐ下ろした胸までの髪、全体的にふっくらどっしりしたお母ちゃん体型、そしてどことなくハゼに似た、愛嬌《あいきょう》のある目鼻立ち。

「あたしですよーん」

元気のいいアルトの声。

それは、確か一年生の……。

「真弓恵子《まゆみけいこ》でーす」

口をきくのは初めてだというのに、妙に人懐《ひとなつ》っこく自己紹介して、真弓はニカッと笑った。でかい口だ。

「いつの間に？」

「桜井先輩と一緒にいたんですよう。あはは」

妙に馴《な》れ馴《な》れしい奴《やつ》だが、それでも女の子である。桜井と違って、そう邪険《じゃけん》にするわけにもいかない。

「よろしくね〜。龍村さんっ」

「いや、よろしくじゃないだろう！　僕は嫌だって言ってるんだぞ！」

「またまた、龍村さんってばあ。嫌よ嫌よも好きのうちって言うでしょ？　ね、意地張ってないで行きましょ行きましょ」

「あ……あのなあ」

「いいから、ほら」

僕は真弓にがっしりと捕まえられ、桜井に引きずられるかたちで、生徒会室に連行されてしまったのである。

結局その日のうちに、僕はバザー実行委員長を引き受けることになってしまった。

――ただし、三つの条件をつけて、だが。

まず一つ、僕は決して生徒会には入らないこと。

二つ、バザーの準備は、生徒会のスタッフも手伝うこと。

そして三つ、僕はバザー以外の生徒会の仕事をいっさい手伝わないこと。

「ああ、いいよ。バザーさえ引き受けてくれりゃ、ほかのことなんか何もしなくていいとも！」

桜井はいとも簡単に条件を呑《の》んだが、今にして思えばそれすら、僕の性格を見越してのことだったのかもしれない。

バザー以外の仕事はいっさい手伝わない！

そう自分で声高に宣言したくせに、今日のこのざまである。

生徒会の連中が雑事に追い回されて青息吐息なのを、高みの見物としゃれ込めるほどには、僕の神経は図太くなかったのだ。

　ポスター貼《は》りを終えて生徒会室に戻ると、僕の補佐係、真弓恵子が昼飯の最中だった。

「あっ、お前、僕にポスター貼りなんかさせて、自分は呑気《のんき》にメシか！」

　僕の非難の言葉などどこ吹く風で、真弓は白い紙包みを振ってみせた。

「ちゃーんと龍村さんの分も買っときましたってば。短気は損気ですよ」

「何言ってんだ、馬鹿」

　パイプ椅子《いす》に腰かけて、ガサガサと包みを探る。出てきたのは、コロッケパンとヤキソバパン。

「……センスのない組み合わせだなあ」

「文句言わないの！　……あ、そうだ」

　真弓はふと思い出したように言った。

「今日の終礼の時に、バザーの品物集めのビラを各教室で配布してもらうことにしましたから」

「うわあ……いよいよか」

「いよいよ、ですよ」

　三角パックのフルーツ牛乳を飲みながら、彼女は不敵に笑う。そして、机の上から紙切れを取り上げて僕に手渡した。

「これ。去年のと同じ文面で打ち出してみましたから、いちおうチェックしてください。それでよければ、すぐに印刷に回します」

「……ああ……。いいんじゃないかな」

情けないことだが、バザー実行委員長とは名ばかりで、実務のほとんどは真弓が仕切ってくれている。まだ一年生のくせに、驚くほどてきぱきと仕事を片づけてしまうのだ。

一方、僕は彼女に言われるままに、挨拶回《あいさつまわ》りやそのほかの細々《こまごま》したことをこなすだけ……つまりは、猿回しの猿だ。鵜飼《うか》いの鵜だ。

もしかしたら、そんな卑屈《ひくつ》な気分が顔に出ていたのかもしれない。真弓は気のいい顔に困ったような笑みを浮かべ、こう言ってくれた。

「大丈夫《だいじょうぶ》、品物が集まりだしたら、嫌になるくらい働いてもらいますから。それまでは楽してください」

「……ごめんな、頼りにならなくて」

僕には、そう言うしかなかった。


ビラをまいた翌日から、続々と品物が集まりだした。

学級委員たちが、クラスごとに品物を集め、バザー用の倉庫まで運んでくれる。それを受け取り、品物の種類や品質によって分類していくのが、僕と真弓の日々の仕事だ。

比較的裕福な家庭の子供が多い我が校のことだ。「家庭の不要品」とはいえ、ほとんどが新品——ただし、箱に「お中元」だの「お歳暮」だの「粗品」だのという紙きれがくっついている——である。

「これじゃあ、おばさんたちが顔色変えるのも当たり前だよなあ」

目の前に文字どおり山と積まれた品物を前に、僕は思わずぼやいた。一つの山を片づけて帰っても、次の朝には新しい山が二つできているのだから、まったくやっていられない。

「くじけない、くじけない。いつまでも続くわけじゃなし」

石鹼《せっけん》の箱をうずたかく積み上げながら、真弓は面白そうに笑った。こんな際限《さいげん》なく続く単調な作業ですら、彼女にとっては楽しいイベントの一つらしい。よほど、こういう仕事が好きなのだろう。

「そりゃそうだけどな。だけど、次に来るのは値段つけだろ？　やることはそう変わらんじゃないか」

「そう悲観的にならないでくださいよう。楽しいじゃないですか」

「何が楽しいもんか」

少なくとも今週いっぱいは、放課後をまるまるこの作業に費やさなくてはならないのだ。楽しいわけがない。

「あーもう、五分休憩だ！」

僕は提供された品物の一つであるスーツケースの上にどかりと腰を下ろした。

その時である。

「あの……」

倉庫の引き戸を細く開け、誰かが顔を覗《のぞ》かせた。クラスメートの榎本《えのもと》恭子《きようこ》だ。

「榎本？　何か用か？」

驚いて立ち上がった僕に、榎本は少し困ったような顔で頷《うなず》いてみせた。やや面長《おもなが》の顔に、困惑気味《ぎみ》の笑みが浮かんでいる。

「あのね、こんなものでもバザーに出してもらえるかと思って」

そんなことを言いながら、榎本は後ろ手に持っていたものを僕に差し出した。

「……え？」

それを見た僕は、思わず絶句した。後ろから覗き込んだ真弓は、遠慮ない歓声を上げる。

「うっわー、凄《すご》く綺麗《きれい》じゃないですかあ！」

その言葉に異論などない。

榎本がぶら下げるようにして持ってきたのは、純白のドレスに身を包んだ、金髪碧眼《きんぱつへきがん》の

大きなアンティークドールだったのである。

「わあ、高いんじゃないですか、これ。触っていいですか？」

「もちろん。この人形、バザーに出したいのよ。いい？」

榎本は、実に無造作《むぞうさ》に、赤ちゃんほどもあるその人形を、真弓に押しつけた。

ウエディングドレスにも似た、純白のサテンとレースを幾重《いくえ》にも重ねた豪奢《ごうしゃ》な衣装は、人形の足首まですっぽり覆《おお》っている。靴も白のサテンで、甲には可愛《かわい》らしいリボンがついている。

「凄《すご》いな、これ……」

真弓の手元を覗《のぞ》き込《こ》んだ僕も、思わず溜《た》め息《いき》をついてしまった。

顔と手は陶器《とうき》で、睫毛《まつげ》の一本一本まで丁寧《ていねい》に描《か》き込《こ》まれた大きな目は澄んだブルーの硝子《ガラス》、頬《ほお》は薔薇《ばら》色《いろ》である。

この手のものには門外漢《もんがいかん》の僕にも、これが年代物の逸品《いっぴん》であることは一目でわかる。

「だけどこれ、高いんじゃないのか？　バザーに出すには高価すぎやしないかな」

「いいのよ」

「だけどなあ……」

僕の言葉に、榎本は妙にムキになってかぶりを振った。

「もういらないの。だから、誰かにもらってほしいのよ」

「どうしてですかあ？　好きで持ってたんじゃないんですか？」

真弓の無邪気《むじゃき》な問いにも、榎本は酷《ひど》く棘《とげ》のある声で答える。

「あたしがいいって言ってるんだから、いいの！　とにかく、誰にでもいいから売っちゃってよね。お願い。絶対に返したりしないでよ」

「お、おい、榎本？」

「よろしくね！」

捨《す》て台詞《ぜりふ》のようにそんなことを言って、榎本は倉庫を出ていってしまった。

後には、僕と真弓と、彼女の腕に抱かれたアンティーク人形が残された。

「……行っちゃった。何だか榎本さん、怒ってたみたい。変なの」

真弓は不思議《ふしぎ》そうに首を傾《かし》げ、あやすように人形を抱いて話しかけた。

「置いてきぼりくっちゃったねえ、あんた」

そして、今度は僕を見て意味ありげに笑う。

「何だか怪しいなあ。そう思いません？」

「何がだよ？　いいじゃないか、高く売れるぜ、きっと」

「だって、さあ。こんなの、いくらお金持ちでもバザーになんか出しませんよ。普通、骨《こっ》董屋《とうや》さんとかに売るんじゃないんですか？」

僕は小さく肩を竦《すく》め、手に持っていたタオルを向こうに放《ほう》り投《な》げた。

「どうでもいいじゃないか。わざわざ持ってきてくれたんだ、事情なんか詮索《せんさく》するなよ」

「そうだけど……」

段ボール箱の上に人形をきちんと座らせてやりながら、真弓はまだ納得いかない口調で呟《つぶや》いた。

「……もしかして、なんかほら、呪《のろ》いの人形、とかだったりして」

「何だよ、髪の毛が伸びるってのか？」

「あはは、そんなわけないいか」

僕らは顔を見合わせて、プッと吹き出した。そして、人形はそのままに、再び仕分け作業に戻ったのだった。


——言うまでもなく、それが今回の騒ぎの幕開けだった……。

3

最初の事件は、榎本《えのもと》が人形を持ってきた、その翌朝に起こった。

登校した僕を待ち受けていたのは、血相《けっそう》を変えた榎本恭子《きょうこ》その人だった。

「龍村《たつむら》さんっ！　どういうこと、これ？」

教室の前に仁王立《におうだ》ちになった彼女は、キンキン響く甲高い声で叫ぶなり、後ろ手に持っていたものを僕の鼻先に突きつけた。

「どういうことって……どういうことだ？」

それが何かは一目でわかったが、何故《なぜ》それが榎本の手にあるのかがまったく理解できなかった。

――それは、当の榎本が僕らに託《たく》した、例のアンティーク人形だったのだ。

昨日、仕分け作業が終わった後、僕と真弓《まゆみ》はその人形を生徒会室の机の上に置いて帰った。

「何だか、倉庫に入れとくのは可哀相《かわいそう》みたい」

真弓がそんなことを言ったからだ。

それが何故《なぜ》、榎本の手に？

「……どうしたんだ、それ」

ポカンとしている僕とは対照的に、榎本は、薄い眉《まゆ》をきりきりと吊《つ》り上《あ》げ、ヒステリックに喚《わめ》いた。

「訊《き》きたいのはこっちのほうよ！」

榎本のあまりの剣幕《けんまく》に、あちこちから生徒たちが集まってきて、僕らの周りにはあっという間に人垣ができあがってしまった。

「あのな、落ち着いてくれよ。何がどうしたって？」

「こんな悪ふざけをしておいて、何が落ち着け、よ！」

「悪ふざけ？　僕が？」

「ほかに誰がするってのよ？」

激烈《げきれつ》に怒りながら榎本が語ったところによると、事の次第はこうだ。

今朝、榎本が登校すると、一階から二階に通じる階段のあたりで、ちょっとした騒ぎが持ち上がっていたらしい。

「何？　どうしたの？」

集まった群衆の中に見つけた友達に訊《たず》ねると、彼女は笑いながら人垣の中心を指さした。

「なんかねえ、階段に変な人形が座ってるのよ。ほら」

「人形？」

生徒たちをかき分けて前に進み出た榎本は、あまりのことにその場に凍りついた。

階段に行儀《ぎょうぎ》よく腰かけ、澄ました顔で正面を見ていたのは……言うまでもなく、昨日自分が僕と真弓に預けたはずの、アンティーク人形だったのである……。


「何だってこんな酷《ひど》いこと！」

「ち、ちょっと待ってくれ、僕じゃない！」

「じゃあ、誰よ！　あの、一年生の子？」

真弓のことだ。しかし、昨日、僕らは一緒に帰った。そして奴《やつ》はいつも遅刻寸前に学校に駆《か》け込《こ》んでくる。わざわざこんな悪戯《いたずら》をするために早起きしてくるなんて、とても考えられない。

「まさか。僕も真弓も朝からこんなことするほど暇《ひま》じゃないぜ？」

「だって、これは昨日、あたしが龍村さんに渡したのよ？　覚えてるでしょ？」

「それはそうだけどなあ」

僕はしどろもどろに答えた。周りを取り巻く人間の数がどんどん増えていくし、もうすぐ朝礼が始まるから、担任がやってくる。そうなったらちょっと……いや、かなり面倒だ。

「だったら！」

榎本の声が超音波の域に入った頃に、やっと救いの神が現れた。

「何、どーおしたの」

間延びした太い声。人垣からにゅっと出た、寝癖《ねぐせ》のついたボサボサの頭。いつも笑っている眠そうな目。

児嶋聡志《こじまさとし》――榎本恭子のボーイフレンドだ。

さすがに彼氏の前ではヒステリーも起こせないのだろう。榎本はちょっと慌《あわ》てたように人形を僕に押しつけ、早口に言った。

「とにかく、こんなこと、二度としないでよねっ」

「僕じゃないったら！」

聞く耳持たない、とでも言うように細い肩を怒らせて、榎本は生徒たちを押しのけ、児嶋の腕を取った。

「どしたの？　朝から喧嘩《けんか》？」

「何でもないのよ。行こ、児嶋君」

不思議《ふしぎ》そうな児嶋の背中を押すようにして、榎本は教室に入っていってしまう。好奇の目の中にひとり取り残された僕は、ただ冷や汗をかくばかりだった。腕に例の人形を抱いて……。


次の休み時間、僕は生徒会室に直行した。思ったとおり、そこには桜井《さくらい》と真弓がいた。

「おう、どうした？」

「おはようございまーす。今日も、品物たくさん届いてますよお……あれ？　その人形」

僕の手元を見て、真弓は首を傾《かし》げる。やはり、とても彼女が悪戯《いたずら》をやらかしたようには思えない。

「今朝の騒ぎを知らないのか？」

僕の問いに、二人は声を揃《そろ》えて知らないと答えた。

「俺は今来たばっかりなんだよ。思いっきり遅刻したのに、知るわけないだろ？」

「あたしも遅刻すれすれで来たから、全然知らない。何かあったんですかあ？」

「……お前らはなー。いいか、よく聞けよ……」

案《あん》の定《じょう》、僕から今朝の事件のあらましを聞いた二人は笑い転げた。

「何それー？　あたしがそんなことするわけないじゃないですかあ」

「俺だって知らないぜ」

「でも、僕と真弓は、人形をこの机の上に置いて帰ったんだ。ということは……。わかるだろう、桜井」

「……この部屋に出入りできる奴《やつ》の仕業《しわざ》だってんだろ？　つまり犯人は、生徒会の誰かだと、お前は言いたいわけだ」

僕は曖昧《あいまい》に頷《うなず》く。半分部外者の僕が生徒会の人間を疑うのはどうにも不都合《ふつごう》だが……そう考えるよりほかにないのだ。

「ふむ。ま、そうとしか考えられねえよな。しっかし、そんなことしそうな奴はいないんだけどなあ。みんな忙しくしてるしよ」

「……ああ。そうだよな」

「しかし、だ。お前の言うこともわからんでもない」

桜井は顎《あご》をしゃくった。

「だからその人形、ロッカーの中に入れて鍵《かぎ》かけとけよ。そうすりゃ問題ないだろ。どうも高いもんらしいし、バザーまでになくなったりしたら大変だ」

「ああ、そうさせてもらうよ」

僕は誰も使っていないスチール製のロッカーに人形を入れ、しっかりと鍵をかけた。

「桜井、スペアキーは？」

「ねえよ、そんなもん。鍵、なくすなよ」

「わかってるさ」

僕は、学生服の内ポケットに、その小さな鍵《かぎ》を放り込んだ。金庫ほどは頼りにならないにせよ、四六時中人形を抱えて歩くよりはずっとましだ。

「よし、これでバザーまでこの人形を閉じこめたって寸法だ」

「忘れないでいてあげてくださいね」

真弓のコメントに片手を挙げて応《こた》えつつ、僕は生徒会室を出た。二時限目の開始を知らせるチャイムが、廊下に鳴り響いていた。


僕はそれきり人形のことは忘れ、バザー実行委員長として忙しい毎日を送る……はずだった。

しかし。

次なる騒動《そうどう》は、早速《さっそく》その翌日に起こったのである。

「おい、龍村っ！」

登校した僕を校門で待ち受けていたのは、桜井だった。

彼は困惑《こんわく》しきった顔で、僕の袖《そで》を引き、自動車用のスロープのほうへ連れていった。

「……何だよ？」

「何だよじゃねえよ、どういうことなんだ、これは？」

彼は提げていた大きな紙袋の口をガバッと開けて、中身を僕に見せた。

「……？　どういうことなんだ？　これは？」

僕は思わずあんぐりと口を開け、桜井の問いをそのまま彼に返してしまった。

紙袋の中に入っていたのは……そう、あの白いドレスのアンティーク人形だったのだ。

桜井は紙袋の口を閉じ、僕を怖い目で見て言った。

「お前、昨日こいつを生徒会室のロッカーに入れて鍵《かぎ》かけたんじゃなかったっけか、龍村？」

「そうだよ」

「その鍵、持ってるか？」

「持ってる……はずだよ、ほら」

僕は胸の内ポケットを探り、小さな鍵を取り出した。桜井の目の前で振ってみせる。

「じゃあ、何でこいつが、相馬《そうま》の机の上に座ってたんだ？　朝っぱらからちょっとした騒ぎだったぜ。見覚えがあったから、慌《あわ》てて引ったくってきたけどな」

「相馬？」

「相馬和久《かずひさ》。元同級生を忘れたわけじゃねえだろうが。演劇部の相馬だよ」

「ああ、あいつか」

友人ではなかったが、学校じゅうで知らない者はない、ちょっとした有名人だ。中学時代から、演劇部でいつも主役を務《つと》め、高校三年生の今年も、春明祭《しゅんめいさい》で最後の舞台を飾ることになっている……はずだ。

その相馬の机の上に、この人形が？

「どうして？」

間抜けな問いだとわかっていても、僕はそう訊《たず》ねずにはいられなかった。桜井は乱暴に肩を揺すって、こっちが訊《き》きたいよ、と言った。眼鏡の向こうの少し下がり気味《ぎみ》の丸い目が、あからさまな疑いの眼差《まなざ》しを向けてくる。

「ちゃんと鍵《かぎ》かけたのか、お前？」

「かけたさ。何度も確かめた」

「あの後、一度も開けてないんだな？」

「昨日はあれきり生徒会室には行かなかった。倉庫にこもってたから」

「……じゃあ……これはお前の仕業《しわざ》じゃないんだな？」

「当たり前だろう！」

僕は思わず叫んだ。誰が、こんな面倒ごとを引き起こすために悪戯《いたずら》などするものか！

「じゃあ……。誰かがあのロッカーの合い鍵を持ってたってことか？　そして、昨日の夜か今朝早く、相馬の机の上に人形を置いた？」

「ちょっと待て、桜井」

僕は彼の鼻先に、人差し指を突きつけた。

「昨日僕が人形をロッカーに入れた時、生徒会室にいたのはお前と真弓だけだった。ということは、人形があそこにあると知っているのも、お前たちだけだってことじゃないか？」

桜井はぎょっとした顔で僕を見た。

「まさか、俺と真弓を疑ってるのか？」

「疑うも疑わないも、ほかに可能性がないじゃないか」

「冗談じゃねえぞ！」

桜井は僕に詰め寄り、怒りを露《あらわ》に言った。

「何だって俺たちがそんなことしなきゃならねえんだ！　相馬は不気味《ぶきみ》がってるし、榎本だっけか、人形の持ち主……」

「ああ」

「怒り狂ってたぞ。覚悟しとけよ」

「うわあ……」

僕は思わず片手で顔を覆《おお》ってしまった。榎本の吊《つ》り上《あ》がった目と、ヒステリックな叫び声を思うと、このまま家に帰ってしまいたくなる。

「いったい誰の仕業《しわざ》なんだ？」

「わからん。だがとりあえずこれはお前が持ってろよ、龍村」

桜井は、気味悪《きみわる》そうに顔を顰《しか》めて、紙袋を僕に押しつけた。僕は途方に暮れて、桜井の兎《うさぎ》に似た顔を見る。

「持ってろったって、どうすりゃいいんだよ」

「さあ。別のロッカーにでも入れてみるか？　金庫にゃ、ちーとばかし大きすぎて入らないだろうが」

僕は、大きな溜《た》め息《いき》とともに言葉を吐き出した。

「……もう一度、同じロッカーに入れてみる。鍵《かぎ》を一緒に確認してくれよ」

「ＯＫ。じゃあ、生徒会室に行こうぜ」

桜井と僕は、重い足取りでスロープを上り始めた。


僕らは一緒に人形をロッカーに入れ、鍵を確認し、生徒会室にもきちんと施錠《せじょう》した。相馬に謝りに行き、榎本のヒステリーをまともに食らい、それでも何とかその場を納めた。

そして放課後にも、真弓を含めて三人で、もう一度人形の所在と施錠を確認してから家路についた。

ここまですれば、何の間違いもないはずだった。

たとえ桜井か真弓のいずれかが犯人だったとしても、二人まとめてここまで決定的な「証人」にしてしまえば、正面きって同じ悪戯《いたずら》を繰り返しはしないだろう。

僕らはお互いをいわば「牽制《けんせい》」することで、安心して家に帰ったのである。

ところが翌朝も——言いたくはないが、同じことが起こったのである。

誰かの手で生徒会室の鍵《かぎ》もロッカーの鍵も開けられ、アンティーク人形が実に行儀《ぎょうぎ》よく、三年A組の相馬和久の机の上に座っていたのだ。

「誰の悪戯《いたずら》か知らないが、あまりにも悪趣味だよ！」

駆《か》けつけた僕と桜井に、相馬は怒りも露《あらわ》に嚙《か》みついてきた。無理もない話だ。

「落ち着け相馬、龍村のせいじゃない」

「そうかもしれないが、この人形はバザーに出す品物だそうじゃないか。そして、バザーの実行委員長は君だろう、龍村」

「ああ」

相馬は、整った甘《あま》い顔を不快げに歪《ゆが》め、長めの髪を気障《きざ》な手つきで搔《か》き上《あ》げた。自分を格好よく見せる演出が、相手を選ばず発動されてしまうらしい。

「だったら、早くこんな嫌がらせをする犯人を捕まえてくれよ」

「……努力する」

僕にはそれしか言えなかった。

「で、どうするよ？」

その日の放課後、焦燥《しょうそう》しきって生徒会室に現れた僕に、桜井は皮肉っぽい口調で問いかけてきた。

「本当ですよ、龍村さん。早く何とかしてもらわないと、相馬さん、盛田《もりた》に言いつけるなんて怒ってんだから」

横から口を出したのは、生徒会長、二年C組の本田《ほんだ》である。盛田というのは、生活指導教諭だ。いろいろと口やかましい奴《やつ》で、春明祭の行事にもしょっちゅう難癖《なんくせ》をつけてくる。

「盛田かあ……。関《かか》わってくるとうるさいよなあ」

僕の言葉に、桜井も本田も気怠《けだる》げに頷《うなず》く。

「うるせえうるせえ。だからよ」

桜井は言葉を切って、妙な上目遣《うわめづか》いで僕を見た。

「今、お前が人形持ってんだろ、龍村？」

「……ああ。仕方ないからな。今日は一日じゅう鞄《かばん》に入れてる」

「だったら、そのまま持って帰れよ、それ」

「何だって？」

僕が目を剝《む》くと、桜井は大真面目《おおまじめ》な顔で頷いた。

「バザーまで、お前んちに置いとけよ。そうすりゃ面倒なことは起こらねえはずだろ。

……お前が犯人でない限りはな」

「馬鹿言うな。僕が犯人なわけないだろうが」

「じゃあ、持って帰れ。な？」

冷静に考えれば、確かに桜井の言うとおりだった。学校に置いておくから悪戯《いたずら》をされる余地があるわけで、学内の誰が犯人であれ、まさか僕の家に忍び込んでまでこの嫌がらせを続行しようとはしないだろう――おそらく。

「……それ以外にいい方法はないみたいだな」

僕はしぶしぶ承知した。こんな物を家に置くのはどうにも気が進まないが、選択の余地はなさそうだ。

「わかったよ。うちに置いとく。それで何もかもうまくいくなら文句はないさ」

「おい、腐るなよ、龍村。春明祭さえ無事に終われば、何でも好きなもん奢《おご》ってやるからな」

「ふん。だったら『フォルクス』のステーキ、サラダバーつきで手を打ってやる」

「ずいぶんでかい手だな」

「抜かせ」

桜井の頭を張り飛ばして、僕は生徒会室を出た。鞄《かばん》の中から何かの拍子にぴょこんと出た人形の足を慌《あわ》てて押し戻しながら、倉庫へと急ぐ。今日も学校じゅうから集まってきたバザー用の品物の仕分け作業が待っている。真弓はひと足先に仕事を始めているはずだ。

曇り空のせいで薄暗い廊下を歩きながら、僕はひとりごちた。

「まったく、どこに置けってんだよ、こんなもの」

おそらくどこの家庭でも同じだろうが、僕の母親は、僕のいない時に「掃除」と称して部屋じゅうをひっくり返す。彼女の目に触れてはならない物——ええと、つまり、僕らの年頃には必須《ひっす》の書籍の類《たぐい》——等は、特に注意深く隠す必要があるのだ。

この人形が見つかったから何の不都合《ふつごう》があるかというと……べつにない、と思う。しかし、非常に不格好《ぶかっこう》な言い訳をする羽目《はめ》になるだろう。それは避けたいような気がする。

「ベッドのマットレスの下……雑誌じゃあるまいし駄目《だめ》だよなあ……。机の引き出しなんか論外だしな」

ぶつくさと独り言を言いながら、僕は倉庫の扉を大きく開け放った。

4

翌朝。

僕はいつものように目覚めて、ベッドの上に身を起こした。これまたいつもどおりに、大きく伸びをしながら部屋じゅうを見回す。

——と。

あることに気づいた時、僕は思わずベッドを飛び出していた。

昨夜、さんざん考えた末に人形を入れておいた洋服ダンスの扉が、半開きになって朝の風にユラユラしていたのである。

扉を開け放ち、中を覗《のぞ》き込《こ》んだ瞬間……。

「ぐわっ」

蛙《かえる》が潰《つぶ》れたような声が、自分の喉《のど》から漏《も》れたのがわかった。

「やられた……」

寝る前には、確かにハンガーの向こうに行儀《ぎょうぎ》よく座っていたはずの、純白のドレスをまとった金髪の人形。それが、見事に跡形《あとかた》なく消えている。

「お母さんっ！」

僕は寝間着のままでドタドタと階段を駆《か》け下《お》りた。台所で朝食の支度《したく》をしていた母が、振り向いて目を丸くする。

「驚いた、あんたが自分から起きてくるなんて、どういう風の吹き回し？　今日はきっと雨だわね」

そんな冗談につきあっている余裕などない。僕は台所の入り口に仁王立《におうだ》ちになって訊《たず》ねた。

「に、に、人形っ！　人形、見なかったか？」

「人形って、どんな？」

「白くてビラビラのドレス着た、長い金髪の女の子の人形だよっ」

「……………泰彦《やすひこ》？」

母親の顔から、すっと笑いが消えた。玉じゃくしを置いて、僕の額《ひたい》に手を当てる。

「熱でもあるの、あんた？　何よ、その女の子の人形って？　どうしてあんたがそんな物を持ってるの？」

「熱なんかないっ！」

僕は母親の手を避けるように一歩下がり、そうして今度は幾分《いくぶん》落ち着いて念を押した。

「ほんとに知らないんだな？」

「知らないったら。……わかった、あんた、まだ寝惚《ねぼ》けてるんでしょ。さっさと顔洗ってらっしゃい」

母はそれきりくるりと背を向け、味噌汁《みそしる》の仕上げに取りかかってしまった。

(そうだよな。お母さんが真夜中に僕の部屋の洋服ダンスなんか開けるわけないか)

再び階段を駆《か》け上《あ》がる。

今度は、注意深く部屋じゅうをもう一度見回す。

「……やっぱり」

僕は思わずこめかみを押さえて呻《うめ》いた。

出窓を覆《おお》う厚いカーテンが、微妙に揺れている。歩み寄ってめくり上げてみると、昨夜確かに閉めたはずの窓が、わずかに開いている。

「誰か、入ってきたのか……？　冗談じゃないぞ……ん？」

恐ろしい考えに二の腕が粟立《あわだ》ったその時、僕の視線はふと窓枠《まどわく》に止まった。

「これは……」

アルミの窓枠に厚く積もった埃《ほこり》が、ほんの一部だけ拭《ぬぐ》ったように消えている。そして、そのすぐ下の屋根に見える小さな足跡。十センチにも満たない大きさだが、形はまさしく人間の靴底……しかも左右が互い違いに、屋根の端《はし》まで規則的に続いて、ふっと消えているのだ。

「どういうことだ？」

その答えが言葉になるのを待たず、僕の手は、ハンガーから制服をむしり取っていた。

息せき切って生徒会室に飛び込んだ僕を待っていたのは、うんざりしきった顔の桜井《さくらい》だった。

「……お前よ、龍村《たつむら》。昨日、人形を持って帰るって約束じゃなかったか？」

学生服の詰《つ》め襟《えり》を緩《ゆる》めながら、僕は何度も大きく頷《うなず》いた。駅からここまで走りどおしで、喋《しゃべ》るには喉《のど》が渇《かわ》きすぎていたのだ。

桜井は、苛立《いらだ》たしげに声を荒らげた。

「じゃあ、いったいこれは何なんだよ？」

だらりと下げた手に持っていた物を、僕の目の前にぐいと突き出す。

言うまでもなく、僕の部屋から消えた、例の人形だ。

取り澄ました卵形の顔に薔薇色《ばらいろ》の頬《ほお》、純白のドレスに包まれて……あれ？

(足元……少し汚れてる、かな)

服と共布の白いサテンの靴の、爪先《つまさき》と足の裏が黒く汚れている。しかし、それを指摘する間もなく、桜井の怒号が飛んだ。

「おい、聞いてんのか、お前は！　相馬《そうま》の奴《やつ》、もう切れかけてるんだぜ！　俺が代わりに怒られてやってるからって、呑気《のんき》にかまえてんじゃねえぞ！　いつまでこんな悪戯《いたずら》する奴を野放しにしとくつもりだ」

「すまん……じゃあ……やっぱり、これ…………相馬の、机に？」

肩で息をしながら、何とか言葉を絞《しぼ》り出《だ》す。桜井は憤然《ふんぜん》と頷《うなず》いた。

「おう、例のごとくに奴の机の上にちんまりとな。お前が持って帰るって言うから、今朝は大丈夫《だいじょうぶ》だと思って安心して来てみたらこのザマだ。……そんな大事なこと、忘れてるんじゃねえよ！」

「忘れて……ないんだっ！」

僕は必死で、掠《かす》れた叫び声を上げた。それを聞いて初めて、怒るばかりだった桜井の顔に怯《おび》えに似た不審の色が浮かんだ。きっと、僕の顔にも同じ表情が浮かんでいることだろう。

「……ってことは……。持って帰ったのか？　嘘《うそ》じゃねえだろうな？」

「嘘なもんか！　真弓《まゆみ》に訊《き》いてみろ、途中まで一緒に帰ったんだから」

「で、お前、たった今学校に着いたんだよな？」

僕は頷く。

「なあおい、冗談かましてるんだったら白状しろよ？　今なら怒らずにいてやるから」

「僕が冗談言ってるように……見えるか？　桜井」

「……見えねえな」

急に元気のない声になって、桜井はがっくりと肩を落とした。今まで鷲掴《わしづか》みにしていた人形を気味悪《きみわる》そうに眺《なが》めた後、怖々、机の上に座らせる。

「ま、とにかく、後で相馬に謝っとけよ。じゃあ、俺、教室行くわ」

「あ、おい、桜井！」

引き留めようとした僕を必死の勢いで振り切って、桜井は生徒会室から逃げ出していった。ガランとした室内には、くだんのアンティークドールと僕だけが残される。

「あーあ……」

僕は溜《た》め息《いき》をつきながら、人形をとりあえずロッカーの中に入れ、ドレスの皺《しわ》を綺麗《きれい》に伸ばしてやった。

「何だってこんなことをするんだかな、お前は」

我ながら馬鹿馬鹿しいことだが、人形に話しかけてみる。もちろん、陶器《とうき》のすべらかな顔は、取り澄まして何も語らない。しかし、さっきの自分の部屋の足跡と、この靴の汚れ……それを総合すると、考えられることはただ一つ。

——人形は、自分で歩いて学校に戻ってきた。

しかし、それはあまりにも奇想天外な仮定ではないだろうか？　僕は、まだそれを受け入れられずにいるのだ。

「僕の家はそんなに居心地が悪かったか？」

ぱっちりと青い硝子《ガラス》の両目は、瞬《まばた》きすらしない。ただ、汚れた爪先《つまさき》だけが、異様な迫力を持って僕に迫ってくる。

「……頼むよ、もう」

溜《た》め息《いき》混じりに僕はロッカーの扉を閉め、無駄《むだ》ではあるがそれでも鍵《かぎ》をかけた。そして思った。

これはもう、あいつに相談するしかないな、と。


始業五分前。

僕は、げんなりした気持ちで教室の引き戸を開けた。

不幸中の幸い、目当ての人物、天本森《あまもとしん》はもう来ていて、自分の席で鞄《かばん》から教科書を出しているところだった。

僕は彼の前に立って、いつものように朝の挨拶《あいさつ》をした。

「おはよう」

「おはようございます……？」

顔を上げて僕を見るなり、天本は怪訝《けげん》そうに眉《まゆ》を顰《ひそ》めた。

「具合でも悪いんですか、龍村さん？　朝からあまり鬱陶《うっとう》しい顔をしないでください」

ただでさえ暑苦しい面構《つらがま》えなんだから……と口の中で呟《つぶや》く天本の仏頂面《ぶっちょうづら》だって相当なものだと思うが、今朝に限っては口が裂《さ》けてもそんなことは言えない。

「あの……あのな、天本。今日の昼休み、ちょっと時間をくれないか？　相談したいことがあるんだ」

ここ数日、天本は昼休みになるとどこかへ姿を消してしまう。戻ってくるのは五時限目が始まる寸前なので、話をする暇《ひま》などない。放課後とて同じことで――もっとも放課後は僕も忙しいのでどのみち駄目《だめ》なのだが――今、捕まえておかなくては、今夜は寝ずの番であの人形と睨《にら》めっこする羽目《はめ》になる。

「相談？　また厄介《やっかい》ごとですか？」

天本は露骨に嫌そうな顔つきで訊《たず》ね返《かえ》してきた。彫像のように整った美しい顔を、惜《お》しげもなく歪《ゆが》めてみせる。

睨むように見上げてくる切れ長の鋭い目は、決して嘘《うそ》を許さない。

僕は正直に頷《うなず》いた。手放しで降参するしかない。

「たぶんそうだと思う。……悪いとは思うんだが、お前しか相談できる奴《やつ》が思いつけないんだ」

僕の顔があまりに情けなかったのだろう。しばしの沈黙の後、天本は小さな溜《た》め息《いき》混じりに言った。

「……手仕事をしながらでよければ」

「いいよ。聞いてくれるなら、何をしながらでもかまわないさ」

相変わらずの不機嫌《ふきげん》な顔で、天本は強く念を押した。

「言っておきますがね、龍村さん。まずは話を聞くだけですよ。力になるとはまだ言っていません」

そんなつれないことを言ってみても、いったんのりかかった船からは決して降りられない天本の律儀《りちぎ》な性格はよく知っている。彼とつき合うきっかけとなった事件——そう、「蛤《はまぐり》 幽霊事件」の時に、それがよくわかった。

だから、僕は笑って頷《うなず》いた。

「わかってるって」

「……何ですか、泣きそうな顔をしたと思ったら今度はニヤニヤと。気味《きみ》の悪い人だな」

「べつに。じゃあ、とりあえず昼飯を奢《おご》らせろよ。購買でパン買っとく。何がいい？」

「チョココルネと桜アンパンとジャムドーナツ」

今度は間髪《かんはつ》入れずに明快な答えが返ってきた。しかも、聞いただけで胸が悪くなるような激甘《げきあま》コンビネーション……いや、個人の嗜好《しこう》だ、何も言うまい。

「わかった。じゃ、昼休みにまたな」

頭の上から響きわたる始業のチャイムを聞きながら、僕は自分の席に戻った。

そして、待ちに待った昼休み。僕と天本は連れだって中庭に出た。気持ちのよい秋晴れの空の下、僕らはベンチに腰かけて昼食を摂《と》ることにした。ポカポカした日射《ひざ》しが、学生服の背中を優しく暖めてくれる。

「で、相談というのは？」

見るからに甘《あま》そうな、たっぷりと砂糖をまぶしたジャムドーナツを囓《かじ》りながら、天本は訊《たず》ねてきた。

そんな物を食べている姿すらどこか上品に見えるのは、いわゆるお育ちの違いというやつだろうか。

僕は口いっぱいに頰張《ほおば》っていたコロッケパンを飲み下し、牛乳をひと啜《すす》りしてから、今までのいきさつを話して聞かせた。

「……というわけなんだが、どう思う？」

「どう思う、とは？」

「その人形さ。誰かの悪戯《いたずら》か、それとも……」

「それとも？」

「む……。つまり、だな。自分で歩いているのか」

天本は鼻先でせせら笑った。

「龍村さん、さっき言ったじゃありませんか。昨夜は自宅に人形を持って帰った。……ところがそれが今朝、また相馬さんの机の上にあった。一方、あんたが人形を入れたタンスの扉も、部屋の窓も開いていて、屋根に小さな足跡があった。ご丁寧《ていねい》に、人形の靴が汚れている」

「そうなんだよ」

「他人がそこまで手の込んだ悪戯《いたずら》をするとは思えない。ということは、もし悪戯なら、犯人はあんたしかいない」

「僕が犯人なら、わざわざお前に相談なんかするものか！」

「では、俺に訊《き》くまでもない。人形は自分で歩いて学校に戻ったんですよ。あんたは自力で結論に到達しているじゃないですか」

つまらなそうにそう言って、天本はドーナツを食べ終え、学生服のポケットからハンカチを出して、砂糖のついた指先を綺麗《きれい》に拭《ぬぐ》った。

ぞっとするくらい、長くてしなやかな指をしている。クラブの時はこの指で、僕などには弦《つる》を引ききれないような強弓《ごうきゆう》を軽々と使いこなしてみせるのだから、つくづく謎《なぞ》めいた奴《やつ》だ。

もしかしたら、あらゆることに彼の持つあの「不思議《ふしぎ》な力」を使っているのかもしれない。

（不思議《ふしぎ》な力……もしかして）

僕は、天本の顔色を窺《うかが》いながら、こう言ってみた。少しばかり彼をからかってみたいという誘惑に勝てなかったのである。

「……もし、誰かさんが超能力や呪文《じゅもん》で人形をさらっていった……としたら？」

丁寧《ていねい》にハンカチを畳《たた》む手を止めて、天本は僕を横目で睨《にら》んだ。

「面白くない冗談だ。俺にはその手の能力はないし、あったとしても、あんたや榎本《えのもと》や相馬さんに嫌がらせをするほど暇《ひま》じゃない」

そうだよな、と僕は素直に引き下がった。

「最初、人形が自分で歩いてるんじゃないかと思った時、あんまり馬鹿馬鹿しくて、自分がおかしくなったんじゃないかと思ったんだ。さすがのお前も笑うんじゃないかと思ったんだが……おい、何だよ、それ？」

傍《かたわ》らの布袋《ぬのぶくろ》から天本が取り出した物を見て、僕は思わず大声を出してしまった。

天本は僕を見もせず、ぶっきらぼうに答える。

「最初に、手仕事をしながら話を聞くと言ったでしょう。時間がないんですよ」

そう言いながら彼が膝《ひざ》の上に広げたのは、白と黒のタオル地でできた小さな縫《ぬ》いぐるみ、ケースに入った大量の黒くて丸いボタン、そして、針と糸……。

ポカンと口を開けたままの僕などてんで無視して、天本は慣れた手つきで針に糸を通し、縫《ぬ》いぐるみにボタンをつけ始めた。

「な……何をしてるんだ？」

「見てのとおりの裁縫《さいほう》です」

「だから、何だって裁縫なんかしてるんだよ？　そもそもそれは何なんだ？」

「春明祭《しゅんめいさい》で売る人形ですよ。このボタンが目になるんです」

「……ああ！　『えいむ君』か！」

作業の手は少しも休めず、天本は黙然と頷《うなず》いた。

文化部は発表会で忙しくてそれどころではないが、運動部は毎年、部ごとに小さな出店を出すことになっている。アーチェリー部はいつも、マスコット人形「えいむ君」を売るのだ。

確か顔と足だけが黒くてほかは白い羊《ひつじ》の人形で、クタクタした手触りが毎年妙な大人気を博している。

……しかし、性差別をするわけではないが、普通こういう物は、女子部員が中心となって作るものなのではないだろうか。

そんな僕の疑問に、天本はこともなげに答えた。

「仕方がないでしょう。二人しかいない高二部員の片割れが裁縫がまったく駄目《だめ》ときているんだから。俺がやらないと、学年分のノルマがこなせない」

片割れとは、僕に彼を紹介してくれた、僕たちの共通の友人でもあり、クラスメートでもある津山《つやま》かさねのことだ。確かに、あいつの大雑把《おおざっぱ》な性格では、こういう微妙かつ繊細《せんさい》な作業には向くまい。

「本体はミシンで縫《ぬ》えますが、こればかりは手作業でしかできませんからね」

「そうか！　ここのところ毎日、休み時間のたびに姿を消していたのは……」

「被服室《ひふくしつ》で人形を縫っていたんですよ。まったく、毎年この時期はこれだから嫌なんだ」

ぶつくさとそんなことを言いながら、彼はあっという間に一体目にボタンをつけ終わった。それを僕の手の中に投げ込んで、すぐに次の人形に取りかかる。

「それで、相談ごとは以上ですか？」

「まさか。ここからが本題だ」

彼の手さばきに見とれていた僕は、慌《あわ》てて話を元に戻した。

「だから、一度その人形をお前に見てもらいたいんだ。その……もしかしたら、何か取《と》り憑《つ》いているんじゃないかと。いつかの『石の蛤《はまぐり》』みたいに」

「……こんなふうに？」

にやりと笑った天本が顔を上げると同時に、僕はわっと驚きの声を上げていた。

手の中の人形——えいむ君が、突然動きだしたのである。

僕の手のひらにペタンとお尻《しり》をついた格好で座り、クタクタの前足を持ち上げ左右に振って、愛らしく挨拶《あいさつ》をしてくれる。

「あ、あ、あ、天本っ！　……こ、こっ、これ」

半分腰を抜かした僕の驚愕《きょうがく》ぶりに、天本はニヤニヤと実に嬉《うれ》しそうに笑った。

「可愛《かわい》くないですか？」

「かっ……可愛いとか可愛くないとか、そーいうこっちゃなかろう！　何をした？」

「ついこの間手に入れた、俺の式神《しきがみ》を人形に憑《つ》けてみたんですよ」

「……敷紙？」

「式神。つまり、妖魔《ようま》を捕まえて、名前をつけて、俺の使い魔にしたわけです」

「……はあ？　人形に、何入れたって？　電池か？　コンピューターか？」

今度は、僕の指をパフパフと叩《たた》いている羊《ひつじ》人形から視線を上げ、僕は天本に疑いの目を向けた。

天本は、ムッとした顔で言い返してくる。

「ですから、妖魔ですよ。学習能力の低い人ですね。もう忘れたんですか？　前に、あんたの部屋でさんざん暴れさせてみせたでしょう。あれと同じものです。つまり、その人形は、妖魔の仮の家……というか、身体《からだ》になるわけですね」

「……へえ……」

僕の脳裏《のうり》に、天本と出会ったばかりの頃、僕の部屋で天本が引き起こしてみせたポルターガイスト現象の凄《すさ》まじさが甦《よみがえ》る。

「おっかないな。……で、その式神《しきがみ》ってのは、何をするもんなんだ？」

「いろいろです。主人の言うことなら何でも聞くように、上手にしつける必要はありますがね」

奇天烈《きてれつ》なことを立て板に水の滑らかさで説明してくれる天本と、手の上でうにゃうにゃと動き続ける人形とを交互に見比べ、僕はおそらく度し難く腑抜《ふぬ》けた顔をしていたことだろう。

「俺の腕ではまだこんな『赤ちゃんクラス』の妖魔《ようま》しか捕まえられなくて。でも、気長に育てて、立派な式にしてみせますよ」

「……育てて、なあ。それはそうと、妖魔にも名前が必要なのか？」

「ええ。野良犬《のらいぬ》だって、名前をつけて毎日呼んでやれば、そのうち懐《なつ》くでしょう？　同じことですよ。妖魔の場合は、名づけることによってそいつを呪縛《じゅばく》することにもなる」

「ふーむ。何だかよくわからんが。で、そいつはなんて名前だ？」

「小一郎《こいちろう》」

天本は少し得意そうに言ったが、僕は危うく吹き出すところだった。

「初めての式神で、しかもチビ」だから「小一郎」。何のひねりもないネーミングセンスだ。天本には時々こういう抜けたところがあって、それがまた妙に可愛《かわい》いのだ。

「……変ですか？」

僕が笑いを嚙《か》み殺《ころ》しているのを見て、天本はみるみる不機嫌《ふきげん》な顔に戻って詰問してきた。僕は慌《あわ》ててかぶりを振った。

「そ、そんなことはないぞ。それより、人形、見てくれるのか？」

「まあ、見るくらいなら」

天本はいかにも気の進まない様子でそう答えた。しかしこれで、彼が途中で降りる心配はほとんどなくなったと言っていい。

僕は内心のほくそ笑みを隠して、できるだけ殊勝《しゅしょう》に言った。

「じゃあ、今日の放課後、生徒会室に来てくれよ。たいして時間はとらせないから」

返事は、小さく竦《すく》めた肩だけだった。

「……せっかくの靴が台無しじゃないか」

それが、放課後の生徒会室で人形を一目見た時の、天本の第一声であった。

彼は僕から人形を受け取ると、丁寧《ていねい》にそれを机の上にのせ、少し下がってしげしげと見た。

「ふん。『夜歩く』か……」

ディクスン・カーの有名な小説のタイトルを口にして、唇《くちびる》の端《はし》に薄い微笑を浮かべる。

自身が作り物めいた美貌《びぼう》の持ち主である天本のことだ。きめ細かな肌の質感といい、繊《せん》細《さい》かつ端麗《たんれい》な顔の造作《ぞうさく》といい、アンティークドールとは生き別れの兄妹《きょうだい》のように似通ってみえる。

「……しばらく、外に出ていてください」

周囲を見回した天本は、静かな声でそう言った。言葉遣《ことばづか》いは丁寧《ていねい》だが、きつく寄せた眉《まゆ》根《ね》のあたりに、「邪魔だ、とっとと出ていけ」と書いてある。

その時室内には、桜井や真弓のほかにも何人かが仕事をしていたのだが、皆、天本が何をするのか興味津々《きょうみしんしん》だっただけに、彼の言葉に酷《ひど》く落胆したようだった。

しかしこの場合、天本に逆らうのはまったく得策《とくさく》でない。僕らは、失望を言葉にすることなく、素早く部屋を出たのである。

「あーあ、残念。ついに、天本さんの秘密の一端が見られると思ったのにな」

生徒会室の前の廊下の壁にもたれ、真弓は分厚い唇を尖《とが》らせた。そうやって頬《ほお》を膨《ふく》らませているところは、ハコフグのようでちょっと愛らしい。

桜井も廊下に体育座りでふむふむと頷《うなず》く。

「そうだよな、なんかあいつ、得体《えたい》が知れないもんなあ。愛想《あいそ》ねえし。なあ龍村、お前、天本と仲いいんだろ？　どんな奴《やつ》だよ」

「仲がいいってほどじゃ……どんな奴《やつ》とかって……訊《き》かれても……」

僕は小声でぎこちなく答えた。

知り合った時、彼にとって僕は、「友達の友達」にすぎなかった。それから一つ季節が過ぎて、何となくつかず離れずの仲は続いているが、果たしてそれを「友情」と呼べるのかどうか。僕には今ひとつ自信が持てないのだ。

「仲いいじゃないですか。今日だって、二人っきりで昼ご飯食べてたくせに。あれで龍村さん、少なくとも女子百人は敵に回したね」

真弓のからかうような口振りに、僕はわけもなく赤面した。

「何だってあいつとメシ食ったくらいで、女の子に恨《うら》まれにゃならんのだ！　だいたい、昼飯食ってるところなんかわざわざ見るな、お前は」

「わかってないなあ。すんごく目立つコンビなんですよ、龍村さんと天本さんって。それが中庭で、並んでお弁当広げてたら……ねえ？　桜井さん」

「え？　う、うーん、俺見てねえから」

僕に睨《にら》まれて、桜井は肯定とも否定ともつかないような首の捻《ひね》りかたで逃げる。

真弓はさらに追い打ちをかけてきた。

「何だか、変な取り合わせの二人なんだもん。『美女と野獣』みたいで」

「あーのーなー……」

誰が野獣だっ！　と叫ぼうと息を吸い込んだ時、扉が開いて天本が顔を覗《のぞ》かせた。

「龍村さん、ちょっと」

人差し指でひょいと僕を差し招く。何というタイミングだ！

「ほーら、やっぱりご指名だ！」

真弓のからかいに、うるさい！　と小声で答え、それでも何とか背中がくすぐったいような気分で、僕は足早に生徒会室に入った。後ろ手で、扉をしっかりと閉める。

「どうした？　何かわかったのか？」

僕の問いに、天本は不機嫌《ふきげん》な口調で投げやりに答えた。

「わかったこともわからなかったことも」

「わかったことから教えてくれよ」

天本は、元どおりロッカーに納めた人形を指し示した。

「この人形には、確かに『核』があります」

「核？」

「人間に当てはめれば、『魂』とでも呼ぶべきものです」

「魂？　じゃあ、こいつ、生きた人形だってことか？」

「まあ、そうですね。それ以上のことは今はわかりません」

天本は尖《とが》った声でそう言い、椅子《いす》を引いて乱暴に腰を下ろした。僕も、戸惑いながら机の縁《ふち》に浅く腰かける。

「……ここのところ、寝不足なんですよ。裁縫《さいほう》が忙しくて」

唐突《とうとつ》にそんなことを言い、天本は長い指で顔を覆《おお》うようにして両の瞼《まぶた》を揉《も》んだ。僕は何だかわからないままに頷《うなず》く。

「ああ……うん」

「だから、俺を警戒して人形が閉ざしてしまった『核』を、無理やりこじ開けて中を読むようなことは、今はしたくありません」

何だかえらくくたびれてしまったらしい天本の端正な横顔を見下ろしているうちに、僕ははたと気づいた。

(ああ、そうか)

したくない、のではなく、やってみたができなかった、のだ。

おそらくは本当に睡眠不足で、上手《うま》く意識を集中できなかったのだろう。

それでも……そんな状態でも、僕の頼みを聞き入れて、何とかしようと努力してくれたのだ。こうしてプライドを傷つけられる結果になると、きっとわかっていただろうに。

「ありがとうな」

思わず素直に流れ出てしまった感謝の言葉に、天本は皮肉っぽい眼差《まなざ》しで応《こた》えた。

「これではたいして役にも立たないでしょう。礼など言われてはかえって嫌味ですよ」

(拗《す》ねちゃってまあ、こいつは。……意外とガキっぽいところもあったんだな)

「嫌味なんかじゃない」

僕はこみ上げる笑いを抑えきれずに、それでも一生懸命に言った。

「そうじゃないよ。嬉《うれ》しいんだ。天本が、そんなにくたびれちまうまで頑張《がんば》ってくれたってのがさ」

ふん、と鼻を鳴らして、天本はそっぽを向いてしまった。腹を立てたのではないことは、ほのかに赤くなった耳元でわかる。

僕は、自分でもおかしなほど正直に、自分の気持ちを口にしていた。

「だから……何て言やいいんだろうな。気を悪くしないでほしいんだけど、天本が少しは僕のことを大事に思ってくれてるのかな、と。勝手にそう思った。それで嬉しかったから……。無理させて悪かった。ほんとにありがとうな」

「…………」

長い沈黙があった。

やがて、深い溜《た》め息《いき》とともにこちらを向いた天本の顔は、もうすっかり平常どおりの冷ややかな表情を取り戻していた。

「榎本は何部でした？」

いきなりの問いにまごつきながらも、僕は必死で記憶をたどった。

「ええと。確か……そう、思い出したぞ！　美術部だ」

「だとすれば、春明祭に出展する作品の仕上げで、帰りは遅いはずだ。……今日もまだ校内にいますね？」

「そうだろうな」

「行きますよ」

そう言うなり、天本はいきなり立ち上がった。僕は吃驚《びっくり》して彼の顔を見上げる。

「……どこへ？」

「美術室です。決まっているでしょう」

冷淡な声でそう言ってから、天本は慌《あわ》てて腰を浮かせた僕に、わずかに笑いを含んだ視線を向けてきた。

「何もしないうちから二度も『ありがとう』の先払いをされては、俺もきまりが悪いのでね。さっさと情報を仕入れて、話を進めましょう。結果を出さないと、落ち着かない」

僕が彼の表情から照れを拾い上げる前に、天本はさっと踵《きびす》を返した。勢いよく生徒会室の扉を開く。

「う、うわあっ」

よろけながら部屋の中に転げ込んできたのは、桜井だ。どうやら扉に耳を当てて、中の様子を窺《うかが》っていたらしい。どこまで聞こえていたのかは知らないが、困った奴《やっ》だ。

「え……えへへ、どっか行くのか？」

恥ずかしそうに取り繕《とつくろ》う桜井を完全に無視して、天本は大股《おおまた》に歩いていく。僕は大慌《おおあわ》てでその後を追った。

「美女と野獣は取り消し。『桃太郎と犬』！」

そんな真弓の言葉を背中で聞きながら……。

5

予想どおり、美術室は部員たちでごった返していた。

明祭《めいさい》に間に合わせようと必死なのだ。

絵を描く、オブジェを作る、ろくろを回す、彫刻刀をふるう……。皆、何とか作品を春《しゅん》明祭に間に合わせようと必死なのだ。


榎本恭子《えのもときょうこ》は、窓際の一角にキャンバスを立て、何とか確保した陣地で油絵の具を溶いていた。何とも言えない、独特の臭気があたりに立ちこめている。

「あら天本《あまもと》君、どうしたの？」

僕たちが二人でいると、どんな女の子でも、まずは天本に声をかける。僕の存在には後で気づくか、最初から気づいていても無視するか、どちらかなのだ。

天本は、今、ちょっといいか？　と、榎本を廊下に呼び出した。

「なあに？」

素直に表に出てきた榎本は、さすがに不審そうな顔つきで、僕と天本とを見比べた。あるいは、僕の顔を見た時に、話の内容については察しがついていたのかもしれないが。

「……もしかして、人形のこと？」

彼女のほうから、細い目をさらに細めて、そう訊《き》いてきた。

僕には連日ギャンギャンと当たり散らしていたくせに、天本の前ではそんな態度を微塵《みじん》も見せない。

「龍村《たつむら》さんから事情を聞いてね。君が困っていると」

天本のあまりにもわざとらしい温厚な声に、榎本はコロリと騙《だま》された。

「そうなのー。バザーに出したっていっても、元はあたしの人形でしょう？　気持ち悪くって……。それなのに龍村さんったら、あんな酷《ひど》い悪戯《いたずら》をする犯人をちっとも見つけてくれないんだもん。全然頼りにならないの。ねえ天本君、霊感あるんでしょ？　それで犯人捜してよ」

そりゃ酷い！　と抗議の声を上げかけた僕の脇腹《わきばら》を肘《ひじ》でつついて黙らせてから、天本はあくまで穏《おだ》やかに頷《うなず》いた。

「捜せないことはないと思う。……でも、そのためには榎本の協力がいるな」

「あたしにできることなら、何でもするわよ」

榎本は、即答した。男前はつくづく得だ。僕には一度だってそんなこと言わなかったくせに。

むくれる僕に宥《なだ》めるような流し目をくれてから、天本は実にさりげなくこんなことを言いだした。

「児嶋《こじま》とは、いつからつきあっているんだったかな？」

思いがけない質問に、榎本のみならず僕まで目を丸くする。

「児嶋君と？　……もう半年過ぎたけど。それがどうかした？」

天本は、まるで当たり前のことに念を押すような調子で訊《たず》ねた。

「それまではずっと、相馬《そうま》さんが好きだったんだね？」

「！」

榎本の顔が、たちまち赤くなる。僕は慌《あわ》てて天本の服の袖《そで》を引き、早口で囁《ささや》いた。

「おいおい天本、こんなとこで、藪《やぶ》から棒《ぼう》に何てこと言うんだよ？」

「藪から棒でも、そうなんだろう、榎本？」

驚いたことには、榎本は恥ずかしそうに、しかしこくりと頷《うなず》いたのだ。

「……だけど、どうして知ってるの？　誰にも言わなかったのに」

「友達に相談したりしなかったのか？　女の子は、そういう話が好きなものだろう？」

榎本は細く吊《つ》り上《あ》がった目の周りをぼうっと染めて、恥ずかしそうに笑った。

「だって、相馬さんだもん。無理に決まってるじゃない。……片思いするだけだって、みんなに笑われるわよ、身のほど知らずって。女の子は、他人のことは平気でけなすのよ」

「それはどうだか知らないが……」

わずかに苦笑を浮かべながらも、天本は質問を中断しなかった。

「本当に、誰にも打ち明けなかった？」

「……学校では、誰にも」

榎本は、どこか歯切れ悪く言って、戸惑いがちに頷《うなず》く。

「学校では？」

思わず訊《たず》ねた僕の質問には無言のままだった彼女は、次の天本の言葉には、雷に打たれでもしたかのように、ビクンと顔を上げた。

「学校では誰にも言わなかった。……では、家では？　人形にも打ち明けなかった？」

榎本の唇《くちびる》が何度か開閉を繰り返し、それから早口の小声で問い返す。

「ど……どうしてそんなこと。そんなことまで知ってるの？」

「理由なんかどうでもいい」

温厚な人物を装《よそお》うのにも飽《あ》きてきたのだろう。天本の口調は、徐々に本来の険《けん》を取り戻しつつあった。

「人形に、何を、どんなふうに話していたんだ？」

「どんなふうにって……」

榎本は顔を真っ赤にし、もじもじと両手の指を組んだり解いたりし始めた。

「どんなふうに？　協力すると言っただろう？」

天本は真摯《しんし》な眼差《まなざ》しで真《ま》っ直《す》ぐに榎本を見据《みす》える。それが女の子にどれほど効果的か、こいつにはよくわかっているに違いない。

「だって……そんなこと聞いてどうするのよ？」

「いいから。とにかく話してくれないか……できるだけ手短に」

最後のつけ足しが、彼の内心の苛立《いらだ》ちを何より雄弁に物語っている。僕は冷や冷やしたが、天本が癇癪《かんしゃく》の発作を起こす寸前で、榎本はやっと告白してくれた。

「この人形、昔からうちにあるものだそうなんだけど、今はあたしが持ってるの。でね、ふと思ったのよ。友達に言えないことなら、人形に話してみようかなって。物心ついた時から一緒だから、もう、妹みたいなものじゃない？」

人は見かけによらないものだ。榎本はいたって現代的な——どちらかというと気のきつそうなタフな面構《つらがま》えの女の子だ。それが、夜中に人形に話しかけていたとは。やることがあまりにも可愛《かわい》らしいではないか。

（やっぱり女は不思議《ふしぎ》だなあ）

僕は呑気《のんき》にそんな感想を抱いていたのだが、天本は難しい顔でなおも榎本を追及した。

「相馬さんに関して、どんなことを？」

「……ええっと。……し、写真見せたりとか、教室でどこの席に座ってるとか、演劇部に入ってることとか、何の教科が得意だとか、そういうこと……嫌だ、何だか馬鹿みたいよね」

馬鹿みたいとまでは思わないが、男の僕にとっては、何だか不気味《ぶきみ》に感じられる。

「ふむ……どのくらいの間？」

「一年生の頃からだから……一年くらい」

「毎日？」

「ほとんど毎晩……だったわ。寝る前の習慣みたいなものだったから」

「だが、児嶋とつきあいだしてからは、相馬さんの話はしていない？」

「もちろんよ！　児嶋君の話だってしてないわ。彼とは何でも直接話せるもの」

それ以上榎本に対する質問はないらしく、天本は急に声のトーンを落として言った。

「わかった。忙しい時に邪魔して悪かった」

榎本は、何だか気抜けしたように首を傾《かし》げた。

「それだけでいいの？　何とかしてくれる？」

「……まだわからないな」

素《そ》っ気《け》なく言うが早いか、天本はすたすたと廊下の向こうへ歩きだしてしまう。

「あ、あのな、きっと大丈夫《だいじょうぶ》だから」

気を遣《つか》ってフォローしようとした僕には、現金なくらい素早く笑みを消した顔で、榎本は剣呑《けんのん》に言い捨てた。

「ほんと。品物の管理くらい、しっかりしてくれなくちゃ」

そして、痩《や》せっぽちの身体《からだ》をくるりと翻《ひるがえ》し、美術室へ引っ込んでしまった。

「……なんだよ。僕にはその仕打ちか？」

力無く呟《つぶや》いた僕は、トボトボと天本の後を追いかけたのだった。


その日の帰り道。

天本と僕は、駅前のドーナツショップに寄り道していた。

「これ、もらいますよ」

僕が適当に選んできたドーナツの中から、天本は定番のジャムドーナツを摘《つま》み上《あ》げる。

僕は、コーヒーにミルクをいれてかき混ぜながら訊《たず》ねた。

「なあ、何でわかったんだ？」

「何が？」

「榎本だよ。何だって、榎本が相馬のこと好きだってわかったんだ？　今は児嶋とあんなに上手《うま》くやってるし、相馬のこと好きだったのは誰にも言ってないって……」

僕の問いかけに、天本は口の中のドーナツをコーヒーで流し込んでから、面白くもなさそうに答えた。

「べつにわかっていたわけではありませんよ。でも、ここしばらくの榎本の人形事件に対する反応は、はたで見ていても、少々ヒステリックすぎた」

　僕ら三人は同じクラスにいるのだから当然といえば当然なのだが、僕が泣きつくまで救いの手の一つも差しのべてくれなかったくせに、事件の経過はちゃんと把握《はあく》していたらしい。友達甲斐《がい》のない奴《やつ》だ。

「それに、榎本にはどうも人形をどうしても手放したい理由があるようだったし、人形がいつも決まって相馬さんの机の上にいるということは……。榎本と相馬さんの間に、何か関係があると考えるのは、当然の帰結《きけつ》でしょう。それで、鎌《かま》をかけてみただけです」

「何だ、当てずっぽうだったのか」

　僕の呆《あき》れ声《ごえ》に、天本は不満げに眉《まゆ》を吊《つ》り上《あ》げた。

「推測、と言ってほしいものですね」

　僕は慌《あわ》てて笑ってごまかす。

「悪い。だけど、榎本が相馬に片思いしてたのと、人形がああなったのと、どういう関係があるってんだ？」

「さっき、榎本が言っていたでしょう。片思いしていた一年ほどの間、毎晩、人形相手に相馬さんの話をしていたと。……おそらくは、まるで女友達か妹に打ち明け話をするように」

　僕は頷《うなず》く。

「ああ。何だか不気味《ぶきみ》なことをすると思って聞いてた」

「彼女にとっては、跡の残らない日記をつけるようなものだったんですよ。人形といっても、あれは出来のいいアンティークだ。人間に話しているつもりになるのは、そう難しいことではなかったでしょう。それに、自分の言ったことを否定しない相手に語るのは、生身の人間に話すより楽ですからね」

何だか女の子の気持ちがよくわかるような口調でそう言ってから、天本はついぞ耳慣れない言葉を口にした。

「付喪神《つくもがみ》、というのをご存じですか？」

「つくもがみ？」

「古い器物……多くは生活用品や楽器ですが、そういう頻繁《ひんぱん》に人の手に触れるものが年を経ると、妖《あやか》しに転じることがあります。それを付喪神というんです」

天本はペーパーナプキンを一枚引き抜くと、ボールペンでサラサラと「手足の生えた三味線」の絵を描いてみせた。つくづく多才な男だ。

「上手《うま》いもんだな。で、これが何だ？」

天本はボールペンを放《ほう》り投《な》げ、テーブルに両肘《りょうひじ》で頬杖《ほおづえ》をついた。

「榎本は、この付喪神を創《つく》り出《だ》してしまったんですよ」

「……あの人形のことか？」

「そう、人形に心を込めて話しかけているうちにね」

天本の繊細《せんさい》な指先が、ピアノでも弾《ひ》くように、白い頰《ほお》を軽く叩《たた》く。

「器物が付喪神《つくもがみ》になるには、通常百年ほどかかると言われています。それを榎本は、一年そこそこでやってしまった……。げに恐るべしは、女の情念、ですかね」

僕は驚いて身をのり出した。

「じゃあ、あの人形は化け物になっちまったってのか？　魂が宿ってるって？」

天本は頷《うなず》き、僕の背後を通りかかった店員に手振りでコーヒーのお代わりを頼んだ。そして、注《つ》がれたコーヒーにたっぷりの砂糖をすくい入れながら、話を再開した。

「塵《ちり》も積もれば山となる、と言うでしょう。榎本の想《おも》いが、毎日少しずつ人形という『器《うつわ》』に溜《た》まっていき、やがてそれが『魂』に転じた」

「するとその『魂』とやらは、榎本の相馬に対する想いだけでできてるってわけか？」

「そういうことです。さぞかし感傷的な、夢見がちな魂でしょうね。相馬さんのことだけしか考えない心を持った人形の誕生だ」

「お前の……例の羊《ひつじ》人形みたいなもんだな？」

「ええ。あいつはまだ教育途中ですから、現時点では、榎本の人形のほうが、よっぽど一途《いちず》ですよ」

「ううむ。そんなものか……」

僕は唸《うな》りながら、天本が押してよこしたグラタンパイに手を伸ばした。いつものことだが、甘《あま》い物以外にはほとんど食欲を示さない男だ。

「だけど天本、榎本は……」

天本は激甘に調製したコーヒーを啜《すす》りながら、瞬《まばた》きで頷《うなず》く。

「何がきっかけかは知らないが、児嶋とつきあうことになった。女の子は現実に目覚めるのも早いですからね。報《むく》われない恋の相手である相馬さんへのこだわりは、あっさりと捨て去ってしまった。しかし、人形のほうは相変わらず相馬さん一筋だ」

「怖い話だな。人形の奴《やつ》、会ったこともない人を、全身全霊をかけて想《おも》っているわけだろう？」

「そう。おそらくは、その会ったこともない相馬さんについて、十分すぎるほどの知識を吹き込まれている。容姿《ようし》、話しかた、趣味、住んでいるところ、好きな食べ物……。榎本というフィルターを通して、ずいぶん美化された、完璧《かんぺき》なイメージが伝わっていることでしょうね」

「……なんか、背筋が寒くなってきたぞ、僕は」

「怖いのはここからです。榎本のほうは児嶋と幸せだから、もはや人形に話しかけたりはしない。ところがそれが人形には不満だ」

「榎本が、もはや相馬に対する想いを共有してくれなくなったからだな？」

「そのとおり。そうした人形の反感や敵意のようなものを、榎本は何となく感じていたのでしょう。だからこそ彼女は、人形が疎《うと》ましく……おそらくは少しばかり怖くなった」

「それで、渡りに船とばかりにバザーに人形を出したのか！」

「古い人形だ、捨てるのは手元に置くよりもっと怖かったんですよ。『人形の呪《のろ》い』は、日本ではポピュラーな怪談ですからね」

「何て自分勝手な奴《やつ》だ！　そんな理由で、生まれた時から一緒だった人形を、ポンと簡単に捨てちまえるものか？」

僕は憤慨して、テーブルをドンと叩《たた》いた。まあまあ、と宥《なだ》めるように言って、天本は話を続ける。

「何も怒ることはありませんよ。榎本にとっては厄介払《やっかいばら》いでも、人形にとっては絶好のチャンスだったわけですから。……まだ見ぬ最愛の人が同じ建物の中にいる。榎本から、相馬さんの学年もクラスも聞いている。人形でなくとも、ワクワクするようなシチュエーションだ。行ってみたくなって当然でしょう」

「それじゃあ、最初の日、階段にいたのは……」

「相馬さんのクラスに行《い》き損ねて、校内で迷っているうちに朝になって生徒が来てしまったんだと思います。妖魔《ようま》の活動時間は、夜であることが多いですからね」

「で、次の夜には首尾よくたどり着けた。その次の夜も。……そして昨日の夜は」

「根性ですね、あんたの家を抜け出して、学校まで歩いて戻ったんだ」

「おいおい……。勘弁《かんべん》してくれよ」

今度こそ本当に全身に鳥肌が立った。

あの人形は、ここ三日、最愛の人が学校にやってきて、自分を手に取ってくれるのをじっと待っていたのだ。あの取り澄ました可愛《かわい》らしい顔の下に、恐ろしいまでの情熱を秘めて。

「……榎本がムキになって怒るわけだ。身に覚えがあるうえに、それを相馬に知られても児嶋に知られても具合が悪いんだからな」

「これ以上ないほど、状況はクリアになりましたね」

天本は、今度はシナモンリングを手にする。よくまあそう甘《あま》い物ばかり立て続けに食べられるものだ。

しかし状況が呑《の》み込《こ》めたとはいえ、まだ何の解決策も僕の頭には浮かんでこない。僕はおそるおそる訊《たず》ねてみた。

「だけどそれじゃあ、あの人形はこれからも相馬の元に通い続けるわけか？」

「今は、俺があのロッカーに結界《けっかい》を張って閉じこめておきましたから大丈夫《だいじょうぶ》ですが。しかしそういつまでもは保《も》ちませんせん」

「……バザーまでは……」

「あの場所ではとても無理です。せいぜいここ数日が関の山でしょうね」

「うーん。バザーを待たずに、こっそり誰かに売り飛ばしちまったらどうだろうな」

天本は苦い含み笑いで首を横に振った。

「あんたの家から学校まで舞い戻ったんですよ？　電車で一駅分を歩いてね。空間的距離などこの際問題ではないでしょう。誰に売っても無駄《むだ》なことです」

「はっきり言ってくれるぜ。しかし、そうだよな」

だからといって、榎本に人形を引き取れと言っても、決して承知すまい。

「どうしたらいいだろう」

途方に暮れた僕の顔に、マグカップを両手でくるむようにして口元に運びながら、天本は静かに言った。

「根本的な解決策はありますよ。いっそあの人形、焼き払ってしまいますか？　魂ごと」

優美な口調とは裏腹のバイオレントな提案に、僕は思わず息を呑《の》んだ。

炎の中でめらめらと燃えていく人形の白いレースや、黒く焼け焦げ、高熱にひび割れた薔薇色《ばらいろ》の頰《ほお》や小さな手が、はっきりと目の前に浮かぶ気がした。

「そりゃ……酷《ひど》すぎやしないか、天本」

「いちばん手っ取り早いんですがね。ただし、燃やした人間が無事ですむとは限りませんが」

切れ長の目が、涼しく笑っている。こうして僕を怖がらせて遊んでいるのだ、この男は。僕は、わざと後半の台詞《せりふ》を無視して言った。

「人形といっても、心があるとわかっているものをみすみす残酷な目に遭《あ》わせるわけにはいかないよ。……何とか、納得ずくでおとなしくさせる方法はないのか？」

天本は急に真顔になって僕を見た。奴《やつ》は、真《ま》っ直《す》ぐに、そして真剣《しんけん》に、僕に問い返してきた。

「何か方法があったとして、あんたがそれを？」

「あ……ああ」

僕が頷《うなず》くと、天本は渋い顔で質問を重ねた。

「何故《なぜ》？　榎本に人形を突き返して、お前が何とかしろと言えばそれでいいでしょう。人形に魂を与えたのは榎本だ。何もあんたがそこまでしてやる必要はない」

僕はバリバリと頭を掻《か》いた。どうも、正面きってこういうことを訊《き》かれるのは苦手だ。

「何故って……。バザーの実行委員長は僕で、僕が品物を募《つの》ったから、榎本も人形を出してみる気になったわけだし、それに……」

「それに？」

「榎本にどうにかしろと言ったら、きっと『燃やしちゃって』って言うだろう？　それじゃあ、いくらなんでもあの人形が可哀相《かわいそう》だ」

「可哀相《かわいそう》……か。つくづくお人好《ひとよ》しですね、あんたは」

困った人だ、と言いたげに、天本のきつい目がふっと細くなる。笑っているような、呆《あき》れているような……おそらくはその両方なのだろう。

「お人好しかもしれないが、そうしないと僕が気分悪いんだ。なあ、何とかならないか？　天本」

「ふむ」

天本は肘《ひじ》をついて両手の指を組み、その上に繊細《せんさい》な顎《あご》をそっとのせて、目を伏せた。男には不似合いなほど長い睫毛《まつげ》が、白い頬に影を落とす。蠟人形《ろうにんぎょう》のような冷たい美貌《びぼう》。

僕は、三杯目のコーヒーを頼むべく、通りかかった店員に手を振った。女子高生のアルバイトなのだろう、ポットを持った女の子がすぐにやってきて、僕のカップになみなみとコーヒーを注《つ》いでくれる。短めのキュロットがよく似合う、可愛《かわい》らしい子だ。

「そちらの方もお入れいたしましょうか？」

彼女は天本にも愛想《あいそ》よく声をかけたが、考えごとに没頭している彼は視線を上げもしない。仕方なく僕が「頼むよ」と答えると、彼女はがっかりしたような顔で天本のカップにコーヒーを注ぎ、立ち去ってしまった。

こいつはこうして、知らないうちにたくさんの女の子を喜ばせたり落胆《らくたん》させたりしているのだろう。罪な奴《やつ》だ。

しばらくして、天本はふと口を開いた。

「相馬さんは演劇部員だ。いい方法がありますよ」

「演劇部？　唐突《とうとつ》に何だよ？　人形と何の関係が？」

天本はテーブルに頬杖《ほおづえ》をついたままで、きっぱりと言った。

「……この春明祭、龍村さんには、演劇部の出し物に参加してもらいます」

「げ……劇？」

僕は仰天《ぎょうてん》して絶句した。いくら何でも唐突すぎる。しかし天本は、にこりともせずに頷《うなず》いた。

「今回の劇の脚本を書いたのは俺です。少しばかり手直しして、あんたの出番を作るくらいは造作《ぞうさ》もない」

「ち、ち、ち、ちょっと待ってくれ！　全然話が見えないよ！　ちゃんと説明してくれ」

「いいでしょう、つまり……」

天本が言うには、今回の劇は中世ヨーロッパを舞台にした喜劇で、名家の令嬢と下町の鍛冶屋《かじや》の恋愛を題材にしたものらしい。

鍛冶屋に扮《ふん》するのは、問題の相馬和久《かずひさ》。

本来ならば引退した三年生は春明祭には出ないのだが、卒業後とある有名劇団に入ることが決定ずみの彼は、特別扱いということらしい。

そして、令嬢役は……。

「ハラヤですよ」

「ハラヤ？」

僕は目を剝《む》いた。

ハラヤこと、二年B組の原亜矢子《はらあやこ》。

学年で、いや、学校じゅうでいちばん可愛《かわい》いと僕が個人的に思っている女の子である。

背は高からず低からず、体格はちょっとスレンダーで、肩までのボブにカットされた真《ま》っ直《す》ぐの髪は、少し頰骨《ほおぼね》の高い、エキゾチックなフェースラインによく似合っている。綺麗《きれい》な弓なりの眉《まゆ》も、細い鼻筋も、虹彩《こうさい》の茶色いコケティッシュな下がり目も、何もかも僕の好みなのだ。

素顔でも十分すぎるほど可愛いのに、舞台化粧をした彼女はどんなにか美しいだろう。是非とも近くで見てみたい！

「……鼻の下を伸ばさないでください、不気味《ぶきみ》な」

絶妙のタイミングで腐されて、僕は真っ赤になって両手を振った。

「伸ばしてないっ！　それで、その劇と僕と人形とに何の関係があるって？」

「……この場合の人形の魂というのは、一種、怨念《おんねん》に似たものがあります。おそらく想《おも》いを遂《と》げることができれば、魂は消散するでしょう」

「想《おも》いを遂《と》げる？」

「相馬さんに自分の気持ちを告げること、です。そして相馬さんから優しい言葉をかけてもらえれば、人形は満足するでしょう。そこで、あんたの出番です、龍村さん」

「……出番？　いったい僕に何をやらせようってんだ」

嫌な予感に激しく襲われながら訊《たず》ねた僕に、天本はこともなげに答えた。

「人形と一緒に舞台に出て、人形の代わりに、そして人形のために、相馬さんに愛を告白してもらいましょう」

「ぼ……僕が、相馬に？　嫌だよ、気持ち悪い」

「誰も実名でやれとは言っていません。そんなもの、見ているほうが気持ち悪いでしょう。そうではなくて、劇中で、ハラヤ扮《ふん》する令嬢の代わりに、ですよ」

馬車の窓から偶然鍛冶屋《かじや》を見た令嬢は、一目で彼と恋に落ちる。しかし気ままな外出が許されない彼女は、自分の想いを鍛冶屋に伝えるために、使いを送る。

脚本では足に手紙を結びつけた鳩《はと》（もちろん作り物だ）が務《つと》める使いの役を、僕に当てようというのだ。

「旅回りの人形遣《にんぎようつか》い、というのはどうですか？」

「……で、例の人形と一緒に出るわけか」

「ええ。そして、令嬢のメッセージとあんたの声を借りて、鍛冶屋役の相馬さんに愛を告げる……」

「えらく回りくどいな」

僕のぼやきに、天本は不敵に笑った。

「人形にとっての相馬さんというのは、榎本の抱くイメージだけで構成された、いわばバーチャルの彼です。バーチャルはバーチャルをもって制す、劇中でかたをつけるのがいいでしょう」

いいでしょう、と言われても、僕にはちっともよくないのだが。

「だけどな、天本。僕は今まで演劇なんてやったことがないんだぜ？　演劇部の連中……特に相馬とハラヤが何て言うか」

「ふむ」

天本は椅子《いす》にもたれて腕組みした。

「相馬さんには、適当に話をつけましょう。ハラヤをどうするかな……」

6

翌日の放課後、僕と天本《あまもと》は連れだって講堂へ行った。そこでは、演劇部の連中がちょうど通《とお》し稽古《けいこ》の真っ最中だった。

天本はまず、相馬和久《そうまかずひさ》を呼び出した。

相馬は身体《からだ》にぴったりした紫色のTシャツと細身のブラックジーンズという出《い》で立《た》ちで、客席にいる僕らのところへ身軽に駆《か》けてきた。

「やあ天本、わざわざ練習を見に来てくれたのか？　君が書いてくれた台本は出来がいいから、みんな凄《すご》く楽しんでやってる」

シャツの袖《そで》で額《ひたい》の汗を拭《ぬぐ》いながら、相馬は人当たりのいい笑顔で言った。ほどよく日に焼けた肌に、真っ白な歯が眩《まぶ》しい。

やや面長《おもなが》の輪郭《りんかく》、くっきりした真《ま》っ直《す》ぐの濃い眉《まゆ》、二重瞼《ふたえまぶた》の大きな目、ほんの少し下《した》唇《くちびる》がしゃくれ気味《ぎみ》の口元。

言葉の上では同じ「美形」でも、天本とはまったく趣《おもむき》を異にする美しさだ。いかにも俳優の卵らしく、顔にも仕草にも人目を引かずにはおかない華《はな》がある。

「……ありがとうございます」

落ち着き払った声で答えた天本から、元同級生の僕に視線を移動させた相馬は……。

「……やあ、龍村《たつむら》じゃないか。連日、わざわざ謝りに来てもらってすまないな」

そう言うわりには、顔から拭《ぬぐ》ったように微笑が消えていく。よほどあの人形のことでは僕に腹を立てているらしい。

僕は半ば反射的に、深々と頭を下げていた。

「このたびはっ！　迷惑をかけて、まことに申し訳ないっ！」

自分でも驚くほど大きな声が出てしまった。講堂のあちこちからこだまが返って、舞台上の演劇部員たちが、何事かと僕らのほうを見ている。

「や、やめてくれないかな、そういうの」

相馬は少し慌《あわ》てたように僕に言うと、舞台に向かって軽く手を振った。気にするな、という合図である。すぐに練習は再開された。

「べつに君に怒ってるわけじゃない。ただ、気持ち悪いじゃないか。迷惑だしさ」

「わかりますよ。今日は、そのことで相談したいことがあって来ました」

天本は僕から速やかに話をもぎ取って、穏《おだ》やかに相馬に話しかけた。相馬もほっとしたように、天本に向き直る。僕のことはひとまず無視、という態勢だ。

「で、相談って何？　そもそも、どうして天本があの人形のことを知ってるの？」

自分で質問しておいて、相馬は自分の言葉にギョッとしたようだった。

「……天本が知ってるってことは、もしかして、あの人形、何か取《と》り憑《つ》いてるのか？」

そう、天本は校内ではちょっとした有名人らしいのだ。

ハンサムで頭がいいだけなら、女の子に騒がれるだけにとどまっていただろう。が、それに加えて学校規模で彼を有名にした言葉が「霊感野郎」……。

去年、学校で起きた幽霊騒ぎ。それを鎮《しず》めたのがほかならぬ天本で、以来、彼には密《ひそ》かにそんなあだ名がつけられたらしい。

僕は当時イギリス留学中だったので、残念ながら詳しいことは知らない。以前本人に訊《き》いたところ露骨に嫌な顔をされてしまったので、それきりになっているのだ。

とにかくその「霊感野郎」は、涼しい顔をして、本当に適当な話をでっち上げた。

曰《いわ》く、あの人形は、かつて演劇がとても好きな人の持ち物だったらしい。それで、学校に持ってこられたことがきっかけで、相馬を気に入り、取り憑いてしまった。だから、一度だけ舞台で相馬と共演すれば、きっと気がすんで成仏《じょうぶつ》してくれるに違いない――と。

「俺と共演だって？　どうやって人形と？」

気味悪《きみわる》そうに顔を歪《ゆが》める相馬に、天本は昨日僕にしたのと同じ話を聞かせた。自分は人形をダイレクトに触らなくていいと知って、彼はほっとした顔になる。

天本は、隣で手持ち無沙汰《ぶさた》に座っていた僕を指し示した。

「で、バザー実行委員長である龍村さんが、責任をとって、その人形遣《にんぎようつか》いの役を演じたいと言ってくれています。そんな危険な人形をほかの人には任せられませんからね。台本は俺がすぐにでも書き換えます。大筋にはまったく関係ありませんから、劇の流れには少しも影響しません。龍村さんも、今から死ぬ気で練習するそうです。……無論、相馬さんたちのサポートなしには無理なわけですが……。それでどうですか？」

「霊感野郎」であり、「脚本家」である天本がそう言うのだから、相馬は素直に納得した。

「まあ、そういうことなら、元部長として、そして主役として、僕に異存はないよ。何だか悪いね、龍村」

爽《さわ》やかな笑顔を添えて、そんな言葉までかけてくれる。さっきとはえらい違いだ。

「あ……いや」

僕は何だかきまりが悪くて、身体《からだ》をもぞもぞさせるしかなかった。


さて、事件の当事者のひとりである相馬はそれで納得してくれたが、問題はもうひとりの主役、原亜矢子《はらあやこ》――ハラヤである。

「あらー。天本君に龍村さん？　最近噂《うわさ》の二人じゃない。ふふふっ」

相馬と入れ違いにやってきた令嬢役……そして、現演劇部部長のハラヤは、僕たちの顔を見るなり、妙な含み笑いを浮かべてそんなことを言った。

襟《えり》ぐりの大きな黒の小さめなTシャツに、下は対照的にブカブカのパンツが、実に可愛《かわい》らしい。

僕と天本の間に勢いよく座ったハラヤに、天本は怪訝《けげん》そうな顔で訊《たず》ねた。

「噂《うわさ》？　何のことだ？」

「さあ、ねえ」

ハラヤは首を傾《かし》げて、おかしそうに笑う。首筋を、サラサラの茶色がかった髪が滑る。

至近距離で見ても、完全無欠の可愛らしさだ。

「あたしの口からはちょっと言えないわ。それより、話って何？」

何だか腑《ふ》に落ちない顔で、僕と天本は顔を見合わせた。しかし、今はその「噂」とやらにこだわっている場合ではない。さっき相馬にしたのとそっくり同じ話を、天本はハラヤにも語って聞かせた。

「えー？　何それ！　面白いけど、変なの」

よく通る高い声で、ハラヤはそう言った。まったく信じられないらしい。当然だ。

「変でも、本当なんだよ。頼むから、協力してくれないか」

僕の言葉に、ハラヤはちょっと真面目《まじめ》な顔に戻って訊ねてきた。

「ん……まあ、事情はわかったけど、いきなり素人《しろうと》の龍村さんが出るっていうのはねえ……。そんなに危険なの？」

僕と天本はそろって頷《うなず》いたが、それ以上の説明をしようとは思わなかった。ほかの人間が出て、もし人形の意に染まない演技をしてしまったらどんな目に遭《あ》わされるかわからない……なんて物騒《ぶっそう》なことは、やはりちょっと言えない。

「うーん……。まあ、あたしはいいけど。でもやっぱり、文句言う部員もいると思うのよねえ」

「だから、君と相馬さんの推薦ということにしてほしいんだ。主役二人の、そして新旧部長の推薦とあれば、誰も正面きって反対はしないだろう？　頼むよ」

珍しく徹底的に下手《したて》に出る天本に、ハラヤはちらと色っぽい流し目をくれてこう言った。

「そうね。じゃあ、天本君が、今日の放課後、お茶に連れてってくれればオッケーしてもいいわよ。ほかの部員にも、あたしがどうしてもって龍村さんに頼んだことにしてあげる」

「お茶？」

天本は露骨に顔を顰《しか》めた。

ハラヤをお茶に誘いたいと思っている男は学内に数えきれないほどいるだろうが、逆にハラヤにお茶に誘われてここまで嫌がる男は、天本くらいのものだろう。

「お茶ならたッ……」

龍村さんと行けばいい、と言いかけた天本の口を、僕は我ながら感心するほどのスピードで塞《ふさ》いでいた。そんなことを言われたら、ハラヤの返事は決まっている。

「あたしは天本君と行きたいの！」とか何とか。僕と天本のどちらか一方を選べと言われたら、女の子百人中九十九・九人までは天本を選ぶに決まっている。自分の容姿《ようし》のまずさは自分がいちばんよく知っているものだ。

恥をかかされるのもショックを受けるのも嫌なので、僕は勢い込んで言った。

「もちろん喜んで行くってさ。なあ、天本」

「……ああ」

口を塞いでいた僕の手をうるさげに払いのけ、天本はいかにも不承不承に了解の意を示した。

「じゃあ、練習後のミーティングでみんなに話すわ。その時に紹介するから、龍村さん、ここで練習見ててよ。それが終わったら、ゆっくりお茶しましょうね、天本君」

軽快な足取りで舞台に戻っていくハラヤの後ろ姿を見送って、天本はきつい目で僕を睨《にら》みつけた。

「……龍村さん。この貸しは高くつきますよ」

どうやら本気で嫌がっているらしい。僕なら、ハラヤとデートできるなら、たいていの犠牲《ぎせい》は払えると思うのだが。

(まあ、異性の好みは人それぞれというからな)

「わかってるって」

　あまりわかっていないながらも、僕はそう言って首を縮こめてみせた。

*　　*

　その日から春明祭《しゅんめいさい》までの三週間、僕の学生生活は文字どおり「阿鼻叫喚《あびきょうかん》」の日々となった。

　バザー実行委員長としての仕事に加え、毎日放課後に、演劇部の練習に参加する羽目《はめ》になったのだから。

　だが……。一つだけ、役得もあった。

「龍村さん、舞台は初めてでしょう？　推薦した手前もあるし、あたしが教えてあげる」

　そんな嬉《うれ》しいことを言って、ハラヤは練習が終わった後、毎日少しだけ居残《いのこ》り稽古《けいこ》をつけてくれたのだ。

　舞台袖《ぶたいそで》からの登場の仕方、立ち位置の決めかた、台詞《せりふ》回しの速さ、そして退場のタイミング。そうしたものを、ハラヤは辛抱強《しんぼうづよ》く、一つ一つ僕に教えてくれた。

憧《あこが》れの人と毎日二人きりになれるというのは本来とてつもない幸運のはずなのだが、いかんせんハラヤの特訓というのは半端《はんぱ》でなく厳《きび》しいのだった。とても色恋沙汰《ざた》の入り込む余地などない。

「ここまでにしましょう」

ハラヤのそんな言葉で特訓が終わる頃には、僕は床に座り込んで、肩で息をしている始末だった。

一方、相馬のほうは……。練習が終わると、僕などには目もくれず、さっさと姿を消してしまう。「お疲れさん」の一言もない。元同級生としては寂しい限りだが、人形事件のしこりはやはり消えてはいないのだ。

「……やつれましたね、龍村さん」

春明祭まであと八日に迫った金曜日の昼休み、中庭のベンチでパンを齧《かじ》っていた天本が、不意にそんなことを言って笑った。

思えば、そんなふうに天本と一緒に過ごすのんびりした昼休みなど、人形事件が持ち上がってから初めてのことだった。

もちろんお互い春明祭に向けて忙しいから、というのが最大の理由である。だが、実はもう一つとんでもないことがあって、僕らは暗黙の了解のうちに、人目につく場所で一緒にいることを避けていたのだ。

——とんでもないこと。

そう、それは以前にハラヤが言いかけてやめた、僕と天本を巡《めぐ》る「噂《うわさ》」の真相そのものであった。

あの日、約束どおり嫌々同行した喫茶店で、天本はハラヤを追及したのだそうだ。彼女はさんざんじらした後で、クスクス笑いながらこう言ったらしい。

「女の子の間でね、もっともらしい噂になってるのよ。天本君と龍村さんって危ないって。二人とも彼女いないらしいし、いつも一緒にいるし。ねえ、ほんとのとこ、どうなの？」

天本がその時何と答えたかは知らない。だが翌日、天本から話を聞いた僕は、あまりのことに思わず叫んでしまった。

「じゃあ何か、お前と僕がホモだってのか？」

「そのようです」

天本は冷ややかに肩を竦《すく》め、こう言った。

「あんたがどう思うかは知りませんが、俺は非常に不愉快です」

「僕もだよ！」

「……では、そういうことですね」

「だな」

というわけで、僕と天本は、二人きりになる機会を極力避けるようにしてきた。しかし何だかそんなふうに無駄《むだ》な神経を遣《つか》うのも、どうにも馬鹿馬鹿しいことに思えてきて……そして今日、どちらからともなく、僕らはパンの紙包み片手に連れだって外に出たのだ。

「そりゃ、やつれもするぜ。バザーに演劇、慣れないことがダブルで直撃なんだ」

肩をそびやかした僕に、天本は皮肉っぽい流し目をよこす。

「だから最初に言ったでしょう。あんたはお人好《ひとよ》しすぎると」

「わかってる。僕も今となっては骨身に沁《し》みてそう思う。それでも仕方ないじゃないか、そういう性格なんだから」

天本は溢《あふ》れそうなほどクリームの詰まったデニッシュを器用に食べ終え、ふう、と溜《た》め息《いき》をついた。

「間に合いそうなんですか？」

「どっちが？」

「どっちもですよ」

「バザーは、真弓《まゆみ》がずいぶん助けてくれてるからな。値段つけが終わったら、後は当日の手順を考えるだけさ。演劇のほうは……」

ふと視線を落とすと、天本の膝《ひざ》の上には完成間近の「えいむ君」がのっかっている。黒ボタンの目をつけ終わって、今は首に小さな鈴を結ぶ最後の工程にかかっているらしい。

「そっちこそ、間に合いそうなのか？　それは……動かないヤツなんだろ？」

僕の問いに、天本は微《かす》かな笑みを頰《ほお》に刻《きざ》んで、肩を竦《すく》めた。

「ええ、これは売り物です。小一郎《こいちろう》は、今日は家に置いてきました。……不測の事態のせいで、俺の作業もえらく遅れましたが、おかげさまで何とか間に合いそうですよ」

酷《ひど》い当《あ》て擦《こす》りだが、腹を立てる権利は僕にはない。実際天本は、律儀《りちぎ》すぎるくらい頻繁《ひんぱん》に、演劇部の練習に顔を出してくれていた。

ハラヤは天本が来た日はいつもに増して朗《ほが》らかだったし、相馬にしても、彼の前では練習により熱が入るようだった。

天本は客席から僕の出演する場面を見ていて、どうしても躓《つまず》く台詞《せりふ》をチェックし、全体の雰囲気を壊さない程度に平易な言葉に置き換えてくれたりもした。

おそらく、連日のハラヤの「特訓」も、天本が彼女に頼んでくれたことなのだろう。

本当に、こっちが泣きたくなるほど気を遣《つか》ってくれる男なのだ。しかもそんなことを微《み》塵《じん》も態度に表さず、ましてや見返りを求めるようなことなど少しもなく。

おまけに例の人形にしても……。

何があっても、二度とあの人形が相馬の机の上に座るようなことがあってはならない。そんな僕の立場を無言のうちに汲《く》んで、天本は例のアンティーク人形を、自宅に引き取ってくれているのだ。

「榎本《えのもと》の人形、どうしてる？」

　僕の問いに、天本は簡潔に答えた。

「元気にしていますよ。というよりは、激怒していると言ったほうが正しいようですが」

「……激怒？」

「戸棚《とだな》に結界《けっかい》を張って、無理やり閉じこめていますからね。怒らないほうがどうかしています」

「大丈夫《だいじょうぶ》なのか？」

「今はね。力ずくで何とかねじ伏せていますよ。ですが、もうそろそろ限界です」

　あっさり断言して、天本は心もち斜めに僕の顔を見た。

　秋だというのに、うっすら汗ばむくらいの陽気だ。秋の日射《ひざ》しが、天本の艶《つや》やかな黒髪を水面《みなも》のように輝かせている。

　眩《まぶ》しげに細められた切れ長の目の冷ややかさだけが、僕に近づいてくる冬を思わせる。

「春明祭の頃には、人形のストレスも最高潮でしょうね。舞台、頑張《がんば》ってください。よほど上手《うま》くやらなければ、あんたが酷《ひど》い目に遭《あ》うことになる」

「……脅かすなよ」

　僕は唸《うな》りながら、膝《ひざ》の上のパン屑《くず》を払った。

「脅しではありません。なりは可愛《かわい》らしい西洋人形でも、あれは歴《れっき》とした妖《あやか》しです」

「そりゃわかってる。だけど、酷《ひど》い目ってのは具体的にどんなことだよ？」

天本はそれには答えず、ほんのわずかに眉《まゆ》を顰《ひそ》めてみせた。それだけの動きで「知るもんか」と語れるこいつのほうが、僕なんかよりよっぽど役者に向いている。

「なあ、天本」

「駄目《だめ》ですよ」

クタクタの羊《ひつじ》の首に器用に鈴つきのリボンを巻きつけながら、天本は無造作《むぞうさ》かつ冷淡に言い放った。

「……まだ何も言ってないんだが」

「聞かなくてもわかります。あんたの代役なんて願い下げだ」

「ばれたか」

僕は照れ隠しに頭を掻《か》いて笑った。

しばらく作業に集中していた天本は、ふと思い出したように顔を上げて、こんなことを言った。

「大丈夫《だいじょうぶ》ですよ、龍村さん。練習を見ている限り、そう悪くはないから」

「……本当か？」

僕は思わず天本の端麗《たんれい》な顔を覗《のぞ》き込《こ》んだ。

「あんたにお世辞を言っても始まらない」

仕事の手は休めず、視線だけを僕に向けて、天本は淡々とした口調で言った。

「人間、自分のことはわからないというのは、本当のようですね。あんたは役者に向いていますよ。もしかしたら、相馬さんよりずっと、ね」

「おい、そりゃ嘘《うそ》だろ」

「嘘をついてまであんたを褒《ほ》めようなんて思わない。……前に言ったことがあるでしょう。あんたは中途半端《ちゅうとはんぱ》に『陽』の気が強いから、妖《あやか》しに憑《つ》かれやすくていけないと」

僕は曖昧《あいまい》に頷《うなず》く。確か知り合って間もない頃に、そんなことを言われて面食らったような気がする。

「……ああ。何となく憶《おぼ》えてる」

「それを改善するいい機会ですよ」

「改善する？　どうやって、どんなふうに？」

「中途半端がいけないのだから、完全な『陽』にしてしまえば、妖しは寄りつかなくなる。龍村さんにはそのほうが合っている」

天本はとうとう羊《ひつじ》の鈴つけ作業を諦《あきら》め、身体《からだ》ごと真《ま》っ直《す》ぐ僕のほうを向いた。

「あんたは身体も大きいし、顔も……何というか、インパクトがあって舞台向きだ。地声も動作も無駄《むだ》に大きい。だから、本格的に演劇をやってみればいいと思います。完全な

『陽』の人格を演じ続けていれば、それが自然に第二の天性になる」

あまり褒《ほ》められた気がしないが、冗談や皮肉を言っているのではないことは、その顔があまりに真面目《まじめ》なことでわかる。

「そういう……ものなのか？」

「そういうものなんです」

にこりともせずに、天本は頷《うなず》いた。頭の動きに合わせて白い額《ひたい》に落ちかかる漆黒《しっこく》の髪は、男の僕でさえドキリとするくらいに綺麗《きれい》だ。

「憶《おぼ》えていてください。これは、俺があんたにしてあげられる最上のアドバイスですよ」

赤い唇《くちびる》が、託宣《たくせん》を述べるかのように厳《おごそ》かにそう言った。僕は気圧《けお》されて、何度も頷《うなず》く。

天本は、時にこういう巫女《みこ》めいたミステリアスな一面を見せる。その限りなく高潔で威厳に満ちた表情は美しいのだが、同時にとても恐ろしい。

まるでいつの日か、彼が突然人間でいることをやめてしまいそうな……かぐや姫のように、月にでも帰ってしまいそうな、そんな不安な気持ちに僕を陥《おとしい》れるのだ。

だから僕は何となく焦《あせ》って、自分でもわけのわからないことを口走っていた。

「だ、だけどな、天本。僕は忘れっぽいんだ。きっと、その忠告……最上の忠告とやらも、何度も言ってもらわないと忘れてしまうと思う。だから。だからその、ずっと、うんそうだ、ずっと言い続けてくれないとな」

天本の切れ長の鋭い目に、訝《いぶか》しげな光が瞬《またた》く。

「記憶力の悪さを、そう正面きって主張されても困りますね」

「いいんだ……はは、しかし僕って本当におかしいよな。ははは！」

僕は何だか自分自身が滑稽《こっけい》になって、笑いだしてしまった。こういう発作《ほっさ》は、どうにも止められないものである。

身を二つに折っていつまでも苦しそうに笑い続ける僕を、天本は困ったように、ただ黙って見ていた。

7

そして、ついに運命の十一月十日がやってきた。

春明祭《しゅんめいさい》当日である。

文化部の発表会は午前九時のコーラス部から始まって、演劇部はいちばん最後、午後三時開幕である。

「うわああ、どうしよう」

バザーに割り当てられた高三A組の教室で、段ボール箱の間にしゃがみ込み、僕は頭を抱えた。

真弓《まゆみ》は机に並べた品物をまだあっちこっちと置き換えながら、陽気に笑う。

「何が？　もう後はお客さんを待つだけじゃないですか。準備万端《ばんたん》ですよ、心配ないですって」

「違うんだ、バザーのことはもう心配してないんだよ。真弓がしっかりサポートしてくれたから」

「あらま、嬉《うれ》しいことを。だけどほんとのことだから、『そんなことないです』なんて言いませんよ。じゃあ、いったいどうしたんです？」

「劇だよ！　ああもう、どうしよう。もう緊張してきた」

「何をガラにもないことを！」

ケタケタと笑って、真弓は僕の背中をバシン！　と叩《たた》いてくれた。

「みんな楽しみにしてるんだから。頑張《がんば》ってくださいよ」

……そうなのだ。奇抜《きばつ》な話ほど人の口に上ることが多い。

天本《あまもと》が相馬《そうま》とハラヤに語った例の作り話――人形には演劇好きだった昔の持ち主の霊が憑《つ》いていて、それを成仏《じょうぶつ》させるために、僕が人形とともに演劇部の出し物に出演する――は、あっという間に全校に広まった。みんな、いろいろな意味で、演劇部の出し物『月のない夜に』を異様なくらい楽しみにしているのである。

ハラヤが毎日特訓してくれ、天本が台本を工夫してくれたおかげで、にわか役者の僕も、何とか舞台をぶちこわしにしない程度の演技をすることはできるようになった。それでもやはり、緊張せずにはいられない。

もし、本番で何かヘマをやったら……。

いや、そうでなくても――もしそれがあからさまなヘマでなくても、人形様のお気に召さない演技だったら……いったい、何が起こるというのだろう。僕はどうなってしまうのだろう。

——人形に呪《のろ》い殺《ころ》されるとでも？

真弓の手前、無理に笑ってみせたが、胸の内は暗澹《あんたん》たるものだった。

ずっと考えては無理に中断していた不安が、どうしようもなく押し寄せてきて、もう、どうにも止められないのだ。

しかし、幸か不幸か、すぐにそんなふうに思い悩む暇《ひま》などなくなった。

午前九時。

春明祭の開催を宣言する生徒会長のアナウンスとともに、教室の入り口に文字どおりギチギチに詰まっていたおばさん軍団が、鉄砲水の勢いでなだれ込んできたのである。

「ちょっと！　これ幾《いく》らっ？」

「これはこっちが先に取ったのよ！」

「高い！　もっとまけて！」

四方八方から品物を鷲摑《わしづか》みにした太い手が突き出され、怒号と悲鳴が飛び交う。品物を並べた机が、おばさんの体当たりでひっくり返る。

もしかしたらその中に自分の母親が交じっていたかもしれないので大きな声では言えないのだが、やはり……「おばさん」というのは、人間とは種類を異にする生き物であるような気がする。

「おい真弓っ！　大丈夫《だいじょうぶ》か？」

津波のように押し寄せてくるおばさん軍団を何とかさばきながら、僕は横にいる真弓の顔は見ずに声をかけた。

「大丈夫じゃないですよぉ。これ、いつまで続くんですかあ？」

情けない声が返ってくる。

「……売る物がなくなるまでだろ、やっぱり」

「そんなの、ひどおおおい！　信じられない」

「同感だね」

それだけの会話を交わすのがやっとである。山のように用意した品物があらかたなくなった昼過ぎまで、僕らはひたすら売り子に専念したのだった。


そして、午後三時。

いよいよ、文化部発表会のトリを飾る演劇部の『月のない夜に』が幕を開けた！

「龍村《たつむら》さん？　大丈夫？」

舞台袖《ぶたいそで》に立っていると、後ろから背中を軽くつつかれた。

振り向くと、そこには、微笑《ほほえ》みを浮かべたハラヤが立っていた。

名家の令嬢らしい豪華なドレスに身を包み、ふんわりした金髪のカツラを被《かぶ》り、綺麗《きれい》に舞台化粧を施している。

僕個人の好みから言うと、衣装合わせの時のように、素顔でこのドレスをまとっているほうがずっと可愛《かわい》いと思うのだが……舞台で映《は》える化粧というのは、どうも独特のものらしい。上瞼《うわまぶた》には、盛り上がるほど厚く、ブルーのシャドーが塗られている。

「大丈夫《だいじょうぶ》……かなあ」

「もちろん大丈夫よ。一生懸命練習したんだもの。きっと上手《うま》くいくわ」

まったく、女は土壇場《どたんば》で強いというのは、本当かもしれない。あと数十秒で自分の出番だというのに、ハラヤときたら僕を励ましてくれているのだ。

「……ありがとう。ハラヤも頑張《がんば》れよな」

やっとのことで口にした僕の言葉に答える暇《ひま》は、彼女にはもうなかった。小さな手をヒラヒラと振って、ハラヤはドレスを翻《ひるがえ》して舞台に出ていった。

——今日は本当にいい天気。お父様にお願いして、隣町へのお出かけにご一緒させていただきましょう。

高く澄んだ声が、講堂に響きわたる。堂々としたヒロインぶりだ。

ずっと見ていたいような気もしたが、そうも言っていられないので、僕は楽屋に引き返した。

部員たちでごった返す楽屋の一角に、僕のための衣装や小物を入れた段ボール箱が置かれている。ほかの出演者の邪魔にならないように注意しながら、僕は「旅回りの人形遣《にんぎようつか》い」の衣装に素早く着替えた。

緑と赤の派手な布で作った長い上着と、焦《こ》げ茶色《ちやいろ》のブーツ。頭には、羽飾りのついた緑色の帽子。何とも素《す》っ頓狂《とんきよう》な格好だが、衣装係の苦心の作だ。文句は言うまい。

着替え終わると、これまたハラヤが教えてくれたとおりに、見よう見まねで化粧をする。ドーランを塗り、眉《まゆ》を描《か》き足《た》し、ほんの少しだけ、目の周りに焦げ茶色のシャドーをつける。ほかの連中はもっと濃い化粧を施すようだが、素人《しろうと》の僕がこれ以上やると人間離れした顔になってしまいそうなのでやめておいた。

自分の準備がすっかりできあがると、僕はここに来る前に天本に渡された白い紙箱を手にした。

妙ちきりんな文字を書き込んだ細長い紙（『符《ふ》』というのだと天本は言った）が数枚、大きな箱の蓋《ふた》をしっかりと塞《ふさ》ぐように貼《は》りつけられている。

中に入っているのは、言うまでもなく、あのアンティーク人形である。

ここへ来る直前、生徒会室でこの箱を僕に差し出し、天本は怖い顔で言った。

「いいですか、舞台に上がる寸前まで、開けてはいけませんよ」

「わかってる」

僕は緊張に顔を引きつらせながら、そのずっしりと重い箱を受け取った。早くも手のひらは、冷や汗でじっとりと濡《ぬ》れている。

「なあ天本、大丈夫《だいじょうぶ》かな」

僕の声はおそらく迷子の子供のように情けなく響いたことだろう。

今日初めて、僕は舞台に立ち、魂を持ったこの西洋人形とともに演じる。

もし僕が人形の想《おも》いを上手《うま》く相馬に伝えることができなければ……何が起こるというのだろう。

何度訊《たず》ねても、天本は決して答えてくれなかった。それがいっそう僕の恐怖心を煽《あお》っているのだ。

「……龍村さん」

天本は、黒曜石《こくようせき》のきつい目を、ほんの少し和《やわ》らげて僕を見た。それだけで、汗が引いていくような気がする。

「大丈夫ですよ」

宥《なだ》めるように穏《おだ》やかな声で、天本は僕に言ってくれた。それなのに、自分でも滑稽《こっけい》なほどに頼りない気持ちが、僕を驚くほどきかん気にした。

「何が大丈夫なもんか、他人事《ひとごと》だと思いやがって」

これではまるで反抗期の幼児だ。僕は羞恥《しゅうち》に顔が赤らむ思いで、俯《うつむ》き唇《くちびる》を噛《か》んだ。

?
…し

しかし天本は、怒った様子もなく、辛抱強《しんぼうづよ》く繰り返した。

「俺が大丈夫《だいじょうぶ》と言えば、大丈夫。心配いりませんよ、龍村さん。練習のとおりにやれば、人形もきっと満足します」

「そう……かな」

信じられないくらい気弱な声。それでも、天本と話していると、緊張と恐れが徐々にほぐれていくのがわかる。

天本は、つと歩み寄ってきて、僕の肩に軽く片手をかけると、耳元に低く、しかししっかりした声で囁《ささや》いた。

「舞台の上で何が起こっても、動揺することはありません。すべて流れのままに、いいですね？」

「流れのまま？」

わけがわからないまま鸚鵡返《おうむがえ》しする僕に、至近距離で涼しい切れ長の目が頷《うなず》く。

「ちゃんと見ています。たとえ何が起こったとしても、客席には俺がいます」

生来のお人好《ひとよ》しのせいで僕が勝手に背負った重荷を、心優しいこの男は、この土壇場《どたんば》に来てともに負うと言ってくれているのだ。

僕は大きく深呼吸して、一歩下がった。人形の入った白い箱を、しっかり抱え直す。

「……ありがとう」

「なんの」

天本は急に素っ気なく言って肩を竦《すく》める。わずかに細めた目で、彼が幾分《いくぶん》照れていることがわかる。

そんな小さな仕草や、あまりに微妙な表情の変化から、僕はいつの間にか驚くほど鋭敏に、天本の感情の動きを読みとれるようになっていた。

それが何故《なぜ》だかとても嬉《うれ》しくて、僕は自分の顔にいつものリラックスした大きな笑みが広がるのを感じた。

「……じゃあ、行ってくる」

天本も、ほのかに微笑して、片手を軽く挙げた。薄い唇《くちびる》が小さく動いて、声に出さずにこう言ってくれた。

「グッド・ラック」

「龍村さん！　舞台袖《ぶたいそで》へ行ってください。もうすぐですよ」

伝令係の一年生が、早口にそう言って通り過ぎた。

「……よし」

僕はそう言って、腹にぐっと力を込めた。躊躇《ためら》うことなく、人形をこの箱に閉じこめていた封印を破りとる。蓋《ふた》を開ける。

天本に警告されてはいた。ある程度想像し、覚悟も決めていた。

しかし、人形の姿が現れた時、僕は思わず、うっと低く呻《うめ》いてしまった。「なりは人形だが、歴《れっき》とした妖《あやか》しだ」そう言った天本の言葉が、やっと本当に理解できた気がした。

（アイタイ）

憤怒《ふんぬ》。憎悪《ぞうお》。恋慕《れんぼ》。期待《きたい》。悲嘆《ひたん》。

（アノヒトニ、アイタイ。アノヒトハ、スキ）

（スキ。ツライ。キョウコ、キライ、イジワル、キライ、キライ、キライ）

あらゆる激しい感情が綯《な》い交《ま》ぜになった、嵐《あらし》のような「気」が、動かないアンティークドールの全身から、周囲を焼《や》き尽《つ》くすような勢いで放たれている。陶器《とうき》の冷たい顔には感情の欠片《かけら》も浮かばないのに、何故《なぜ》だか僕には、その顔が泣き叫ぶ童女のそれに見えてくる。

（アノヒトノトコロヘイクノ。スキ、スキ、アイタイ）

珊瑚色《さんごいろ》の唇《くちびる》はふわりと閉じたままにもかかわらず、榎本《えのもと》そっくりの、気の強そうな声が聞こえてくる……耳から聞こえるのではなく、頭に直接響くのだ。

（ジャマシナイデ。イクノ。ジャマスルナラ、アンタモキライ！）

正直言って、足が震えるほど怖かった。人形も劇も、何もかも放《ほう》り出《だ》して逃げてしまいたかった。

それでも。さっき天本は、「大丈夫《だいじょうぶ》」と言った。「任せろ」と言ったのだ、あいつは。

「……そうさ、行くんだよ」

だから僕は人形をそっと腕に抱き、ほかの人間に聞こえないように小さな声で話しかけた。きっと、僕の恐怖は人形の感情をマイナスの方向へ導いてしまうに違いない。痩《や》せ我《が》慢《まん》でも、平静を装《よそお》って、話し続ける。

「僕がお前を相馬のいるところまで連れていこう。……お前の代わりに、相馬に想《おも》いを伝えよう。僕のことを嫌うのは、それからでも遅くないぞ」

人形の発する放射能のような激情の嵐《あらし》が、ほんの少し治まったような気がした。それを人形の受諾《じゅだく》の意思表示と信じて、僕はもう一度身なりを整え、人形をしっかりと抱きかかえた。

「……行くぜ」

人形と自分自身とにそう気合いを入れて、僕は大股《おおまた》に舞台への通路へと出ていった。


「はい、出て！」

タイムキーパーが小声で囁《ささや》くと同時に、僕の背中を軽く押した。

次の瞬間、つんのめるようにして、僕はスポットライトの中に歩みだしていた。

舞台の反対側へ向かって、半ば無意識に歩きだす。ハラヤが何度も何度も教えてくれた忍びやかな足取りで、舞台中央やや下の立ち位置まで。

ライトで目がチカチカして、客席がよく見えない。おかげで、思ったよりは緊張せずにいられる。喉《のど》が渇《かわ》いて妙に粘つく感じはするが、少なくとも僕は真《ま》っ直《す》ぐ歩けている。膝《ひざ》は笑っていない。

それとも……。緊張する余裕もないだけか？

ともかく僕は、床にビニールテープでマークした目印の上に立った。

そこから、ベニヤ板で作った「煉瓦《れんが》の家」の二階の小窓に向かって、手の中の小石（消しゴムだ）を投げる。

コツン！　という効果音に続いて、窓が勢いよく開かれた。上半身を覗《のぞ》かせたのは、言うまでもなく「鍛冶屋《かじや》」役の相馬和久《かずひさ》である。

キャーッ！　とか、相馬さーん！　とかいう黄色い声が、客席のあちこちから飛ぶ。

それが収まるのを待って、僕は相馬に向かって片膝を折り、人形とともに丁寧《ていねい》な礼をした。ただそれだけのことで、人形から激しいエネルギーが発せられているのがわかる。熱い波動が、僕の腕の中でうねっている。

（そんなに嬉《うれ》しいんだな、相馬に会えて）

それを感傷的だと笑うなら笑え、天本。だが僕は、人形の健気《けなげ》さに、危うく涙ぐみそうになった。

「誰だ？　今、俺を起こしたのはお前か？」

窓から大きく身を乗り出した相馬は、心持ち尊大に顎《あご》を反らし、豊かな声を張り上げた。どの角度が客席から最も美しく自分を見てもらえるか、彼はよく知っているのだ。

さあ、いよいよ僕が台詞《せりふ》を言う時が来た！

そう思った途端《とたん》、急に心臓がドキドキし始めた。

「つ……月の光に誘われた、旅の、に、人形遣《にんぎょうつか》いでございます」

まずい。二度もつっかえた。最悪のパターンで僕は緊張を高めてしまったようだ。

狼狽《うろた》えて視線を泳がせた時、分厚いカーテンの陰から、ハラヤが心配そうに僕を見守っているのに気がついた。

唇《くちびる》を大きく動かし、茶色い目をいっぱいに見張って、メッセージを送ってくれる。

──ガ・ン・バ・ッ・テ！

目を見張る僕に頷《うなず》き、頬《ほお》に可愛《かわい》いえくぼを刻《きざ》んで。

そうだ。ここで僕がコケたら、ここ三週間ハラヤが払ってくれた努力が無駄《むだ》になってしまうのだ。そして、相馬を慕《した》い続《つづ》けたこの人形の気持ちも、報《むく》われなくなってしまう。

もし人形の望むとおりの演技ができなければ、ことによると僕だけでなく、講堂にいる全員が恐ろしい目に遭《あ》うことになる。人形の発するエネルギーの強さが、僕にそれを確信させた。

(……しっかりしろよ、男だろ！)

　左手は人形を抱いているので、右手で客席から見えないように握《にぎ》り拳《こぶし》を作って、自分の腹をドンと打った。

(頑張《がんば》れ！)

　じんわりした鈍痛が去るとともに、緊張が薄らいでいく。

　僕は、大きく一つ深呼吸して、次の台詞《せりふ》を口にした。

「馬車の窓よりお見かけいたしましたあなた様に、わたしの可愛《かわい》い人形がすっかり一目惚《ぼ》れ。ほれ、見てくだされ。この器量《きりょう》よしに想《おも》われるとは、あなた様はほんに果報者《かほうもの》」

　気持ちがいいくらい大きな声が出た。さっきまでさすがに心配そうだった相馬も、驚きに目を見張る。今度は奴《やっ》のほうが、やや上擦《うわず》った声を出してしまう。

「俺に？　その人形が？」

　僕はすっかり気をよくして、両手でアンティークドールのウエストを持ち、相馬のほうへ抱え上げた。

「はい。この薔薇色《ばらいろ》の頰《ほお》、黄金色《こがねいろ》の髪、そして輝く空色の瞳《ひとみ》。あなた様とてお忘れのはずはございますまい……絹のハンカチを……振っていたのは、この手でございましょう？」

　相馬ははっと驚く仕草をする。

　その前の幕で、鍛冶屋《かじや》の注意を引きたい令嬢は、馬車の窓からハンカチを投げる。その、色鮮やかな紫のそれを、鍛冶屋《かじや》はしっかりと手首に巻いていたのだ。

僕がハラヤ演じる令嬢のメッセンジャーとして遣《つか》わされたことを鍛冶屋が察する、重要な場面だ。

鍛冶屋の相馬は、手首を顔に近づけ、ハンカチに染み込んだ香水の匂《にお》いを嗅《か》ぎ、うっとりと微笑《ほほえ》む。

「なんと、あの方の……」

僕は大仰《おおぎょう》に頷《うなず》いて、しかし令嬢の名を出さぬよう、唇《くちびる》に人差し指を当てて鍛冶屋を制する。そして、人形を指し示してにっこりと笑う。

「この人形、何としても今宵《こよい》あなた様に想《おも》いを伝えんと、わたしを供に忍んで参りました次第」

息を継いで、人形を今度は客席のほうへ向ける。

皆が、一斉に息を詰めて人形に見入る気配が、ありありと感じられた。

少なくともここにいる生徒たちの大半は、この人形が「呪《のろ》われた人形」だという噂《うわさ》を聞き知っているはずだ。

僕は大袈裟《おおげさ》に満面の笑みを作り、少し身を屈《かが》めるようにして人形とともに客席をぐるりと見渡し、再び窓の中の鍛冶屋に相対した。

「あなた様を恋《こ》い慕《した》うこの人形の歌、聞き届けていただけましょうか……如何《いかが》ですかな？」

「聴かせてくれ。こんなに月の美しい夜だ。人形の目も、あの方の瞳《ひとみ》と同じように星と輝くだろう」

相馬が胸に手を当てて答える。再び人形を抱えて頭を下げながら、僕は思わず大きく息を吐いた。

何とかおさまっていた動悸《どうき》が、再び激しさを増した。ここからが正念場だ。

「では、心して聴かれませ」

そう、これから僕は、人形のために、一世一代の恋歌を歌わねばならないのだ。人形の相馬を想《おも》う気持ちが、相馬だけでなく観客全員に伝わるように。

僕は乾ききった唇《くちびる》を舐《な》め、なけなしの唾《つば》をごくりと飲み込んだ。

これから何が起こるのか、誰にも想像がつかない。窓から身を乗り出す相馬の顔にも、分厚いドーランを透かして不安の色が見て取れる。

(落ち着けよ。練習の時はちゃんと歌えたんだからな。大丈夫《だいじょうぶ》だ)

自分で自分に何度も言い聞かせてみた。

——その時、視界の隅《すみ》に、卵形の白い顔が見えた。

カーテンの端《はし》を両手でぎゅっと握りしめて、ハラヤが僕を凝視《ぎょうし》している。吸い込まれそうな、真剣《しんけん》な、心配そうな瞳で、じっと見守ってくれている。

（ああ……）

静かに流れ始めた前奏を聴きながら、僕は、胸が締めつけられるような甘美《かんび》な感情が湧《わ》き上《あ》がってくるのを感じていた。

この講堂の中に、いったい何人の人がいるのか、そんなことは知らない。

僕が感じることができるのは、真っ直《ます》ぐに見つめてくれる、ハラヤの視線だけだ。彼女の、優しく、真摯《しんし》な、僕だけを思ってくれる、澄んだ眼差《まなざ》しだけが、僕の胸を温め、励まし、守ってくれるような気がした。

おかしな気分だった。

人形遣《にんぎょうつか》いの役を引き受けてから今日までの三週間というもの、僕とハラヤはほとんど毎日一緒にいた。居残り練習の時など、何度も頰《ほお》が触れそうなところまで、二人の距離が縮まったこともある。

しかし、今ほど彼女の存在を近くに感じたことはなかった。恋人のように、あるいは母親のように、彼女のしなやかな両腕が僕の背をしっかりと抱いていてくれるような、そんな安堵感《あんどかん》。

（これが……バーチャルの恋ってやつか？　天本）

僕は心の中で、天本森《しん》の冷たい横顔に問いかけた。

ハラヤが僕のことを何とも思っていないのはよくわかっている。彼女はただ、自分が手塩にかけて教えた「生徒」である僕が、上手《うま》く演じきれるよう、それだけを念じているのだ。

それでも、僕はハラヤに愛されていると思いたかった。

あの眼差《まなざ》しは、恋人を見る目だと、そう感じたかった。

この舞台さえ上手くやり遂《と》げれば、舞台袖《ぶたいそで》でハラヤが抱きしめてくれる。そう信じたかった。

そして。

何故《なぜ》か舞台の上では、僕は躊躇《ためら》うことなく、自分が彼女の恋人であると思い込むことができた。

この瞬間、彼女が見つめているのは世界にただひとり、僕だけなのだ。だから今だけは、僕は彼女の恋人であると、そう言ってもいいはずだ。

小さな音で始まった前奏は、今やたゆたうように流れる快い旋律を奏《かな》で始《はじ》めた。高く低く、ヴァイオリンのソロが続く。

僕は、まるで父親が小さな娘にするように、人形を自分の左肩に座らせた。少しでも相馬に近いところにいられるように。左手で人形の腰のあたりを支え、その華奢《きゃしゃ》な右手を、僕の頭の上にのせてバランスをとってやる。

「『僕の歌は君の歌』、って知ってるか？　エルトン・ジョンの歌なんだけどさ」

僕は、誰にも聞こえないように、ひそひそ声で人形に話しかけた。

「すまん。お前の想《おも》いをお前のために歌うつもりだったけど、計画変更だ。……やることは結局同じでも、僕の気持ちを僕のために歌ってもみたい」

ハラヤのほうをちらと見て、早口に続ける。

「あの娘《こ》が好きなんだ。でも手が届かない。立場は違えど、同じなのさ、僕らは」

腹は決まった。もう、何がどうなっても知るものか。僕は僕の思うやりかたで、ベストを尽《つ》くす。

「だから、報《むく》われない想い、ってやつを、僕と分かち合ってくれよな」

右手で自分の腿《もも》をそっと叩《たた》き、拍子を取る。ヴァイオリンの調べが少しゆっくりになるのが合図だ。僕は大きく息を吸い込み、相馬を真《ま》っ直《す》ぐに見上げて口を開いた。

今宵《こよい》空に　月と星ともに輝き
忍び難きは　秘めし片恋
想い人は今何処《いずこ》やら
届かぬ心を綴《つづ》る小夜曲《セレナーデ》……

うっとりと聴《き》き惚《ほ》れる演技をしながらも、相馬はビー玉のように目を見開き、僕を見下ろしていた。相馬が驚くのも無理はない。僕だって吃驚《びっくり》している。練習の時に必ず音を外した箇所《かしょ》も、少しも気にならなかった。努力しなくても肺にどんどん空気が流れ込み、声門が思いっきり開いてくれる——そんな感じなのだ。

ところが、ワンフレーズ歌い終え、次のフレーズに移ろうとした僕は、ギョッとして跳び上がりそうになった。

頭のてっぺんがむず痒《がゆ》いと思ったら……何やら小さな物が、僕の髪の中で動いている。

（……ちょっと待て。どうも虫じゃないよな、これって）

歌が始まっちゃうよ、と警告するように、頭頂部の髪が一束、くいと引っ張られる。虫がこんなことをするはずがない。

——人形だ。さっき頭の上に置いた人形の右手が、僕の髪を触っているのだ。

普段《ふだん》なら悲鳴を上げて逃げ出すところだが、その時は少しも怖くなかった。何だか嬉《うれ》しい気さえした。人形の冷たい陶器《とうき》の指は、とてもとても優しかったから。

「……気に入ったか？」

小さく囁《ささや》いて、僕は次の歌詞を頭に思い浮かべた。さあ、第二フレーズの歌い出しだ。

星降る夜も　霜置く朝も

（……さも……）

光溢《あふ》れる午後の窓辺も
（…………のまどべも……）

（……え？）

歌いながら、僕は自分の耳を疑った。

驚くほど朗々《ろうろう》と響く僕のバリトンに、か細いソプラノが被《かぶ》さってきたのだ。

はっと目を向けると、相馬は蒼白《そうはく》な顔を驚愕《きょうがく》に引きつらせている。完全に演技を忘れた、怯《おび》えきった顔だ。

舞台袖《ぶたいそで》を見ると、ハラヤも呆然《ぼうぜん》と立《た》ち尽《つ》くしている。

あの二人にも、この声は聞こえている。僕の空耳ではないらしい。実際、歌い進むうち、声はだんだんしっかりと僕の歌声に絡《から》んでくるようになった。

細いが凛《りん》とした、透き通った歌声。それは、僕の左耳から聞こえ始め、今や、講堂じゅうに響きわたっている。

言えぬ想《おも》いを胸に秘め
（……えぬおもいをむねにひめ……）

ひとり呟《つぶや》く切なき調べよ
（ひとりつぶやくせつなきしらべよ）

(ああ、そうか。お前も歌いたかったのか)

僕は、人形の腰に当てた左手の指先で、ドレスのお腹《なか》のあたりをポンポンと叩《たた》いてやった。すると、それに応《こた》えるように、人形の左手が僕の手にそっと重ねられた。

ひんやりと硬い手触り。贅沢《ぜいたく》に重ねられたレースの感触。

思い返すと信じられないようなことだが、現実にそれは起こったのだ。

僕は、今度こそ本当に泣いていた。

これは他人のための歌ではないのだ。人形の相馬への想《おも》いを、僕自身のハラヤへの気持ちを……いや、それだけではない。この世で報《むく》われぬ想いに泣く、すべての人——では不適切か、すべての魂あるものの心を代弁しているのだ。

今や、僕と人形の歌声は、完全にユニゾンしていた。一定の音階の差を保って、蔓草《つるくさ》のように互いに絡《から》みつき、伸びていく。

僕は歌いながら、視線をゆっくりと動かした。

相馬が、ハラヤが、客席を埋《う》め尽《つ》くすたくさんの人たちが、皆、しんとして僕たちの歌に聴き入っていた。

そして、前から七列目の通路側の席に腰かけた天本の姿を、僕の目は捉《とら》えた。

長い脚をゆったりと組んで腰かけた天本は、肘《ひじ》かけに片肘をつき、心持ち首を傾《かし》げて僕を見ていた。

　切れ長の鋭い目が、いつもは薄く引き結んだ唇《くちびる》が、今は初めて見るような優しい笑みを湛《たた》えている。

（これでよかったんだな、天本）

　目で問いかけた僕に、彼は小さく頷《うなず》いて、ちらりと白い歯を覗《のぞ》かせた。彼のそんな笑顔を見たのは、それから十年に及ぶつきあいの中でも、その時一回きりだ。

たとえ遠く離れ　この手届かずとも
（たとえとおくはなれこのてとどかずとも）、
月に託《たく》さん　我が想《おも》いを
（つきにたくさんわがおもいを）
星に誓わん　永久《とわ》に変わらぬ愛を
（ほしにちかわんとわにかわらぬあいを）
君に捧げる　この小夜曲《セレナーデ》よ
（きみにささげるこのせれなーでよ）

　歌い終わってもしばらく、僕はそこから動けずにいた。長距離マラソンを走り終えた直後のような、異様な高揚感と激しい脱力感があった。

しん……と静まり返った客席に、パチ、パチ……、と、拍手が響いた。それが天本であろうことは、見なくてもわかった。

その拍手に誘われるようにして、一瞬のタイムラグの後、講堂が鳴動するような物凄《ものすご》い拍手喝采《かっさい》が起こった。

僕はただ、信じられないような気持ちで、肩に人形をのせたまま、客席を見渡すばかりだった。

ただの脇役《わきやく》にすぎない僕が、劇の途中でこんなに絶賛してもらっていいのだろうか？

「お辞儀《じぎ》するのよ！」

叱《しか》りつけるようなハラヤの声に、僕は慌《あわ》てて舞台の三方に向かって頭を下げた。自然と、人形も一緒に礼をする格好となり、それが観客にまた受けた。

這々《ほうほう》の体《てい》で袖《そで》に引っ込んだ僕を、ハラヤは舞台衣装のままぎゅっと抱きしめてくれた。

「凄いじゃない、龍村さん！　あたし、涙出ちゃった。まだまだお芝居しなくちゃいけないのに、お化粧グシャグシャ」

興奮した口調で早口にそう言うと、僕の両手を取り、顔を覗《のぞ》き込《こ》んでくれる。

(もしかしたら、これは)

夢が叶《かな》ったのではないかと、僕は一瞬思わずにはいられなかった。それほど、ハラヤの顔は、僕への賛美の念に満ちていたのである。

ところが……ほとんど入れ違いに舞台へ出ていこうとする彼女は、去《さ》り際《ぎわ》ににっこり笑ってこう言ったのだった。

「ほんと、妬《や》けちゃうくらい素敵だったわ。あれって、本当は天本君に歌ってたんでしょう？　じーっと彼のほう見てたもの、龍村さん」

言い訳をする暇《ひま》もなく、ハラヤのふわふわのドレスが翻《ひるがえ》り、スポットライトに呑《の》まれていく。

「……何て言った？　嘘《うそ》だろ、おい」

僕はもはや動かなくなった人形を腕に抱き下ろし、愕然《がくぜん》としたのだった……。

8

アンティーク人形は、それきり二度と動きも喋《しゃべ》りもしなかった。

「相馬《そうま》さんに想《おも》いを伝えることができて、満足したんですよ」

校庭の隅《すみ》のベンチに腰を下ろし、天本《あまもと》は人形を手に取って眺《なが》めながらそう言った。

人形の「歌」に仰天《ぎょうてん》した相馬は、続行不可能かと思われるほどショックを受けていたが、何とか気を取り直した。さすがプロ予備軍だけあって、たいした自制心だ。

そしてハラヤの頑張《がんば》りもあって、劇は大喝采《だいかっさい》のうちに幕を下ろした。

今はもう、日もとっぷり暮れた。校庭では、全校生徒が集まって、春明祭《しゅんめいさい》の最後を締めくくるファイア・ストームが行われている。

校庭の中央には巨大な焚《た》き火《び》が焚《た》かれ、音楽が物凄《ものすご》いボリュームで流れている。ナチュラル・ハイになって、火の周りで踊り狂っている奴《やつ》もいる。

こちらはとてもそんな元気がないので、二人して隅っこのベンチに座り込んでいるというわけだ。

「あの時、相馬さんがあんな顔をした理由がわかりますか？」

唐突《とうとつ》に天本がそう訊《き》いてきた。

「人形の声が聞こえたからだろ？　手も動いてたみたいだし」

「そう。そして唇《くちびる》もね。あんたは人形を肩にのせていたから、顔を見なかったでしょう」

「ああ。そういえばそうだな」

シャープな頰《ほお》のラインを焚《た》き火《び》に赤く照らされて、天本は皮肉な笑みで僕を見た。

「見ていたらとてもああ平静ではいられなかったでしょうね。……笑っていたんですよ、この人形。龍村《たつむら》さんとデュエットしながら、本当に幸せそうに」

僕は絶句して、天本の腕の中にある人形の陶器《とうき》の顔をまじまじと見た。

無表情に開いたままの硝子《ガラス》の目。硬く冷たい頰。口を尖《とが》らせるように閉じた唇。

「……笑ってた？　こいつが？」

「ええ」

「……なあ、天本」

「何ですか？」

天本は、何だか物憂《ものう》げに問い返す。

「……あのな。あの時さ……」

僕は何か言おうとして、しかし結局言えなかった。あの時の僕の気持ちを何とか天本に伝えたくて、それなのに言葉にしようとすると、それはまったく違う話になってしまうのだ。

「駄目《だめ》だ、上手《うま》く言えない」

「わざわざ説明してくれなくてもわかりますよ」

天本は静かにそう言って、人形を持って立ち上がった。僕は慌《あわ》てて彼の顔を見上げる。

「おい、それ、どうするんだよ？」

天本は、右眉《みぎまゆ》を吊《つ》り上《あ》げ、投げやりな調子で言った。

「舞台を見ていた榎本《えのもと》が、人形を引き取りたいと言ってきました。急に愛情に目覚めたようですよ。美しい話だ」

僕は思わず唇《くちびる》をへの字に曲げる。

「……それで万事《ばんじ》、めでたしめでたしか？　どうも僕は納得いかんぞ」

「納得いかないと言っても、本来の持ち主の元に戻るんだから、いいじゃないですか。今度こそ大事にすると言っていましたよ」

そんなこと、信用できるものか。僕は無意識に肩を怒らせる。

「そうは言っても、だな！　今回の騒ぎは全部、榎本の片思いが原因なんだぜ？」

「どうだっていいです。もう俺は降りますよ」

肩を竦《すく》めてそう言い捨てるなり、天本は校舎に向かってすたすたと歩きだした。

「あ、おい、待てよ！」

学生服の背中が、彼の虚《むな》しさとやるせなさを物語っている。当然だ。あんなに骨を折った挙《あ》げ句《く》にこんな終幕があっていいわけがない。

その後を追いかけながら、僕は両手を口に当てて叫んだ。

「待てってば！　僕はお前に言わなくちゃならないことがあるんだ！」

「……何ですか？」

いつもの剣呑《けんのん》な顔で、天本が振り返る。

僕はその白い顔めがけて、大声で言った。

「いろいろ、ありがとうなっ！」

「………………」

一瞬の沈黙の後、切れ長の目が、ふっと細くなったような気がした。しかしそれを確かめる前に、彼は僕に背中を向け、物凄《ものすご》い勢いで歩き去ってしまったのである。


それから五日後。

春明祭以来、すっかり生徒会室に入《い》り浸《びた》りになってしまった僕は、その日も放課後のベルマーク集計を手伝っていた。

「龍村さんっ！　見て見て！」

興奮した声でそう言いながら部屋に入ってきたのは、元バザー実行委員長補佐の真弓恵《まゆみけい》子《こ》である。

「何だよ？」

「バザーの収益！　計算したら凄《すご》いんですよ」

目の前に置かれた紙切れを覗《のぞ》き込《こ》んだ僕は、思わず歓声を上げた。

「ほんとに凄いな！　八十六万？　今までの最高記録じゃないか？」

桜井《さくらい》も横から覗き込んでうんうんと頷《うなず》く。

「なあ桜井、この金、誰のポケットに入るんだ？」

僕の問いに、桜井はにやりと笑って答えた。

「残念ながら、誰のポケットにも入らないんだ。福祉団体に真《ま》っ直《す》ぐ寄付さ」

「……ちぇっ……と言うわけにもいかないか」

「いいことなんだろうけど、何だかがっかり」

「おいおい、何だお前らは！」

ぐったりと椅子《いす》からずり落ちた僕と真弓に、桜井が「助け合いの美しさ」について講義を開始しようとした時、扉ががちゃりと開いた。

「お、いたか龍村。よかった」

顔を覗かせたのは、相馬和久《かずひさ》である。

僕の顔を見るなり、相馬は泣きそうな表情になった。倒れ込むように椅子《いす》に身を投げる。どうも顔色がすぐれないようだ。

「おう、どうした？」

僕が訊《たず》ねると、相馬はうんざりしたように僕を見た。いつもはパッチリした二重瞼《ふたえまぶた》が今日は妙に腫《は》れぼったい。目の下にクマができているところを見ると、昨夜はよく眠れなかったらしい。

形のよい唇《くちびる》を歪《ゆが》めて、相馬は吐き捨てた。

「出たんだよ、人形が」

僕らは文字どおり跳び上がった。

「な、なんだってえ？」

桜井が素《す》っ頓狂《とんきょう》な声を出す。真弓は椅子の背にしがみつくようにして、じっと話を聞いている。

思わず立ち上がった僕の前で、相馬は片手で眠い目を擦《こす》りながら言った。

「あの劇で、お前の歌の後俺が言った台詞《せりふ》、覚えてるか？　龍村」

僕は曖昧《あいまい》に頷《うなず》く。

「……ああ、覚えてる」

相馬扮《ふん》する鍛冶屋《かじや》は、恋歌にほだされて、令嬢をさらって逃げる決心をする。そして、僕こと人形遣《にんぎょうつか》いに言うのだ。

「『月のない夜に迎えに行こう。窓は開けて待っていてくれ』だろ?」

「そう、それだよ」

相馬は僕を斜めに見ながら、土気色《つちけいろ》の顔で頷《うなず》く。

「それだよ、って、何がだ?」

「だからだな」

相馬はとうとう机に突っ伏してしまった。せっかくの綺麗《きれい》な顔を机にベタリと押しつけ、もごもごと口を動かす。

「一昨日《おととい》の夜が、新月だったんだよ」

「……はあ?」

言っている意味がわからなくて、僕は首を捻《ひね》る。

そんな僕に苛立《いらだ》ったように、相馬は叫ぶように言った。

「昨日の夜、夢枕《ゆめまくら》に立ったんだよ、あの人形が。恨《うら》めしそうな顔で『待ってたのに』って言うんだよ。もう怖くて怖くて、一睡もできなかったぞ」

「おい、嘘《うそ》だろ? ネタだろ? それ」

桜井が顔を引きつらせて訊《たず》ねたが、相馬は大きく頭を振った。大きな溜《た》め息《いき》をつき、上目遣《うわめづか》いに僕を睨《にら》んで、彼は言った。

「こうも言ったぞ。『次は、私が……』ってな」

「……それは……大変だな……」

僕は半ば無意識に、じりじりと扉ににじり寄る。

「大変だとも。どっちかというと、春明祭の前より大変だと思わないか？」

そう言いながら、相馬はゆっくりと身を起こした。妙な猫撫《ねこな》で声《ごえ》で、僕に呼びかける。

「大変なんだよぉ……なーあ、龍村ぁ」

「悪いっ！　用事を思い出したっ」

僕は咄嗟《とっさ》に生徒会室から逃げ出した。僕にしては、すばらしい反射神経である。

しかし！　廊下を走って逃げる僕の後を、相馬は執拗《しつよう》に追いかけてきた。

「龍村っ、待てこの野郎！　ちゃんと解決するまで逃がさないぞ！」

「解決するまでと言われてもだなあ……」

「うるさい！　とにかく止まれ！」

「嫌だ！」

どのくらい逃げ回っただろうか。実習棟の階段を駆《か》け下《お》りてきた僕は、危うく誰かと正面衝突しそうになり、よけ損《そこ》なって横ざまに転んでしまった。

「危ないな。何の騒ぎですか……龍村さん？」

腕を摑《つか》んで引き起こしてくれたのは、あろうことか天本だった。右眉《みぎまゆ》だけを吊《つ》り上《あ》げた、いつもの皮肉っぽい表情で僕の顔を覗《のぞ》き込《こ》む。

「うわあ、天本！　何てタイミングだ。グッドなのかバッドなのか、わかったもんじゃないな！」

僕は慌《あわ》てて体勢を立て直すと、今度は天本の手首を鷲掴《わしづか》みにした。相馬が階段を駆《か》け下《お》りてくる足音が聞こえる。躊躇《ちゅうちょ》している暇《ひま》はない。

「何ですか？　ちょ……龍村さん？」

「とにかく走れ、まずは逃げるんだ！」

「だから、どうして俺が……」

「喋《しゃべ》ってる暇なんかないッ」

まだ何か言おうとする天本を、引きずるようにして走りだす。

「どうして逃げてるんです？　誰から？　それに、どこへ？」

わけがわからないまま僕と一緒に走りだした天本は、声を弾《はず》ませながらもそう訊《たず》ねてきた。

僕も、掠《かす》れた声で、途切れ途切れに言い返す。

「相馬がっ……出たんだよ、人形がっ！」

「……ああ……やっぱりそうか……」

天本は口の中で確かにそう呟《つぶや》いた。しかし、問いただしている暇はない。僕らは、鉄砲玉のような勢いで、校門から走り出たのだった。

僕と天本は結局、駅の近くの河原まで逃げた。さすがにそこまでは、相馬も追いかけてこられなかったらしい。

わずかに青みを残した土手の草の上に寝転がり、僕らはしばらく口もきけずにいた。

僕の隣で、さすがの天本も、苦しそうに荒い息を吐いていた。いつもは白磁《はくじ》のように白い顔がほんのりと上気し、目を見張るような美しい薔薇色《ばらいろ》に染まっている。

僕が言うのも何だが、どこか中性的で、艶《なま》めかしい横顔だ。

いつまでもぼんやり見とれていたいような気もしたが、やがて僕はごろりと俯《うつぶ》せに寝返りを打って、地面に両肘《りょうひじ》をついた。

「おい、さっき、やっぱりそうか、とか言ったな？」

「……そんなこと、言いましたか？」

「しらばっくれるなよ、おい。ああなることがわかってたな」

僕が睨《にら》むと、天本は仰向《あおむ》きに僕の顔を見やって、前髪を掻《か》き上《あ》げながら薄く笑った。

「わかっていたわけではなく、そういうこともありうると思っていただけです」

「どうして僕に言わなかった？」

「そうならなければいいと思っていたからですよ」

「……ったく」

僕は肘《ひじ》を伸ばして、長々と地面に伸びてしまった。枯れ草が頬《ほお》にチクチク当たる。

「で、どうするよ？」

僕の問いに、天本は聞こえないふりをした。両手を頭の下に組み、涼しい顔で青い空を見上げている。

「……今じゃなくていいから、何かいい方法を考えてくれよ」

仕方なく、僕はそう言って、そのままゴロリと身体《からだ》を反転させた。草むらの上に、大の字に寝転がる。

このまま眠ってしまいたいほどに、疲労困憊《ひろうこんぱい》してしまった。頭上に輝く太陽が、全身をじんわりと暖めてくれる。

まったく、半分はお前のせいなんだぞ、天本。

口の中でそう呟《つぶや》いて、僕は目を閉じた。


やがて、本当に眠りかけていた僕の耳に、天本の低い呟きが聞こえた。

「何だって？　……『あんにゅい』って言ったのか？」

「違いますよ……」

「じゃあ、本当は何て言った？」

目を閉じたまま訊《き》き返《かえ》した僕に、天本の笑いを含んだ声が答えた。

「”Annuit coeptis.”……神は、我らの企てに微笑《ほほえ》みぬ」

と。

9

誰かが、僕の肩を強く摑《つか》んで、揺さぶっている。

「……う……」

僕は、嫌々重い瞼《まぶた》をこじ開けた。途端《とたん》に視界に広がるのは、夢で見たのより頰《ほお》の肉の削《そ》げた、しかし相変わらず端正な天本《あまもと》の顔だった。

ずいぶん長く眠り込んでいたらしい。部屋の中は、薄赤く染まっていた。

「こんなところで寝る奴《やつ》があるか。風邪《かぜ》を引いてしまうぞ」

床に片膝《かたひざ》をついた天本は、綺麗《きれい》な眉《まゆ》をほんの少し顰《ひそ》めて、開口一番小言《こごと》を言った。その脇《わき》から、畳《たたみ》にぺたりと座り込んだ琴平《ことひら》君が、いつもの人懐《ひとなつ》っこい笑顔を覗《のぞ》かせる。

「玄関に、見たことない靴があったから、天本さんと二人で吃驚《びっくり》しちゃいましたよ」

「まったくだ。昨日のうちに電話してくれたら、こんな時間まで待たせずにすんだのに」

「うーむ……。二人を驚かせてやろうと思って、予告なしに来てみたんだが……。別の意味で驚かせてしまったようだな」

僕は、畳《たたみ》の上に身を起こして、大きく伸びをした。後頭部が鈍く疼《うず》いて、背中が痛い。やはり、長時間、畳の上で寝るのは、あまりよくないようだ。

琴平君は、クスクス笑って頷《うなず》いた。

「ホントですよう。泥棒が入ったのかと思いました。靴を揃《そろ》えて忍び込むなんて、変な泥棒だなあって」

「それは失礼した。ところで、二人で出かけてたのか？」

見れば、琴平君はいつものパーカにジーンズ、そしてスタジアムジャンパーという格好だが、天本も、珍しくブラックジーンズにブルーグレイのタートルネックセーターというラフな服装をしている。

「ああ。新宿《しんじゆく》のデパートでマグリット展をやっているんだ。俺の原稿が終わったから、二人で見に行ってきた」

天本はそう言って立ち上がり、例のシャンデリアを点《つ》けた。薄暗かった室内が、パッと温かい乳白色《にゆうはくしよく》の光に照らされる。

「マグリット？　ああ、どんより曇った海辺の光景のど真ん中に、中身が青空の鳩《はと》が描いてある……あれは、マグリットの絵だったかな？」

「そうです。『大家族』ですね。あの絵、僕大好き！」

絵の話になると、琴平君は俄然《がぜん》張りきって、バッグから大量の絵はがきを取り出した。

「ほらほら、こんなにたくさん絵はがき買っちゃいました。これ、壁に飾ろうと思って」

軽く二十枚はあるであろうその絵はがきは、どれも絵のどこかに「青空」のモチーフが活《い》かされた、マグリット独特の作品である。見覚えのあるものもないものもあった。

「ポスターは買わなかったのかい？」

絵はがきを琴平君に返しながらそう訊《たず》ねてみると、彼は鳶色《とびいろ》の大きな目をキラキラさせて答えた。

「買いました！　あのね、凄《すご》く大きなポスター。天本さんが選んだんですよ。額に入れて食堂に飾ろうって。ほら、この絵！」

慌《あわ》ただしくはがきを繰って、一枚抜き出して見せてくれたのは、雪を頂いた山を遠景にして、中央やや下に、藁《わら》で作られた丸い巣に、白い卵が幾《いく》つか入っている……そんな絵だった。

「額はオーダー品だから、ちょっと時間がかかるらしいんですけど。次に来た時は、龍村《たつむら》先生も見られますね、きっと」

何とも不思議《ふしぎ》な印象を与える作品だが、山に抱かれ、巣に守られた卵のイメージは、おそらく天本にとっての琴平君そのものなのだろう。

そう思うと目の前の二人が妙に微笑《ほほえ》ましく思えて、僕はプッと吹き出してしまった。

「……何がおかしい。相変わらず妙な男だな」

僕の笑いの意味に気づいたのか、天本はムッとした顔で僕の頭をはたくと、襖《ふすま》を開けた。

「とにかく。用件は知らないが、ゆっくりしていけるんだろう？　一休みしてから晩飯を作るから、とりあえず居間へ来いよ」

そう言い残して、スタスタと出ていってしまう。

琴平君は、肩かけ鞄《かばん》に絵はがきをしまいながら、嬉《うれ》しげに言った。

「天本さんと一緒にお出かけって久しぶりだったから、すっごく楽しかったです。原稿が上がって、天本さんご機嫌《きげん》だったし。まず絵を見て、それから冬服買って、お茶飲んで、晩ご飯の買い物して……」

「そうか、そりゃよかった。僕もここで、いい夢を見たよ」

「いい夢、ですか？　楽しい夢？」

僕は立ち上がり、腰をさすりながら苦笑いした。

「楽しい……まあ、楽しかったり大変だったりだな」

「……楽しくて、大変？」

まだ座り込んだまま、僕を見上げて首を傾《かし》げる琴平君は、まるで小リスのように可愛《かわい》らしい。

（天本を変えたのは……この無邪気《むじゃき》さなんだろうな……）

僕は感慨深く少年の顔を見下ろしつつ、頷《うなず》いた。

「ああ。学生時代の……文化祭の夢を見ていたよ。僕の舞台デビューの夢をな」

「ええっ！」

それを聞くなり、琴平君は跳びはねるように立ち上がった。

「聞きたい！　その話、聞かせてください！」

そう言って、僕の腕を摑《つか》んでグイと引っ張る。

「とっても美味《おい》しいケーキ、買ってきたんです。きっと天本さん、今コーヒー淹《い》れてるから、飲みながら話してください。ね？」

「ああ、そうしよう」

僕は、琴平君に腕を引かれるままに、客間を……美しき夢の繭《まゆ》を、後にしたのだった……。

約束の地

1

「何か、龍村《たつむら》先生とこんなふうに寝るのって初めてだから、楽しいな」

琴平《ことひら》君はそう言って、布団《ふとん》の上にぺたんと座り込み、二階から持ってきたふわふわの大きな羽根枕《はねまくら》を抱いて笑った。

僕は、まだ生乾きの髪をバスタオルで一拭《ひとふ》きしてから、掛け布団をめくり、ひんやりした敷き布団の上に胡座《あぐら》をかいた。

いかにも綺麗《きれい》好きな天本《あまもと》らしく、真っ白なシーツはパリッと糊《のり》が利いていて、隅々《すみずみ》までしっかりとアイロンがかかっている。

「どういう風の吹き回しだい？　僕と客間で寝てみたいなんて。僕は嬉《うれ》しいが、天本はご機嫌《きげん》斜めの様子だったぜ？」

「そんなことないですよう」

琴平君は、無邪気《むじゃき》に笑う。やれやれ、彼の大きな目には、天本の眉間《みけん》にきりりと刻《きざ》まれた深い縦皺《たてじわ》が映らなかったようだ。

「ま、天本はいつだって琴平君を独り占めしてるんだもんな。今夜くらいは、僕に貸してくれてもバチは当たらないさ」

僕がそんな軽口を叩《たた》くと、琴平君は顔を赤くして僕を睨《にら》んだ。どうやら、天真爛漫《てんしんらんまん》であっても、僕のからかいの意味くらいはわかるらしい。

——敏生《としき》はまだ本当に子供なんだよ。

天本が前に電話で言ったそんな台詞《せりふ》が、不意に脳裏に甦《よみがえ》る。なるほど、この無邪気《むじゃき》さと恥じらいの入り交じったややこしいあたりが、微妙な年頃というやつなのかもしれない。

「ところで、天本の不機嫌《ふきげん》をものともせず僕と二人になったところを見ると、何か僕におねだりしたいことがあるんじゃないのかい？」

話しやすいように水を向けてやると、琴平君はパッと顔を輝かせた。こういう表情のめまぐるしい変化が、彼を見ていていちばん楽しいところだ。

「どうしてわかったんですか？　実はあるんです」

「わかるさ。顔に大きく書いてあるからな。で、何だい？」

琴平君は、ピョコンと布団《ふとん》の上で正座すると、何とも言えない期待の眼差《まなざ》しで僕を見た。

「あのね、お話してください！」

「……話？」

思わぬ「おねだり」に、僕は目を見張る。琴平君は、勢い込んで言葉を継いだ。

「ほら、天本さんと龍村先生の、高校生だった頃のお話。天本さんがいると、途中で邪魔したりして、なかなか面白いところが聞けないじゃないですか、だから……」

秘密を共有してくれといわんばかりの悪戯《いたずら》っぽい上目遣《うわめづか》いに、僕は思わずプッと吹き出してしまう。

「なるほど！　あいつは都合が悪くなると、やれ風呂《ふろ》だ飯だと妨害するからな！」

「そうそう」

琴平君も、華奢《きゃしゃ》な肩を震わせてクスクス笑いながら、チラと天井を見上げる。二階にいる天本に聞かれてはいないかと、少しどきっとしたらしい。

だが、壁の厚いこの家のこと、普通に話している以上、天本に聞きつけられることはないだろう。

「よーし、そういうことなら、今夜はたっぷり話をしよう。……何の話が聞きたい？」

「えっと……」

しばらく考えていた琴平君は、ポンと手を打ち、自分の思いつきが嬉《うれ》しくてならないといった様子でこう言った。

「そうだ！　修学旅行の話！　もちろん、お二人とも行ったんでしょう？」

「修学旅行か！」

僕は思わず、片手で剃《そ》りたての顎《あご》を撫《な》でた。何とも懐《なつ》かしい話だ。あれからもう何年になるのだろう。

「行ったとも。新幹線に乗って、東京にね」

「東京?」

琴平君は目を丸くした。

「東京ってことは……。東京タワーとか、皇居とか?」

「ああ。浅草《あさくさ》だの国会議事堂だのな」

「へえ……。僕、その時のお話が聞きたいです。面白いこと、ありました?」

面白いこと……か。

僕の頬《ほお》にはきっと、皮肉な笑みが浮かんでいることだろう。琴平君は、不思議《ふしぎ》そうに首を傾《かし》げている。

今になってみれば、いい思い出であり、そして、ある意味では「面白い」話とも言える。だが当時の僕にとっては、それはとても切なく、そして悲しい経験だった。

天本と知り合ってから一年余り、当時の僕は、天本のせいで雨霰《あめあられ》のような怪奇現象に見舞われていた。

そして、そうした異常事態にある程度慣れてきた頃に……それは起こったのである。

「……龍村先生?」

僕の回想は、少々長すぎたらしい。いつの間にか、琴平君が心配そうに僕の顔を覗《のぞ》き込《こ》んでいた。

「ああ、いや、つい思い出に浸《ひた》ってしまったよ」

僕は苦笑いして、琴平君の栗色《くりいろ》の頭に片手を置いた。柔らかい髪は、すっかり乾いてふわふわした手触りがする。

「話すのはいいが、君に風邪《かぜ》を引かせでもしたら、天本に叱《しか》られるからな。布団《ふとん》に入って話そう。いいかい？」

「はいっ」

琴平君は元気よく返事をするや否《いな》や、布団の中に飛び込んだ。

僕は枕元《まくらもと》のスタンドを点《つ》け、部屋の明かりを消した。そして、自分の布団に身を横たえる。

身体《からだ》を琴平君のほうへ向けて肘枕《ひじまくら》をつくと、琴平君も、顎《あご》の下までしっかり布団を引き上げ、枕に片頰《かたほお》を埋《うず》めて、僕を見ていた。

「そうだなあ……どこから話そうかな」

焦《じ》らすようにそう言ってみると、琴平君は布団を引き下げ、そして妙にキッパリ言った。

「最初っから！」

「ははは、最初っからか。……よーし、遠い記憶を掘り起こすぞ」

「頑張《がんば》ってください」

暗がりにも、琴平君の大きな目がキラキラしているのが見える。これなら、うんと長い話を聞かせても、途中で寝てしまうことはなさそうだ。

おそらくは二階でひとり寂しく枕《まくら》を抱えている天本のことを気の毒に思いつつ、僕は一生懸命に記憶の糸をたどり始めたのだった……。

2

高校三年の、五月半ばのとある水曜日。午後のホームルームの時間である。

「おーし、修学旅行の班分けするぞ！　とっとと席に着け！」

担任の伊藤《いとう》は、教室に入ってくるなり、銅鑼声《どらごえ》を張り上げた。

普段《ふだん》、体育教師として、グラウンドの隅《すみ》まで号令を響かせている彼の声は、教室の窓《まど》硝子《ガラス》をビリビリ震わせるほどの迫力がある。

僕たちは、驚くべき素早さで席に着いた。こういう「お楽しみ」に関することなら、皆すばらしく従順だ。

「うーむ、お前ら、本当にゲンキンだなあ。授業の時もこれくらい素直だと、俺《おら》ぁ嬉《うれ》しいんだがな」

伊藤は、年のわりに皺《しわ》深い顔を渋くほころばせ、そして彼自身も普段よりずっと機嫌《きげん》よく、持ってきたプリントをクラス委員に渡した。

一人一枚ずつ配られた大判のプリントには、修学旅行の日程と宿泊するホテル、そして部屋数と割り当てられる人数が列挙されていた。

　行き先を目にして、教室のあちこちからざわめきが起こる。喜びの声とブーイングが混ざり合って、教室は一気に騒然とした。

　行き先は、東京。予定表には、当然のことながら、東京タワーだの国会議事堂だの浅草《あさくさ》だのといったお決まりの観光スポットが列記されている。

　いわゆる、正統派お上りさんツアーというやつだ。

（ちぇっ。東京かあ）

　中学の修学旅行が九州だったから、今回はてっきり北海道にでも連れていってもらえると思っていた僕は、思わずがっかりして溜《た》め息《いき》をついてしまった。

「あーあーあー、感想も意見もそれぞれあろうかと思うがー、とりあえず黙れ！」

　伊藤が、出席簿で教卓を叩《たた》いて怒鳴《どな》る。皆、とりあえずは静けさを取り戻し、教壇に仁《に》王立《おうだ》ちになっている担任に注目した。

「いいか、よく聞けよ。修学旅行は、再来週の月曜日出発だ。四泊五日で、東京の同じホテルにずっと泊まる。楽だろ？　今回は部屋割りも一発で決まりだ。ところで、お前たちを信用してないってわけじゃないが、宿は男女別にすることとなった」

　先刻よりずっと大きなざわめきがわき起こる。そのほとんどはブーイングだ。

　僕などには関係のない話だが、同じ学年同士でつきあっているカップルには、修学旅行は絶好のチャンス……いや、何のチャンスだか僕は知らないが……なのだろう。ほうぼうで上がる失望と抗議の声は、かなり切実な響きを帯びていた。

「ああもう、そう俺たちを責めてくれるな。文句はPTAに言ってもらえりゃありがたい」

暗に保護者たちから宿泊所分離の要請があったのだとほのめかし、伊藤は面倒くさげにプリントを頭の上でヒラヒラさせた。

「いいかー、宿泊先はホテルだから、今回は大部屋がない。ツインかトリプルになる。で、これから適当に、男女分かれて、二人組か三人組を作ってくれ。学級委員は、できた組から部屋を割り当てて、人数調整していってくれ！　早い者勝ちだ、とっとと決めろ！」

号令が下るや否《いな》や、まるで「フルーツ・バスケット」ゲームでも突然始まったかのように、皆は一斉に教室内を大移動し始めた。

友人同士頭を突き合わせ、誰と誰が同室になるか、慌《あわ》ただしく相談を始める。

「ちょいと。とっとと決めないと、とんでもない奴《やつ》と抱き合わせにされちゃうわよ」

津山《つやま》かさねが、僕の脇腹《わきばら》を肘《ひじ》でちょいと小突き、そう囁《ささや》いた。ニカッと笑ったその目は、意味ありげに僕の隣席を掠《かす》め、そして彼女は身軽に友達のほうへと駆《か》けていった。

津山言うところの、とんでもない奴。

そいつは、僕の隣の席に片手で頬杖《ほおづえ》をついて座ったまま、窓の外をぼんやりと眺《なが》めていた。教室に吹き荒れる喧噪《けんそう》の嵐《あらし》など気にもとめない、彫刻のように整った涼しい横顔。僕の視線に気づいたのか、ふとこちらを向いたその人物は、言うまでもなく天本森《あまもとしん》である。

「……何です？」

スッキリした眉《まゆ》を顰《ひそ》め、天本は鬱陶《うっとう》しげに僕を見た。切れ長の目は、冴《さ》え冴《ざ》えとした光を放っているが、どこか眠そうに細められている。

「何ですって、お前……。どうすんだよ、修学旅行の部屋割り。みんな大騒ぎで決めてるってのに」

「……ああ」

やる気の欠片《かけら》もなさそうな様子で小さく頷《うなず》いた天本は、僕の顔を上目遣《うわめづか》いに見たまま、薄く笑った。唇《くちびる》の端《はし》をちょっと吊《つ》り上《あ》げただけで、こちらがドギマギするような表情になる。つくづく不思議《ふしぎ》な奴《やつ》だ。

「な……何だよ」

理由もなく赤くなる顔を隠そうと、片手で頬《ほお》を擦《こす》りながら僕が訊《たず》ねると、天本はごくあっさりとこう言った。

「あんたが学級委員に言ってきてください。俺はあんな人混みに突っ込んでいくのはごめんです」

「……あ？」

　きょとんと瞬《まばた》いた僕に、天本は揶揄《やゆ》するような口調で言った。

「俺に異存はないですよ。……あんたと同室で」

「ああ？」

　誰がお前と同室になりたいと言った……と言おうと思ったのに、天本の黒い目に笑みを含んで見上げられて、僕の口は凍りついてしまった。それに追い打ちをかけるように、天本はボソリと呟《つぶや》く。

「あんたが嫌なら、いっそ俺は行きませんよ。ほかの奴《やつ》と五日も顔を突き合わせている気にはなれませんからね」

　たいした殺し文句だった。べつに僕はホモでも何でもないが、天本ほどの奴に、言葉は回りくどくても「お前と一緒でなきゃ嫌だ」と言われては、拒否などできるわけがない。

「……はいはい」

　僕は意を決し、クラス委員の席とおぼしき場所にできた人垣へと突進したのだった。

　首尾よくツインの部屋を勝ち取り、僕は自分の席に戻った。

「おい、取れたぞ、二人部屋。……二人部屋でよかったんだよな？」

相変わらず、心ここにあらずという風情《ふぜい》で外を眺《なが》めていた天本は、僕の言葉にゆっくりと頬杖《ほおづえ》から顔を上げ、頷《うなず》いた。

「あんたと俺の間に挟《はさ》まろうなんて物好きはいませんよ。……そうでしょう?」

気怠《けだる》げな目にちらりと笑みをよぎらせ、天本はそんなことを言う。

「……ま、そうだよな」

僕も苦笑いして、席に着いた。

例の「人形事件」以来、僕と天本は二人まとめて「心霊コンビ」と呼ばれるようになっていた。元から「心霊野郎」呼ばわりされていた天本はいいが、一般人である僕までが、天本と一括《ひとくく》りにされるのは、何とも心外だ。

だが、僕を天本に引き合わせた張本人である津山などは、心から感心したというように僕の顔を見て、こう言うのだ。

「さっすが龍《たつ》さんよね! あの天本を飼《か》い慣《な》らしちゃうんだから。これから龍さんのこと、妖怪《ようかい》マスターって呼んじゃおうかな」

冗談じゃない、と思いつつも、そんなふうに言われるのは、どこかくすぐったい思いがした。

「だってあいつ、誰とも打ち解けようとしないし、口数少ないし愛想《あいそ》悪いし、けっこうみんなビビってるんだよ。それが、龍さんには懐《なつ》いてるよ。龍さんにはたまに笑うじゃない、ニコッて。もう、吃驚《びっくり》だよ」

津山はそうも言った。確かに最近、天本と過ごす時間がめっきり増えた。化学の実験でも、体育の練習ペアでも、何となく天本と組むことが多くなったからだ。

べつに、僕が積極的に誘うわけではないし、天本が声をかけてくるわけでもない。ただ、チラリと目が合っただけで、何となくお互いの間に合意のようなものが生じるだけだ。それでも、何かの拍子に天本が見せる、ほんの一瞬の笑顔を見るだけで、僕は何故《なぜ》かホッとした気分になることができた。

だから……。上手《うま》くは言えないが、僕は天本のことがけっこう気に入っていた。

小学生ではないから「友達になろう」なんて言い合ったことは無論ないのだが、少なくとも僕は、彼を友人……しかもかなり親しい部類の……だと認識し始めていた。

いつもひとりでいたがる天本が、たまに僕を寄り道に誘ったりする。反対に、僕が誘うと、十回に一回くらいは渋い顔でつきあってくれる。そんなことの積み重ねが、僕たちの間を少しずつ近くしているような気がした。

そして……そんな甘《あま》っちょろい気持ちが、僕をまた恐ろしい事件に引きずり込むことになろうとは、その時の僕には知る由《よし》もなかったのである……。

＊　＊

十二日後の月曜日。修学旅行の出発日である。

僕たちは、午前九時に、ＪＲ新大阪駅改札前に集合することになっていた。

「あ、おっはよー！　何、二人で来たの？　仲良しさんね、もう」

一緒に現れた僕と天本を見て、駆《か》け寄《よ》ってきた津山はからかうように言った。

定刻十五分前だというのに、集合場所には学年の七割ほどの生徒がすでに来ていた。

皆、僕と天本に、チラチラと好奇の眼差《まなざ》しを向けてくる。はみ出し者が二人まとまって仲のいいことだ、とでも言いたげに。

「…………」

天本はジロリと頭一つ小柄な幼馴染《おさなな じ》みを睨《にら》んだだけで何も言わず、僕は慌《あわ》てて天本から少し離れた。足下に置いたボストンバッグに躓《つまず》き、危うく転びそうになりながら、弁解めいた説明を始める。

「馬鹿、そんなんじゃないよ。こいつが寝起きが悪くてどうしようもないって言うから、昨日はうちに泊めたんだよ」

「泊めた？　龍さんちに？」

「……ああ。うちの母親が、まとめて叩《たた》き起《お》こしてやるって言うからさ。だから放課後うちに来て、飯食って泊まってってたんだ」

「へーえ。そういうこと。いつの間にか、二人ともマジで仲良くなってんじゃん」

津山は、得心《とくしん》がいったというように、大きな口でニカッと笑うと、僕の顔を下から覗《のぞ》き込《こ》んだ。

「昔っからこいつ、寝起き滅茶苦茶《めちゃくちゃ》悪いからさあ。大変だったでしょ、龍さん。どうやって起こした？」

「どうやってって……。布団《ふとん》から引きずり出しても、こいつぼーっと立ってるだけでさ。仕方がないから、両脇《りょうわき》抱えて洗面所へ引きずっていって、歯ブラシ持たせて……ぐっ」

くそ真面目《まじめ》に解説しようとした僕の脇腹に、天本は強烈な肘鉄《ひじてつ》を食らわせてきた。

「うううう」

思わず身を屈《かが》めて呻《うめ》く僕の頭の上から、冷ややかな声が降ってくる。

「いちいち説明する必要はありませんよ、龍村《たつむら》さん」

天本は眉間《みけん》に浅い縦皺《たてじわ》を寄せ、僕を睨《にら》むと、スタスタと集合場所に向かって歩きだした。僕は慌《あわ》てて後を追う。

「あ、おい、待てよ天本。何怒ってんだ」

「べつに怒ってなんかいません」

そういうわりには怒気《どき》を露《あらわ》にし、尖《とが》った顎《あご》をつんと反らして、天本は素《そ》っ気《け》なく言う。

「照れてる照れてる」

妙に嬉《うれ》しげに笑う津山と、仏頂面《ぶっちょうづら》の天本に挟《はさ》まれて、僕はやるせなく立《た》ち尽《つ》くす羽目《はめ》になったのだった……。


プンスカと怒っていたくせに、新幹線にのり込むと、天本は何の迷いもなく、僕の隣に腰かけた。

そして、僕の顔を横目でチラリと見ると、それきり腕組みして目を閉じてしまう。

「何だよ。昨日早く寝たのに、まだ眠いのか？」

そう訊《たず》ねてみると、天本は薄目を開け、いかにも大儀《たいぎ》そうに頷《うなず》いた。

「不必要に早く起こされて、予定していた睡眠時間が確保できませんでしたからね」

「何言ってやがる。あの時間に起きてなかったら、遅刻だったぜ？　家を出るまでに、五分しか余らなかったじゃないか」

「俺にとっては、五分も、ですよ。朝の五分は、値千金《あたいせんきん》です」

充血した目を再び閉じ、天本はボソボソと文句を言った。人を目覚まし時計に使っておきながら、態度の大きな奴《やつ》だ。

「はいはい、僕が悪かったよ。自分の身支度《みじたく》がすんでから、お前を起こしてやりゃよかったんだよな」

僕はあっさり天本の非難を受け入れ、名簿を持ったクラス委員に、二人分の返事をした。点呼ずみの証拠に、いつ食べてもいいと配られた弁当を二つ受け取る。

「寝ちまえよ。東京まで、三時間あるぜ。弁当食う頃に、起こしてやるから」

「弁当なんか、いりません。あんたが二つ食えばいい」

あくまで不機嫌《ふきげん》にそう言って、天本は背もたれをぐんと倒した。そして、そのまま口を噤《つぐ》み、瞼《まぶた》を閉じてしまった。

眠る気満々だ……というか、次の瞬間には、もう熟睡してしまっている。

「……よっぽど眠かったんだな、今朝……」

どうやら天本の奴《やつ》、普段《ふだん》は朝飯など食べず、身支度《みじたく》だけ整えて、登校するらしい。

それが今朝は、「見たことがないほど垢抜《あかぬ》けたクラスメート」が泊まりに来たことに気をよくした僕の母親が、異様《いよう》に充実した朝食を用意したものだから……。

(気を遣《つか》わなくていいのに、出されたもの全部食ったもんな……)

死にそうな顔をしながらも、ご飯に味噌汁《みそしる》、焼き魚に菊菜《きくな》のお浸《ひた》し、ハムエッグを平らげた天本は、僕の部屋でベッドにひっくり返ったまま、しばらく動けなかったほどだ。

仕方なく、黙って座っていた僕の肩を、背後からポンと叩《たた》いた者がある。生徒会で書記をやっていた、守口幹夫《もりぐちみきお》だ。

「龍村さん、六号車で麻雀《マージャン》やるんですけど、来ませんか？　メンツ足らないんですよ」

そう言って、守口は歯を見せて笑った。どこか怪獣カネゴンに似た顔立ちのこの小さな男は、やたらに人懐《ひとなつ》っこい。去年、春明祭《しゅんめいさい》を手伝った時に知り合ってからというもの、クラスが違うのに、こうしてことあるごとに遊びに誘ってくれる。

「……ああ……いいけど」

僕は曖昧《あいまい》に頷《うなず》きつつ、隣の座席をチラリと見た。天本は、すっかり熟睡している様子で、僕らの話に反応する気配すらない。

「ありゃ、大将もう寝ちまってる。いいじゃないですか、天本だったら放《ほう》っておいても大丈夫《だいじょうぶ》ですよ。ね？」

守口は、小さいくせに飛び出し気味《ぎみ》の目をパチパチさせ、僕のシャツの袖《そで》を引いた。確かに、天本はこのまま東京まで目を覚まさないだろうし、僕だって、そうなれば退屈なだけだ。

「そうだな。……行くよ」

「じゃ、待ってますから、すぐ来てくださいよ」

もう一度僕の肩を叩《たた》いて、守口は隣の車両へと去っていった。修学旅行で浮かれているのか、いつもよりずっと軽やかな足取りだ。

僕は、もう一度、眠り込んでいる天本を見やった。

「……ちょっと、行ってくるな」

黙って行くのはどうも気が引けて、僕は小声でそう言ってみた。無論、返事はない。

僕は、ジャケット代わりに持ってきていた学生服を天本にかけてやると、席を立ち、守口の後を追ったのだった……。


結局天本は宣言どおり、東京駅のプラットホームが見えてくるまで、微動だにせず寝こけていた。

僕のほうは、おやつのフィンガーチョコレートを賭《か》けた麻雀《マージャン》にボロ負けして、さんざんな目に遭《あ》った。

そして、まだ寝惚《ねぼ》け眼《まなこ》の天本の背中を押すようにして、僕は東京駅のホームに降り立ったのである。

これが……。今回の事件の発端《ほったん》だった。


東京駅で再度点呼をすませた僕らは、すぐさま観光バスに押し込められた。行き先は、浅草。修学旅行お約束のスポットだ。

あの、テレビや雑誌でよく見る、巨大な赤い提灯《ちょうちん》の前に整列して、まずは記念撮影である。クラスごとに段に並び、写真屋の「はい、チーズ」の声に、まだまだ元気な笑顔を作る。

ただひとり、バスの中でもうつらうつらしていた天本だけは、渋《しぶ》っ面《つら》でカメラに収まったようだが……。

ここはどうやら「浅草寺《せんそうじ》」というところだそうで、赤い提灯《ちょうちん》のある門は、「雷門《かみなりもん》」と呼ばれているらしい。

記念撮影を終えた僕たちは、旗を持ったバスガイドに引率され、まずは浅草寺に参拝した。そして、一時間の自由時間を与えられ、解散した。

「龍さん、天本〜！」

それまではほかの女子生徒たちと一緒にいた津山かさねが、僕らのほうへ駆《か》け寄《よ》ってきた。今日は、旅行ということで気合いを入れたのだろうか。髪の寝癖《ねぐせ》が、いつもよりうんとましな気がする。

「おう。どうした？」

僕が軽く手を挙げて合図すると、津山は楽しげに笑いながら、参道《さんどう》にズラリと並ぶ店を指さした。

「ねえ、一緒にお店見ようよ。天本、いつまでも寝惚《ねぼ》けた顔してないの。龍さん困ってるじゃない」

そう言うなり、津山は手を伸ばし、天本の鼻をぎゅうっと摘《つま》んだ。猛獣使いの少女のような、勇敢極まりない行為だ。

「……やめろ」

天本は、涼しい眉間《みけん》に深い縦皺《たてじわ》を刻《きざ》み、首を振って、津山の手を振り払った。そして、参道《さんどう》のほうへ、さっさと歩きだす。

「俺はいいよ。二人で見て回ればいい」

どうやら天本の奴《やつ》、さっさとバスに引き上げ、まだ惰眠《だみん》を貪《むさぼ》るつもりらしい。

「おい、待てよ天本」

「んもう、協調性ないんだから！」

僕と津山は、慌《あわ》ててその後を追った。

津山は以前僕に、「天本は誰かとつるむのが大嫌いなのだ」と教えてくれたことがある。そして、一年とちょっと天本とつきあってみて、僕はそれが真実であることを、嫌というほど思い知らされた。

だがしかし、時として、天本のそうした冷たい「壁」を突き破るのがそう難しくないことも、僕は学んだ。

たとえば……。

「おーい、天本！」

僕は、少し前をどんどん歩いていく天本の背中に、大声で呼びかけた。

「揚《あ》げ饅頭《まんじゆう》、食おうぜ。奢《おご》ってやるから、ちょっとこっち来いよ」

それを聞いた途端《とたん》、天本の足がピタリと止まる。

「揚げ饅頭？」

「うん。浅草名物らしいぜ。人形焼きも。……お前の弁当まで食っちまったしさ。お前腹減ったろ？」

「……べつに」

天本は相変わらずの仏頂面《ぶつちようづら》で、しかし僕と津山が追いつくまで、おとなしく待っていた。

僕は熱々の揚げ饅頭を三つ買い込み、天本と津山に一つずつ渡してやった。

「わあ、龍さんサンキュ！」

津山は嬉《うれ》しそうに饅頭に齧《かじ》りつき、天本も、「どうも」と小声で言って、饅頭を口に運んだ。

さくっとした衣の下から、溶岩のように熱い漉《こ》し餡《あん》が飛び出してくる。

口の中をあちこち火傷《やけど》しつつ、僕らは饅頭片手に、観光客でごった返す参道《さんどう》をゆっくり歩いた。

外国人めあての安っぽい極彩色《ごくさいしき》の浴衣《ゆかた》を大量にぶら下げた店、七味《しちみ》をその場で好みの味に調合してくれる店、人形焼きや手焼き煎餅《せんべい》の店、そして刀剣《とうけん》や扇《おうぎ》を専門に扱う店……。

これといってほしいと思うものはないが、そうした細々《こまごま》したものを見て歩くのは、けっこう楽しい。

津山は、今夜のおやつにするのだと言って、人形焼きを大量に買い込んだ。女の子同士で集まって、消灯まで賑《にぎ》やかに過ごすのだそうだ。

天本は、饅頭《まんじゅう》を食べた手前か、それきり文句も言わず、ただ苦虫を噛《か》み潰《つぶ》して飲み込んだような顔つきで、黙って僕と肩を並べて歩いていた。

そして、自由時間が終わり、さてバスに帰ろうという時、僕は車内から津山に手を振っている女の子たちに気づき、訊《たず》ねた。

「なあおい。友達と一緒でなくてよかったのか？　わざわざ僕たちについてきたりして」

津山はちょっと困ったような笑みを浮かべ、さっさとバスに戻っていく天本の後ろ姿を見て言った。

「いいの。……あたし、ちょっと心配だったからさ」

その目つきと表情で、僕はやっと津山の気遣《きづか》いに気づき、焦《あせ》った。

「もしかして……。僕が天本を持て余すんじゃないかって思ってくれたからか？」

「ま、ね。余計なお世話だったみたいだけど」

津山は僕の顔を覗《のぞ》き込《こ》むように見上げ、ちょっと目尻《めじり》の上がった目で、ニコッと笑った。

「しっかり手なずけてるじゃん、天本のこと。さすが龍さんだね」

「……でもないだろ。初日からあれじゃあ、先が思いやられるよ」

僕は、まんざら大袈裟《おおげさ》でもない溜《た》め息《いき》をつき、肩を竦《すく》めた。そんな僕の二の腕を、津山はバシンと叩《たた》いて言った。

「何言ってんの。あれは、天本が龍さんに甘《あま》えてんだよ。悪いけど、がっちり面倒みてやって」

「そういうもんかなあ」

「そうだよ。頑張《がんば》ってね！　もう、二人で大丈夫《だいじょうぶ》でしょ？」

「たぶんな」

僕がもう一度肩を小さく竦めるのを合図に、津山はクルリと僕に背を向け、バスのタラップをトントンと上った。

僕もその後に続きつつ、思わずもう一つ吐息が出るのを、抑えることができなかった。

そして……お約束ながら、すべては「大丈夫」からほど遠い方向へと進みつつあったのである……。

3

その夜。

ホテルの宴会場で、いかにも修学旅行という感じの「お仕着《しき》せディナー」を食べた僕たちは、消灯時間である十時まで、晴れて自由の身となった。

僕は数人の元後輩、現クラスメートたちから、「こっそり酒飲むんですけど、どうですか？」と誘われ、二つ返事で承知した。

無論、そんな集《つど》いに天本《あまもと》が参加するはずもなく、

「俺は部屋にいますよ。消灯までに戻ってください」という言葉とともに、奴《やつ》はさっさと宴会場を引き上げていった。

そして……。

隠れて飲むビールの美味を堪能《たんのう》した僕は、消灯前の点呼に間に合うように、大急ぎで部屋に帰ってきた。

扉をノックすると、しばらく間があって、天本が鍵《かぎ》を開けてくれる。

中に入るなり、天本は眉《まゆ》を顰《ひそ》め、

「臭《にお》いますね」と横を向いて言った。酒のことだろう。

風呂《ふろ》に入ったらしく、浴衣姿《ゆかたすがた》の天本は、さっさと鏡の前に腰かけ、ドライヤーを取り上げる。

昨夜もそうして髪を乾かしていたから、毎晩の習慣なのだろう。男のくせに、ずいぶんとまめな奴《やつ》だ。

そんな思いが伝わってしまったのだろうか、天本は鏡越しに僕を軽く睨《にら》み、

「何ですか?」と、険《けん》のある声で訊《たず》ねてきた。

「いや。いちいち髪の毛乾かすんだなあと思って」

天本は、形のいい薄い唇《くちびる》を、ちょっと曲げてみせた。

「そうしないと、明日の朝が大変なんでね。……小一郎《こいちろう》、それは玩具《おもちゃ》じゃない」

天本の視線の先を見れば、テーブルの上にちょこんと座った小さな羊《ひつじ》の人形が、ヘアブラシを持ち上げようと四苦八苦している。

黒いタオル地の前足が、ブラシの柄《え》を持ち上げ、しかし重すぎるのか、カタンと音を立てて落としてしまう。

僕は、驚き半分、呆《あき》れ半分でその光景を見て言った。

「何だ、そいつを連れてきていたのか」

「ええ、置いていくと、留守中にどんな悪戯《いたずら》をしでかすか、わかったものじゃありませんからね」

「昨日は気づかなかったな」

「初めての外泊で緊張していたんでしょう。ずっとおとなしくしていてくれればよかったんですが。……駄目《だめ》だと言っているだろう」

天本は、小さな子供を叱《しか》るような調子でそう言い、人形からブラシを取り上げ、自分の髪を梳《す》いた。

楽しい玩具《おもちゃ》を取り上げられて、羊《ひつじ》人形が前足をバタバタさせて抗議する。それを見て、僕は思わず笑いだしてしまった。

その人形は、天本が所属しているアーチェリー部が、毎年春明祭《しゅんめいさい》で客に販売しているマスコット人形「えいむ君」である。

だが、今目の前にある……いや、いる「えいむ君」は、ほかのものとは少し違うのだ。

天本の手作りというだけでも、学校の女の子たちには物凄《ものすご》い値打ちものなのだろうが、決してそういう意味ではなく……その人形には、妖魔《ようま》が宿っている。天本は涼しい顔で、僕にそう説明した。

そして実際、初めて見た時も、それからも、今も、この羊人形は、それ自体が明確な意思を持って動き、そして愛らしい仕草で、僕に何かを訴えかけてくる。

ただのマスコット人形には、こんなことができるはずがない。……当然、この人形を操る糸などどこにもないし、まさか、人形に高性能のコンピューターを組み込んでここまでの悪戯《いたずら》をするほど、天本も酔狂《すいきょう》ではあるまい。

だとすると……やはりこいつには、天本言うところの「人間で言えば赤ちゃんクラスの妖魔《ようま》」が宿っているのだと、そう信じるよりほかはない。

そして、最初の時こそ腰を抜かしたが、慣れてくると、こいつはなかなかに可愛《かわい》らしいのだ。

こいつ……そう、天本が小一郎と名づけたこの妖魔入り人形に、僕は何となく親近感を抱いていた。

普段《ふだん》、天本は小一郎をバッグにぶら下げて登校する。

だが、よくよく天本に言い聞かされているのだろう、小一郎は、学校では……ほかの生徒や先生の前では、決して動きはしない。ただ、僕がそばを通った時だけ、その柔らかい足で、僕の身体《からだ》を軽く叩《たた》いて合図してくるのだ。

だから、こんなふうに人目をはばからず、こいつと遊ぶ機会は滅多《めった》にない。

「よしよし、小一郎は僕と遊ぼう。ママはご機嫌《きげん》斜めだからな〜」

僕は、クタクタした気持ちのいい羊《ひつじ》人形の胴体を柔らかく摑《つか》んで、自分のベッドの上に置いてやった。

途端《とたん》に、天本の尖《とが》った声が飛んでくる。

「誰がママですか！　誰が！」

「だって、お前がこいつの生みの親だろ？　ママでいいじゃないか」

「よくありませんよ」

天本は、ブツクサと文句を言いながら、せっせと髪を乾かしている。

僕は、ゴロリと仰向《あおむ》けになり、腹の上に小一郎をのせてみた。重さはほとんど感じられないが、腹の上を這《は》い回《まわ》る布越しの感触が、何とも言えずくすぐったい。

「まったく、俺以外に最初に会わせた人間があんただったせいで、妙に懐《なつ》いてしまった。困りましたね……」

ドライヤーを置いた天本は、渋い顔でそう言うと、僕のベッドの端《はし》に軽く腰を下ろした。

「困らなくてもいいじゃないか」

「困りますよ。……式神《しきがみ》というものは、主《あるじ》だけに忠実でなくてはならないんです。ほかの人間には、気を許してはいけない」

「そういうものなのか？」

「ええ。……あるいは将来、俺が小一郎に、龍村《たつむら》さんを殺せと命令することがあるかもしれない。そんな時、こいつが躊躇《ちゅうちょ》するようでは困るんです」

天本は物騒《ぶっそう》なことを伏し目がちにサラリと言い、小一郎を自分の手の中に収めた。

「おいおい、怖いことを言うなよ」

僕は、肘《ひじ》をマットレスにつき、少しだけ上体を起こした。

「もののたとえですよ。ただ、妖魔《ようま》の扱いには、それくらい慎重でなくてはならない。特に、俺のような初心者はね」

天本は、涼しい顔でそう言い放つ。

「初心者？　何の初心者だよ？」

「……さあ。あんたには関係のないことですよ」

僕の問いに、天本は一瞬「しまった」というような顔をして、しかしすぐに取り澄ました冷たい表情に戻り、視線を逸《そ》らしてしまった。

「ちぇっ」

少し近づいたと思ったら、天本はいつもこんなふうに、素早く身を引いてしまう。僕は小さく舌打ちしたが、それ以上追及しようとはしなかった。

まだ、旅は始まったばかりなのだ。ここで気まずくなっては困る。そんな計算もあった。

叱《しか》られると思ったのか、さっきまで盛んに動き回っていた小一郎は、天本の手の中でシュンとおとなしくなっていた。

すっかり乾いた天本の髪の毛は、真《ま》っ直《す》ぐでサラサラしていて、何だかちょっと触ってみたいような気になる。ただ、実行に移すと、間髪《かんはつ》を入れずに殴られるに決まっているから、そんなことは絶対にしないのだが。

「龍村さん」

ぼうっと天本を見ていたら、急に鋭い声で呼びかけられ、僕は反射的に起き上がってしまった。

「な……何だ？」

羊《ひつじ》人形を手に持ったまま、天本は険《けわ》しい顔でバスルームを指さした。

「消灯前の点呼がもうすぐ来ますよ。……風呂《ふろ》は無理としても、とっとと歯を磨《みが》いてきたらどうです。酒臭くてたまらない」

「そ……そうか？」

「これだけ離れていても、ぷんぷん臭《にお》いますよ。先生にばれて、妙な巻き添えを食らうのはごめんですからね」

「ああ、わかったよ、すぐ磨く」

僕は慌《あわ》てて浴衣《ゆかた》を掴《つか》み、バスルームに駆《か》け込《こ》んだのだった……。

「ここはー、天本と龍村だな！　二人ともいるな？　酒も煙草《たばこ》もやっとらんな？」

担任の伊藤《いとう》がやってきたのは、それからほんの五分後だった。

天本が言うほどには、僕は酒臭くなかったのだろう。窓が開かないので換気ができなかったのだが、伊藤は嗅《か》ぎつけはしなかった。

僕はホッと胸を撫《な》で下《お》ろしつつ、「とっとと寝ろよ！」と言い残して隣の部屋へ向かう伊藤を見送り、扉を閉めた。

「ふう。危機一髪《ききいっぱつ》だったな」

そう言うと、天本はにこりともせずに言い放った。

「同意を求めないでください。危機だったのはあんただけでしょう」

「う……そりゃあ……そうだ」

取りつく島もない天本の切り口上に、僕はそのまま言葉を失ってしまう。

僕が喋《しゃべ》らなければ、天本は当然口を噤《つぐ》んだままで、羊《ひつじ》人形のほこりを払っているばかりである。

急に室内は、気まずい沈黙に支配された。そして、それを破ったのは、天本のほうだった。

「寝ますか。別段眠くはありませんが、することもありませんし」

「……そうだな」

「風呂《ふろ》に入ってきたらどうです？」

「今日はもうやめておく。水音を聞きつけて、先生が怒りに来ても面倒くさいしな」

「では、お好きなように」

天本は、ベッドサイドの机に、小一郎を無造作《むぞうさ》に置いた。羊《ひつじ》人形は自分でモゾモゾ動き、居心地のいい体勢になると、そのままじっと静止する。

（式神《しきがみ》……って奴《やつ》も、寝るのかな）

僕はそんなことを思いつつ、きっちりとメイクされた毛布をめくり上げた。どうも、布《ふ》団《とん》が自由に蹴《け》り上《あ》げられないと、落ち着いて眠れないのだ。

僕がベッドに潜り込むと、天本は枕元《まくらもと》のボードを操作して、部屋の明かりを消した。そして、自分もベッドに入り、手を伸ばした。

「消しますよ」

そんな声とともに、最後まで点《つ》いていたベッドランプが消え、室内は真っ暗になる。

「おやすみ」

声をかけてみると、天本の冴《さ》えた声が返ってきた。

「おやすみなさい。……いい夢を」

まさか、そんな台詞《せりふ》がついてくるとは思わなかったので、僕は驚いて、闇《やみ》の中で目を見張った。だが、気の利いたコメントも思いつかなかったので、そのまま黙って目を閉じる。

天本も、しばらくゴソゴソしていたが、じきに静かになった。

昨夜は早く寝たし、今日はほとんど移動だけで、たいした運動をしていない。

そう簡単に寝つかれないだろうという予想に反して、枕《まくら》に頭を預けてすぐ、瞼《まぶた》が重くなってきた。

(ま、明日はまた、朝飯に間に合うように、こいつを起こさないといけないしな……。体力温存しとかないと)

僕は、睡魔の訪れるまま、すんなりと意識を手放した……。


ところが、それから数時間後。

何かの動く気配に、僕は目を覚ました。

何故《なぜ》か、身体《からだ》を動かしてはいけないような気がして、目だけをそっと開く。

闇《やみ》に慣れた目に映ったのは、隣のベッド。毛布がめくれて、そこには天本の姿はない。

そろそろと首を巡《めぐ》らせると、バスルームの扉が開いていて、そこから明かりが漏《も》れている。

(……何だ、トイレか)

眩《まぶ》しさに目を細めつつ、僕はゴロリと寝返りを打ち、再び眠りにつこうとした。

だが。妙な音が耳につき、僕はハッとして時計に目をやる。

ベッドサイドのデジタル時計は、午前零時四十三分を告げている。そして、そんな時間に、天本はおもむろに歯を磨《みが》いているらしいのだ。

寝る前に磨き忘れて、今思い出して起きてみた……というわけではあるまい。確か天本は、ベッドに入る前にも歯を磨いていたはずだ。

(何をしてるんだ、あいつは)

何やら、知ってはいけない秘密を知ってしまったような気分がして、僕は毛布にくるまったまま、息を殺していた。

やがてバスルームから出てきた天本は、僕が起きていることには気づきもせず、壁にかけてあった学生服を取り、ベッドの上に置いた。

(……何だ、いったい)

ひたすら寝たふりを続け、薄目を開けて見ている僕の前で、天本はスルリと浴衣《ゆかた》を肩から滑り落とした。

白い肌が、バスルームの明かりにぼんやりと照らし出されている。男同士とはいえ、どこか目のやり場に困るような艶《なま》めかしい光景に、僕は思わず生唾《なまつば》を飲み込んだ。

ゴクリと喉《のど》の鳴る音が天本に聞こえはしなかったかとどぎまぎしたが、大丈夫《だいじょうぶ》だったらしい。天本はさっさと学生服に着替えてしまうと、立ち上がった。

「…………」

目をつぶっていても、僕を見下ろしている天本の視線を感じる。

そして、不意に額《ひたい》に触れた、冷たいもの。僕は思わず声を上げそうになり、すんでのところで堪《こら》えた。

触れられた時、顔の筋肉が小さく痙攣《けいれん》したかもしれない。だが、それはおそらく、眠っていても起こりうる程度の、わずかな反応だったはずだ。

額の中央に軽く触れた冷たいものは、その感触から、指先とすぐに知れた。天本は、何か逡巡《しゅんじゅん》するように、しばらく僕に触れたままで……。

そして、低い呟《つぶや》きが聞こえた。

「夜睡呪《やすいじゅ》をかけておくべきかも……いや、まだ自信がないものをかけて……」

(「やすいじゅ」? それって何だ?)

意味はわからなかったが、天本が僕に、何かよからぬことをしようとしているのだということだけは、直感でわかった。

緊張が、全身に走る。しかし天本は、そっと指を離し、こう言って独り言を締めくくった。

「やめておこう。龍村さんが、眠りっぱなしになっても困るものな……」

どうやら、これからの自分の行動を、よほど僕に知られたくないらしい。

僕に何をしようとしていたのかは知らないが、とにかく断念してくれて助かった。僕は冷や汗をかきながら、狸寝入《たぬきねい》りを続けた。

やがて、絨毯《じゅうたん》を踏む微《かす》かな足音が戸口へと向かい、扉がそっと開閉する音が聞こえた。そして、訪れた完璧《かんぺき》な静寂。遠くで、エレベーターの到着を知らせる電子音が聞こえる。

それでもなおしばらく息を殺していた僕は、ようやく目を開け、身体《からだ》を起こした。ベッドを下り、室内をくまなく見て回る。天本がいないことはわかっているのだが、そうせずにはいられなかったのだ。

「いったい……こんな時間にどこへ行ったんだ、あいつは」

独り言を言いながら、僕は自分のベッドに腰かけた。

天本のベッドはざっと整えられ、シーツの上には脱いだ浴衣《ゆかた》が綺麗《きれい》に畳《たた》んで置いてあった。

鞄《かばん》が椅子《いす》の上に置きっぱなしなところを見ると、脱走して帰宅してしまったわけではなさそうだ。

「でも、ちょっとジュースやおやつ買いに行った、とかじゃないよな」

いかに几帳面《きちょうめん》な天本でも、コンビニに行く程度のことで、歯磨《はみが》きまではしないだろう。

おまけにハッと気づけば、寝る前は机の上にちょこんと座っていた羊《ひつじ》人形の姿がない。

こんな真夜中に妖魔《ようま》を連れ、いったい何の目的で、どこへ行ったのか……。

「まったく、何やってんだか……。明日の朝までに帰ってこなかったら、僕はどうすりゃいいんだよ」

ぼやきつつ、僕はベッドにごろりと横になった。

明日の集合時間は、八時。それまでに天本が戻らなかったら……。

そう思うと、眠気などどこかへ吹っ飛んでしまった。当時の僕は、今思えば滑稽《こっけい》なほどの小心者だったのだ。

窓から下の道路を見下ろしてみても、天本の姿どころか、人っ子ひとり通らない。

それでも僕はしばらく、冷たい窓硝子《まどガラス》に額《ひたい》を押し当て、暗い通りをじっと見ていた。しかし、いつまでそうしていても仕方がない。

「……寝るか」

僕は再びベッドに潜り込み、明かりを消して毛布を鼻まで引き上げた。

何度も何度も寝返りを打ち、枕《まくら》の位置を直し……しかし、少しも眠くならなかった。気がついたら、天本のことばかり考えてしまうのだ。

三十分経《た》っても、一時間経っても帰ってこない天本の帰りを待ち続けて、僕はとうとう、まんじりともせずに夜明けを迎えてしまった。

そして……。分厚いカーテンの隙間《すきま》から、淡い光が射《さ》し込《こ》み始めた頃……。

出ていった時と同じように静かに、天本は戻ってきた。

絨毯《じゅうたん》を踏む猫のように密《ひそ》やかな足音に、僕はやっぱり眠ったふりを決め込む。

目をつぶっていても、天本がそばに来たことは、フワリと空気が動いたことでわかった。

僕の様子を窺《うかが》っている気配、それから、小さな吐息。

何やらゴソゴソやっているらしく、物音がしばらく続いた後、部屋はまた静けさを取り戻した。

僕は、そうっと目を開けてみる。

薄明るくなった部屋の中、天本の漆黒《しっこく》の髪は、そこだけ夜の闇《やみ》が残ってしまったかのように、白い枕《まくら》の上に散っていた。

（……おいおい。今度はこいつが寝たふりか……？）

僕は呆《あき》れて、音を立てないように起き上がってみた。

隣のベッドには、脱ぎ捨てた学生服が、無造作《むぞうさ》に置かれている。机の上には、何事もなかったかのように、羊《ひつじ》人形が座っている。

そして聞こえる、規則正しい寝息。

見れば天本は、半ば横向きで、片手を枕にかけ、目を閉じていた。

「……天本？」

僕は思いきって、囁《ささや》き声《ごえ》で呼びかけてみた。

だが、天本の呼吸は少しも乱れない。熟睡しているのだ。

（……よっぽど疲れてるんだな……）

昨夜も天本は僕の家に泊まったが、夜中、トイレに行こうとして起きると、天本は鬱陶《うっとう》しそうに目を細め、僕の顔を見上げていた。何も言わなかったが、しっかりと覚醒《かくせい》していることは、その目の光から確かだった。

だが今は、動くどころか、呼びかけてもピクリとも動かない。クタクタになって帰ってきて、倒れ込むように寝入ってしまった、そんな風情《ふぜい》だ。

「そんなにくたびれちまうほど、いったいどこで何やってきたんだよ、お前」

普段《ふだん》よりうんとあどけなく見える、天本の無防備な寝顔。それを見下ろしつつ、僕はその日何度目かの、深い溜《た》め息《いき》をついたのだった……。

＊　＊

ぺしぺしぺし！

天本が戻ってきたことに安堵《あんど》して、いつしかぐっすり眠り込んでいたらしい。

異様な音とともに、何かに眉間《みけん》を軽く叩《たた》かれ、僕は目を覚ました。

何やら軽いものが、額《ひたい》の上にのっている。

「……ん……何だ？」

極端な睡眠不足にしょぼつく目を擦《こす》りつつ、僕は額に手をやってみる。

指先に触れたのは、妙に柔らかな、乾いた布の……いや、タオルの手触り。

これは、もしや。

僕はそっとその「柔らかいもの」を摑《つか》み、顔の前に持ってきた。

今度は僕の手を必死で叩《たた》いているのは、予想どおり、小さな羊《ひつじ》の人形だった。

身体《からだ》は白いタオル地で、顔と足は黒いタオル地で作られたクタクタした手触りのその人形を見て、僕は思わずプッと吹き出してしまった。

「なんだ、お前か！　おはよう」

掠《かす》れた声でそう言って、僕は握ったままの羊の鼻面《はなづら》に、自分の鼻をくっつけた。蹄《ひづめ》にきちんと刺繡《ししゅう》の入った黒い前足が、パフンと僕の鼻を摘《つま》むように挟《はさ》み込《こ》む。

時計を見ると、もう七時半を過ぎていた。そろそろ起き出して身支度《みじたく》を整えないと、集合時間に間に合わない。

「起こしてくれたのか。だけど本来なら、起こすべきはお前のご主人様だろう？」

ばふばふばふ！

そんなことはわかっていると言わんばかりに、小一郎は僕の鼻を叩きまくる。

「あーあー、うるさいなあ」

僕は仕方なく、羊人形《ひつじ》を毛布の上に置いて、起き上がった。

隣のベッドでは、天本がまだ、静かな寝息を立てている。おそらく、小一郎の奴《やつ》、天本から先に起こそうとして、失敗したのだろう。

(本当に起きないもんなあ、こいつは)

昨日の朝のことを思い出し、僕は溜《た》め息《いき》をつきつつ、ベッドを下りた。もはや愛想《あいそ》程度に身体《からだ》に絡《から》みついているにすぎない浴衣《ゆかた》を直しつつ、天本のベッドの脇《わき》に歩み寄る。

「おい、起きろよ。朝だぜ」

返事はない。予想どおりだ。

「起きろって!」

強く肩を揺さぶってみる。だが、微《かす》かな呻《うめ》き声《ごえ》が唇《くちびる》から漏《も》れるだけで、毛布にしっかりくるまり、鼻先までシーツの下に埋もれた天本は、微動だにしない。

これでは、昨日より酷《ひど》い。もっとも、明け方に帰ってきたのだから、僕と同じように寝不足のはずだ。おそらくは夜通しほっつき歩いていた分、僕より疲れているだろう。少々寝起きが悪くても、何の不思議《ふしぎ》もない。

「おい! 起きろったら起きろ!」

仕方なく僕は、毛布に手をかけた。必死ですがりつく天本を振りきり、力任せに引っぺがす。

驚いたことに、天本の浴衣《ゆかた》の裾《すそ》は、まったく乱れていなかった。つまり、寝入ってから今まで、ほとんど動いていないことになる。たいしたものだ。

天本は、今度は枕《まくら》を抱え込んで抵抗を試みた。よほど眠いのだろうが、それはお互いさまというやつだ。

「ほら、駄々《だだ》こねてるんじゃない！　さっさと起きて顔洗え。朝飯に遅れるじゃないか」

まるで、ライオンから肉塊を取り上げる調教師のような気分で、僕は天本から枕を奪い取った。

「……朝飯なんかいらない……」

地獄の底から響くような嗄《しわが》れ声《ごえ》でそう言って、天本は両手で顔を覆《おお》ってしまう。まったく、こんな姿を女子生徒たちが見たら、百年の恋も凍りつくに違いない。いや、それとも、こういうのが、いわゆる「母性本能をくすぐる」光景なのだろうか。

「馬鹿言うな。食っても食わなくても、行かなくっちゃなんないんだよ。朝の点呼に遅れたら怒られちまうだろ。ほら、起きろって」

僕は天本を羽交《はが》い締《じ》めにして抱き起こすと、そのまま洗面所に引きずっていった。そして、まるででくの坊のようにユラユラと立っているだけの天本の手に、無理やり歯ブラシを握らせる。

「とにかく、とっとと歯を磨《みが》け。身支度《みじたく》さえちゃんとしてくれたら、宴会場までは、僕が連れていってやるからさ」

からくり人形のような妙な手つきで、しかし何とか歯を磨きつつ、天本は口の中で何かブツブツと言う。

どうやら「人を物みたいに言わないでください」と言っているらしいが、どうにも呂律《ろれつ》が回っていない。

僕はやれやれと首を振りながら、バスルームを出た。

制服に着替えてからベッドにドスンと腰かけ、羊《ひつじ》人形を手に取る。小一郎は、柔らかい前足で、僕の手を叩《たた》いてくれた。

「おい、小一郎」

僕は、天本に聞こえないように、小さな声で呼びかけてみた。

「いったいお前、昨夜はご主人様と一緒に、どこへ行ってたんだよ」

喋《しゃべ》れない妖魔《ようま》のことだ。こんな問いかけに答えられるはずもなく、何の反応も返ってこない。

いっそ直接、天本に「昨日の夜はどこに行っていたんだ?」と訊《たず》ねてみようか、とも考えた。

しかし、そんなことをしても、天本が正直に話してくれるとは思えない。それどころか、僕の狸寝入《たぬきねい》りを非難されでもしたら、とんだ藪蛇《やぶへび》になってしまう。

「お前、教えてくれないんだな。だけど、怖くて天本にはそんなこと訊《き》けないし……」

羊人形《ひつじ》は、まるで僕の言葉がすべてわかっているかのように、小首を傾《かし》げてみせる。

「ま、時間までに帰ってきてくれただけでも、よしとすべきか。……ああ、でも気になるなあ」

「……人の式神《しきがみ》相手に、何をブツブツ言ってるんですか」

バスルームから出てきた天本は、小一郎に愚痴《ぐち》っている僕を見て、呆《あき》れたような顔をした。

「親交を深めてたんだ」

「よしてください。昨日も言ったでしょう。俺の式神は、俺にだけ懐《なつ》いていればいいんです」

顔を洗って、幾分《いくぶん》シャッキリしてきたらしい。天本は、さっきよりは機敏な動作で、学生服に着替え始めた。

「なあ、天本……」

僕は、自分もモソモソとシャツをハンガーから外し、袖《そで》を通しながら、天本に呼びかけてみた。

「何です?」

こちらに背中を向け、少し猫背にシャツのボタンを留めながら、天本が振り返らずに答える。

「あのな……」

僕は、思いきって昨夜のことを訊《たず》ねてみようとして、しかし意気地なく、吐き出しかけた言葉を引っ込めてしまった。

「いや、いい。早くしないと、点呼に遅れちまうぞ」

「……わかっています。龍村さんこそ、俺より支度《したく》が遅いんじゃありませんか?」

天本は、チラリと訝《いぶか》しげな視線を僕に向けたが、すぐに目を逸《そ》らし、鏡の前に立って、襟元《えりもと》を整えた。

「う、うん」

そういえば、自分はまだ顔を洗っていないことを思い出し、僕は慌《あわ》ててバスルームに駆《か》け込《こ》んだのだった……。

その日は、またしても皆バスに分乗し、あちこち観光に引きずり回された。

国会議事堂見学(これは赤い絨毯《じゅうたん》を敷いた廊下と、歴代首相の似顔絵《にがおえ》を描いた湯呑《ゆの》み茶碗《ぢゃわん》しか覚えていない)、東京タワー(足元が硝子《ガラス》になっている一か所だけが、ちょっと怖かった。が、今さら中途半端《ちゅうとはんぱ》に高いところに登っても、たいして嬉《うれ》しくはない）、そして、何故《なぜ》か上野《うえの》動物園（まあ、久しぶりの動物園で、単純に楽しかったが……）。

当然のことながら、僕は移動中、ずっとうつらうつらしていた。天本などは、うたた寝どころか、起こされなかったらきっと夕方まで熟睡していたに違いない。

津山《つやま》が僕を起こし、僕が天本を起こしてバスを降りると、僕と津山は、大きなマネキンでも持ち運ぶように、両側から天本の腕を取り、あちこち引きずり回した。

津山には悪いが、彼女が気を利かせて一緒にいてくれたので、僕は本当に救われた。僕ひとりだったら、諦《あきら》めて天本をバスに残したままにしていたかもしれない。

天本は、ぶつくさ文句を言いながらも、されるがままだった。が、その充血した腫《は》れぼったい目には、何も映ってはいなかっただろう。

結局、せっかくのすき焼きの夕食にも、天本はほとんど手をつけなかった。驚くほどこまめに鍋《なべ》の面倒はみてくれるくせに、自分はほんの少し、野菜を小鉢に取っただけだったのだ。

そして、ホテルに帰り着くなり、奴《やつ》は文字どおりベッドに倒れ込んだ。

「おいおい！　大丈夫《だいじょうぶ》かお前？　どっか、具合悪いんじゃないか？　全然飯食わないし……。熱でもあるのか？」

僕は慌《あわ》ててベッドの脇《わき》に駆《か》け寄《よ》り、訊《たず》ねた。しかし天本は、ベッドカバーの上に俯《うつぶ》せになったまま、ボソボソと答えた。

「どこも悪くありません。食いたくないから食わなかっただけです」

「だって、朝からろくに何も……」

「いいから、放《ほう》っておいてもらえませんか。俺は疲れて、眠いんです」

取りつく島もない冷たい声で、天本は僕を突き放した。

「何でそんなに疲れて眠いんだよ？」

思わずムッとして、僕も剣呑《けんのん》な声を出してしまった。天本は、俯《うつぶ》せたまままもう何も言わず、斜めにベッドに寝転がったまま、本格的な睡眠に突入しようとしている。

「……ちぇっ」

小さく舌打ちしてみても、反応が返ってくるはずもなく、僕は天本に、予備の毛布をバサリとかけてやった。

それでもピクリとも動かないのだから、本当に疲れ果てているのだろう。

（普通、修学旅行ってのは、宿に帰ってきてからが楽しいもんじゃないのかよ）

事実、中学校の修学旅行では、九州の旅館に泊まり、大部屋に男ばかりがむさ苦しく集《つど》って、トランプだの花札《はなふだ》だのエロ本だの怪談だのと、大騒ぎして毎晩楽しく過ごしたものだ。おかげで、昼間は皆死んだように寝ていて、どこをどんなふうに見て回ったか、ほとんど記憶にないのだが。

それが今回は……。大部屋がないせいで、皆一様に、夜の盛り上がりに欠けるとこぼしていた。

やはり、ツインの部屋に集《つど》うといっても、十人が限度である。それに、外に脱出するにしても、必ずエレベーターを使わなくてはならず、ロビーで見張っている教員に、あっという間に発見され、部屋に追い返されてしまうのだ。

仕方ない、テレビでも見るか……。

僕はリモコンを取り上げ、テレビを点《つ》けると、自分のベッドにゴロリと横になって、チャンネルをひととおり送ってみた。

ナイター、クイズ番組、時代劇、そしてさっぱり人物関係がわからないドラマ。取り立てて見たいものなど何もない。

仕方なく、僕はチャンネルを「水戸黄門《みとこうもん》」に固定して、ボリュームを下げた。お決まりの展開にお決まりの結末なら、上の空でもそれなりに見ていられるだろうと思ったのだ。

そうして横になっているうちに、僕も眠くなってきた。やはり、昨日の寝不足が祟《たた》っているようだ。

こんな時間に寝てしまってはもったいないような気がしたが、かといってこのまま起きていても、することがない。

(今夜は、さすがの天本も出歩かないよな。こんなに疲れてるんだし……)

少しだけうたた寝して、それから風呂《ふろ》にでも入ろう。そう思った僕は、画面のほうへ顔を向けたまま、明かりを消しもせず、目を閉じた。

そして。

次に目覚めたのは、身体《からだ》に何かがフワリと着せかけられた感触のせいだった。頬《ほお》に、毛布独特のチクチクした刺激を感じる。

「まったく……自分が布団《ふとん》をかけずに寝ていては、本末転倒じゃないか」

吐き捨てるような天本の呟《つぶや》きが、頭の上から降ってくる。そして、絨毯《じゆうたん》を踏んで少し遠ざかる足音。点《つ》けっぱなしだったテレビが消された。

（……あいつ、やけに寝起きがいいじゃないか）

どれほど眠っていたのか見当もつかないが、ごく細く目を開けてみると、天本はカーテンを開けて、窓の外を見ていた。

わずかに見える空は真っ暗だから、まだ夜は明けていない。わずかに体を動かし、腕時計を見ると、もうすぐ午前一時になろうかというところだった。

僕からは天本の顔は見えないが、奴《やつ》は両手を窓に当て、額《ひたい》を硝子《ガラス》に押し当てて、外にある……あるいはいる、誰かか何かを捜している様子だった。

そして、ようやく目当てのものを見つけたのだろう、振り返ったその顔には、何となく

ほっとしたらしい表情が浮かんでいた。

(こいつ……また出かける気だな)

そういえば、昨日の夜も、今くらいの時刻に天本は出ていった。

(きっと、昨日と同じ理由で、出ていくつもりなんだ)

そう察した僕は、今夜も寝たふりを続けることにした。天本がかけてくれた毛布で顔の半分が覆《おお》われているから、昨日よりはずっと楽に、狸寝入《たぬきねい》りを決め込むことができる。天本は、僕が目を覚ましているとは思いもしないらしく、学生服を取り上げると、部屋を出ていった。

昨夜と同じように、エレベーターの到着を知らせる電子音が遠く聞こえ……そして僕は、ムクリと身を起こした。

幸い、制服のままで寝ていたから、着替える手間はいらない。はみ出したシャツの裾《すそ》をズボンに押し込むと、僕は天本の後を追い、そっと部屋を出た。

足音を忍ばせて廊下を歩く。両側に並ぶ部屋には、同級生や教師たちがぎっしり詰まっているはずだ。誰かが覗《のぞ》き窓《まど》から自分の姿を見てはいまいかと、僕は冷や冷やしながらエレベーターホールにたどり着いた。

ほどなく到着した狭《せま》い箱に収まり、ホッと息を吐いたのも束《つか》の間《ま》、今度は明るいロビーに放《ほう》り出《だ》されて、心臓が破れそうにドキドキする。

思わず柱の陰に隠れるようにして周囲を見回してみると、幸い、監視役の教師も部屋に引き上げた後らしく、人影はない。

フロントも、呼び鈴だけを残し、従業員は奥へ引っ込んでしまっていた。

僕は、小走りにロビーを駆《か》け抜《ぬ》け、自動ドアから外へ出た。

明るいエントランスを、客待ちのタクシー運転手に怪訝《けげん》な顔をされながら、足早に通り過ぎる。目の前の大通りにはまだ車がかなり走っているが、人通りはすっかり絶えてしまっている。僕は、必死で目を凝《こ》らし、天本の姿を捜した。

僕らの部屋の位置と、天本の見ていた方向から、奴《やつ》の行きそうな方向……ＪＲの駅のほうへ、僕は暗い通りを歩き始めた。

梅雨《つゆ》の合間の晴れ間が続いているせいか、それとも都会であるせいか、東京は日中、やけに蒸し暑かった。だが今は、肌寒いほどに冷え込んでいる。

僕はシャツ一枚で出てきたことを後悔しつつ、天本の姿を捜し、キョロキョロしながら歩いた。

(今夜こそ、何してるかつきとめてやるぞ)

僕は、そう決意していた。

あの見かけよりずっとタフな天本が、今日一日、ずっと疲労困憊《こんぱい》の体《てい》だったのだ。おそらく、さっきまで寝ていたのも、今からすることのために、体力を回復させようとしていたに違いない。

(いったい、誰とどこで何やってんだか……)

あの天本のことだ、あるいはまた「霊」がらみの事件にでもかかわっているのではないだろうか。そう思うと少し怖い気もしたが、このまま何も知らないで平気でなんかいられない。

(どこ行ったんだよ)

どこまで歩いても、天本の姿は見えない。目前に近づいてきた駐在所には、たしか警官がいたはずだ。あまり、制服でそんなところを通過したくない。悪いことはしていないが、挙動不審《きょどうふしん》は否《いな》めないのだから。

「……逆方向かな、もしかして」

独り言を言い、踵《きびす》を返した僕は、再びホテルの方角へ歩きだした。……と、もう少しで再びホテル前を通り過ぎるというところまで来て、右耳に、微《かす》かな話し声が聞こえてきた。

「!」

僕はハッと足を止め、ビルの陰から、そっと細い路地《ろじ》を覗《のぞ》き込《こ》んだ。

暗がりに佇《たたず》んでいたのは、二つの影。話し声は、二人とも男のそれで、片方は天本だ。

顔はよく見えないが、天本の向かいにごく接近して立っているのは、天本より少し背の低い、そして蚊トンボのように痩《や》せっぽちの男だった。

　二人は低い声で話していたが、できる限り二人に近づき、壁にへばりついて耳を澄ませてみると、内容が何とか聞き取れた。

「せやけど、初めてのでかい仕事やったしな。疲れたん違うか？　今日はテンちゃん起きられへんかったら、オレひとりで行こうかと思てたんやけど。今からでも、部屋戻って寝とってええで」

　痩《や》せた男は、のんびりした声でそう訊《たず》ねていた。通りの街灯が、わずかに男の丸眼鏡のレンズを光らせている。

（テンちゃんって……もしかして、天本のことか？　……まさかな。……でも、ほかに相手はいないし……）

　混乱する僕をよそに、二人はごく親しい様子で話を続けた。

「昼間バスで移動中は、ずっと寝ていましたし……。帰ってからもさっきまで眠っていましたから、休息は十分です。心配しないでください」

　天本の声は、僕に対する時よりもずっと柔らかく、相手への気遣《きづか》いが感じられた。

「ホンマに大丈夫《だいじょうぶ》か？　ちょっと見せてみ」

　相手の男は、まるで弟にするように、両手で天本の腕から肩をペタペタと触った。そして、その手を徐々に上げ、最後は天本の白い頬《ほお》を挟《はさ》み込《こ》むように触れた。

（……見せろって言ったくせに、何だってあんなにベタベタ触ってんだ？　おまけに、天本もどうして嫌がりもせずに、触られ放題なんだよ……）

僕がムッとしていることなど知る由《よし》もなく、天本は妙に嬉《うれ》しそうな顔でかぶりを振った。

「本当に、俺は大丈夫《だいじょうぶ》ですよ。心配しないでください。……それに、今夜からが本番なんでしょう？」

「せやせや。昨日のんは、言うたら妖魔《ようま》大量処理の練習みたいなもんやったからな。今日から二日間が頑張《がんば》りどころやで」

（……本番？　よ……妖魔大量処理？　いったい何者なんだ、天本と喋《しゃべ》ってる奴《やつ》は）

僕が頭をグルグルさせていると、男は天本の顔から手を放して訊《たず》ねた。

「ほんで、相方《あいかた》は今日も寝こけとるんか？　昨日の朝は、気づかれへんかったか？」

（相方って……僕のことかよ）

天本はいつもの冷たい顔に戻り、あっさりと言いきった。

「龍村さんは、俺が出ていったくらいで目を覚ますような人じゃありませんよ。昨日もそうだったし、今日もきっと朝までぐっすり寝ているはずです」

あまりにも自信たっぷりなその言いように、さすがの僕もカチンときて、いっそ出ていってやろうかと思った、その刹那《せつな》。

「そうかなあ……」

男は、不意にそう言ったと思うと、僕のほうへ顔を向けた。青白い街灯に、男の顔がくっきりと照らし出される。

男は、まだ若く見えた。ほっそりした顔の中央には、筆で描いたようなあっさりした造《ぞう》作《さく》の眉《まゆ》と鼻と口が並んでいる。まずまず整った顔立ちだが、全体的にのっぺりした印象を見る者に与える。

そして、その両眼が何故《なぜ》かしっかりと閉じられているのが、どうにも奇妙に感じられた。

「ほな、そこでさっきから聞き耳立てとるんは、誰かいな？」

心臓が、冷たい手で鷲摑《わしづか》みにされたように跳ね、全身に緊張が走った。相変わらず、男の目は閉ざされたままなのだが、確かに僕を「見ている」ことが、肌で感じられた。

天本も、キッと僕のほうを見《み》据《す》えた。こうなっては仕方がない。僕は、両手を挙げた降参のポーズで、光の中に一歩踏み出した。

「龍村さん！」

天本の声は、驚きと非難の色を帯びている。さっきまでとえらい違いだ。

「悪い。盗み聞きするつもりじゃなかったんだけどさ。昨日、お前が出ていったの、僕は知ってたんだ。……で、その後ずっとクタクタだったろ？　それなのに、今日も出ていっちまうし……。何だか心配になってさ」
天本は、きつい切れ長の目で、僕を睨《にら》みつけた。
「心配なんかしてもらわなくても……」
だが、その怒りの言葉は、男によってさりげなく遮《さえぎ》られた。彼は、僕のほうを向いたま
ま、にま、と蛙《かえる》のような顔で笑い、こう言ったのだ。
「龍村君？　ああ、君が噂《うわさ》の、『テンちゃんについた悪い虫』やな！」
「わ……わ、わ、悪い虫ィ？」
「か、河合《かわい》さんっ！　俺はそんなことは一言も……」
僕と天本は、台詞《せりふ》こそ違えど、同じタイミングで「河合」と呼ばれたその男に抗議の声
を上げる。
初対面の見知らぬ男から「悪い虫」呼ばわりされて、黙っているほど男の廃《すた》ることはな
い。僕は躊躇《ちゅうちょ》なく、怒りの声を上げていた。
「何ですか、『悪い虫』ってのは！　だいたい誰です、あんたは！　こんな時間に、こん
なところに天本を呼び出して、何をしてるんです！」
「えー。せやかて君こそこんな時間に、テンちゃんの後追っかけてこんなところまで来た
んやろ？　立派に怪しく『悪い虫』やん」
男……河合は、僕の怒号に少しも動じた様子を見せず、こっちが脱力するほど間の抜け

た関西弁でそう言った。相変わらず、目を閉じたままなのが、妙に気になる。

「河合さん。……話をややこしくしないでください」

きつい声でそう言った天本は、僕のほうを向いて、冷たい口調で言い放った。

「朝の点呼までには戻ります。あんたに迷惑はかけませんから、さっさと部屋に戻ってください」

突き放すような声音だったが、僕はぐっと踏ん張り、食い下がった。

「馬鹿言うな！　こんな時間に黙って行かせて、何かあったらどうするんだよ！　だいたい、この人誰なんだ？　どういう知り合いなんだよ」

「……あんたには関係のないことでしょう」

「まあまあ、せっかくクラスメートが心配してくれてんのに、そないに冷とうするもんやないで、テンちゃん」

どこまでも冷淡な態度を崩さない天本をたしなめて、河合は一歩僕のほうへ踏み出した。

「堪忍《かんにん》な、龍村君。昨日からテンちゃんのこと、心配しててくれたんやろ？　なあ……ちょっと、触らせてんか？」

「……え？」

思いもよらない言葉に、僕は思わず後ずさる。河合は両手をゾンビのように上げて、僕のほうへゆっくり歩み寄ってきた。つるんとした顔に張りついた笑みがそら恐ろしい。

「ちょ……何だよ天本、この人はっ」

「龍村さん。……河合さんは、目が見えないんです。だから、触ってみないと、あんたの顔かたちがわからない」

冷や汗をかいて、半分逃げ出しかけていた僕は、天本の言葉にハッとして河合の顔を凝視《ぎょうし》した。

盲目《もうもく》だから、と言われれば、あの閉じたままの両眼のことも、納得できる。

「そ……それは……」

謝るのも変だし、かといって何と言えばいいのかわからずドギマギしていると、河合はさっさと僕の目の前に来て……その身のこなしは、目が見えているとしか思えないほどなのだが……僕の二の腕のあたりに両手で触れた。

「ちょー、じっとしとってな」

そう言いながら、彼の手は、さっき天本に触れていた時のように、僕の肩から首、そして顔を、丹念に探っていく。彼の手は、痩《や》せこけた身体《からだ》つきからは想像もできないほど、ふっくらしていて温かかった。

「うんうん、頑固《がんこ》そうやけど、ええ面構《つらがま》えしとる」

そう言って僕の頰《ほお》をベチッと軽く叩《たた》き、河合は手を放した。そして、間近で薄い唇《くちびる》を引き伸ばし、ニイッと笑ってみせた。

「あんな、オレは河合純也《すみや》、いうねん。テンちゃんの師匠や」

「師匠？」

「か……河合さんっ！　龍村さんには関係ない話です、それ以上は……」

「ここまできて、『関係ない』は殺生やで、テンちゃん。こんな時間に追っかけてきてくれるなんて、ええ友達やんか」

「ですが……」

「それに、テンちゃん言うてたやん。龍村君とは何度か、妖《あやか》し退治を一緒にしたて。それやったら、まんざらそういうのアカンわけと違うやろ？」

「それは……そうですが……。でも河合さん。龍村さんには、俺は何も話して……」

「せやし、今から話すねん」

　天本は必死で遮《さえぎ》ろうとしたが、河合は片手でそれを制止し、僕の顔を見た。……いや、盲目《もうもく》なのだから、見ているわけではないのだが、僕より少し背の低い彼は、視線が正確に絡《から》む角度に、ほんの少し顔を上向けていた。

　勘といえばそれまでなのだろうが、あまりに盲人らしからぬ河合の身のこなしに、僕は戸惑うばかりだった。

「なあ龍村君。このまま何も聞かんと帰れて言われても、君納得せえへんやろ？」

「そりゃ……もちろんそうです」

「ほな、ホンマのとこをちょっとだけ教えたる。その代わり、他言無用や。……今から言う話、誰かに喋《しゃべ》ったら……ただではすまへんで。それでも聞くか、龍村君？」

柔和《にゅうわ》な語り口にも人懐《ひとなつ》っこそうな笑顔にも、変化はない。それなのに、河合の台詞《せりふ》の後半には、得体の知れない凄《すご》みがあった。

僕は、背筋が寒くなるのを感じながらも、しっかりと頷《うなず》いた。

目の前の河合という男はどうにも好印象を持てる相手ではなかったから、このまま天本を置いて立ち去る気にはとてもなれなかった。それに、天本が抱えている秘密を知ってみたいという誘惑には、正直言って勝てなかったのである。

河合は笑顔のままで、よっしゃ、と言った。そして、困惑した様子の天本をよそに、こう続けた。

「ほな言うけどな。オレとここにいるテンちゃんは、とある秘密組織に属しとる追儺師《ついなし》なんや」

「へ？　ひ……秘密組織？　ついなし？」

「追儺師、ですよ。妖《あやか》しを退じることを生業《なりわい》にしている人間を指す言葉です」

「つまり……お前とその……河合さん、は、化け物退治を商売にしてるってことか？」

「そうです。とはいっても、俺はまだ始めたばかりの見習いで……ここにいる河合さんが、俺の師匠なんです」

「せや。テンちゃんはオレの可愛《かわい》い弟子やねん。……そんでな、偶然東京で仕事入って、聞けばテンちゃんらも修学旅行で来るて言うやん？　そんで、ホンマはひとりでやるつもりやってんけど、結局無理言うて手伝《てつど》うてもらうことにしてん」

河合は、横に歩み寄った天本の頭をポンポン叩《たた》きながら、そう言った。

「手伝って……って、いったいあんた、天本に何をさせてるんです！　こいつ、昨日一日じゅう、ずっとウトウトしてて……。せっかくの修学旅行なのに、そんなにくたびれさせるなんて、酷《ひど》いじゃないですか！」

「手伝うと言ったのは俺です。あんたが河合さんにとやかく言う筋合いはありませんよ」

天本はあくまで師匠である河合の肩を持つつもりらしい。鋭い口ぶりに、僕は思わずたじろいでしまう。

「まあまあテンちゃん、そないに尖《とが》りな。ま、初めての経験さしたし、テンちゃんも疲れて当然やってん。ホンマ堪忍《かんにん》な、龍村君。ヘロヘロのテンちゃんと一緒で、気疲れしてしもたんやろ？　悪かったなあ」

取りなすように河合がそんなことを言うのが、かえって僕の神経を逆撫《さかな》でする。

「べつに気疲れなんてしてません！　僕はただ、天本のことが心配だったから……」

僕は、怒っても甲斐《かい》のない相手と知りつつも、苛《いら》ついて声を荒らげてしまった。すると、河合ではなく天本が、怒った声で応酬《おうしゅう》してくる。

「ですから、心配する必要はないと言ってるんです。さあ、俺がこれから何をするかはわかったでしょう。もう部屋に戻ってください。あんたまで、規則を破る必要はない」

天本の奴《やつ》、よほど僕を厄介払《やっかいばら》いしたいらしい。

(僕だけ仲間外れにしようたって、そうはいかないぞ!)

「全然わからないよ!」

僕は思わず、すぐ背後にある自動販売機を殴りつけながら、天本に向かって叫んだ。

「妖怪《ようかい》退治って言われたって、本当のところは何してんだよ? まえに、僕を助けてくれた時は、お前そんなに疲れてなかったじゃないか、天本! 昨日からいったい、この人に何させられてんだよ?」

「あんたがそんなにムキになるほどのことではありません」

「だったら見せろよ! 僕もついていく。絶対についていくからな!」

「冗談じゃありません! 何だって、部外者のあんたを、仕事に連れていかなくてはならないんですか。だいたい、どうしてそんなにしつこいんです、あんたは」

嚙《か》み合《あ》わない言い合いを続けながら、天本は怪訝《けげん》そうに眉《まゆ》を顰《ひそ》めて、僕にそう訊《たず》ねた。

そのあまりに薄情な台詞《せりふ》が、僕の癇癪《かんしゃく》を一瞬、爆発させてしまった。

「友達を気遣《きづか》って、何が悪い! 僕こそ訊《き》きたいよ。何だってそんな不思議《ふしぎ》そうなツラしてんだよ、天本。それとも何か？　僕がお前のことを友達だと思って心配するのが、そんなに変か？　そんなに迷惑なのかよ？　僕はお前の友達じゃないのか？」

言ってしまった……。

後悔先に立たずとは、よく言ったものだ。答えのわかりきった問いをぶつけてしまった僕は、死の宣告を聞く死刑囚の気分で、天本の言葉を待った。

天本は一瞬、グッと息を呑《の》み……そして、僕を睨《にら》みつけて口を開いた。

「あんたは……」

だが僕には、その続きを聞くことはできなかった。河合が、やんわりと口を挟《はさ》んだからだ。

「ほな、君も来たらええやん。朝までに、二人揃《そろ》ってホテルに帰ってきたらええ。……その目でオレらの仕事見てみんと、気ぃすまへんのやろ？」

意地でもついていってやる……と思っていたのは確かだが、こんなふうにあっけらかんと承諾されると、気が抜けてしまう。

「……はあ」

馬鹿のように口を開けたまま頷《うなず》いた僕の視界に、同じく呆気《あっけ》にとられた表情の天本と、相変わらずニヤニヤ笑う河合が映っている。

「こんなとこで怒鳴《どな》り合《お》うてたかてしゃーないやん。いっぺん見たらわかるやろ、龍村君。テンちゃんも、友達は大事にせなアカン。な？　みんなで行こ行こ。人数増えたらおもろいやん」

「おもろいやん……って……」

「本気ですか？」

「うん。こんなガタイのええ兄さんが一緒に来てくれたら、いざっちゅう時、荷物持ちくらいにはなるやろ」

ますます唖然《あぜん》とする僕とは対照的に、さすが「弟子」と言うべきか、一足早く立ち直った天本は、表通りにちらと視線を向けた。

「河合さんがそう仰《おつしや》るのなら、俺に異存はありません。……タクシー、拾いますよ」

「うん。頼むわ」

天本は、さっと表通りへ出ていく。僕もその後を追おうとしたが、ふと盲人《もうじん》をひとりで取り残すことが気になって、河合のほうを見た。

色あせてくたびれたジーンズに綿シャツ、それに埃《ほこり》だらけのバスケットシューズという、まるで大学生のような格好をした彼は、近くで見ても年齢不詳だった。

天本の師匠というからには、二十歳《はたち》は超えているのだろう。だが、大学生なのか社会人なのか、あるいは本当に「追儺師《ついなし》」とやらだけで食べているのか、まったく外見からは推測できない。

「……手、貸しますか？」

喜んで手を差し出すほど好印象を持てない相手だが、盲人《もうじん》を放っておいて平気なほど、僕は冷酷になりきれない。

しぶしぶながら介助《かいじょ》を申し出ると、河合は見えない目を三日月のように曲げ、

「そらどうも、おおきに」と言った。そんなふうに笑うと、眼鏡の奥の目尻《めじり》に、くっきりした笑《わら》い皺《じわ》が刻《きざ》まれる。

「ほな、タクシーまで連れてってんか。悪いな」

そう言って、河合はごく慣れた様子で、僕の左腕を探り当て、肘《ひじ》の少し上あたりをすっと握った。僕は、戸惑いつつも、ゆっくりと歩きだす。

「……さっき言うたこと、忘れんといてや」

通りに出る寸前、河合はボソリと言った。僕が黙っていると、彼は低い声で言葉を継いだ。

「何聞いても見ても、その胸一つに納めてほしいんや。せやないと、君もテンちゃんもオレも、ちょいとややこしいことになる」

何ちゅーても秘密組織やからな、と言って、河合はくっと笑う。まったく、どこまで本気なのかわからないが、腕を握る手にほんのちょっと力がこもっただけで、鈍い痛みを局所に覚えた。

「ややこしいことって……」

「それは、知らぬが花っちゅうやっちゃ。それとも、話だけで怖じ気《おけ》づいたんか？」

あからさまに面白がっている口調に、僕はムッとして答えなかった。天本が捕まえたタクシーの後部座席に、少々手荒に河合を押し込む。

天本は無言で河合の隣にのり込んだので、僕は自然と助手席に座ることとなった。

「お客さん、どちらまで？」

運転手にそう問われ、僕はまだ目的地を聞いていないことに気づいた。

「あ……と」

「——までお願いします」

背後から、天本が目的地を指示した。それは、どこか聞き覚えのある駅の名前だった。

タクシーは、ゆっくりと走りだす。

(駅？　なんだってこんな時間に駅なんだよ……。あ、そこってもしかして)

僕は唐突《とうとつ》に、そこが明日の観光地である「東京タイムスリップパーク」の最寄り駅であることに気づいた。楽しかったら、自由行動の日にも行こうと思い、電車での行きかたを調べた時、ガイドブックで目にした駅名だ。

(確か……その駅って、ほとんどパーク専用みたいなもんだったよな。……じゃあ、こんな時間に遊園地か？　まさか……)

天本を問い詰めたい気持ちはあったが、バックミラー越しに僕を見ている天本の鋭い目は、「黙っていろ」と雄弁に語っている。

河合は、相変わらず眠っているような顔をして、じっと座っているばかりだ。僕は何とも居心地の悪い思いで、肩に力を入れたまま、座席で固まっていた……。

4

目的地まで、小一時間ほどかかっただろうか。タクシーは、人っ子ひとりいない駅のロータリーで、僕らを放り出した。

車から降りると、河合《かわい》は、唸《うな》り声《ごえ》を上げ、大きく伸びをした。

「あー、よう寝たわ。ほな行こか」

「はい」

走り去るタクシーのテールランプが見えなくなってから、天本《あまもと》は河合に腕を貸し、歩きだす。

「ど……どこ行くんだよ。こんな時間に駅に来たって、電車も走ってないし……人もいないし……」

二人の後に従いながら、僕は遠慮《えんりょ》がちに訊《たず》ねてみた。

「そんなもん、龍村《たつむら》君。ここ来たら東京タイムスリップパークやん。知ってるやろ？」

「知ってます。だけど、真夜中ですよ？　電気だってほとんど消えちゃってるじゃないですか！　入れやしませんよ」

「入れますよ。俺たちは、乞《こ》われてここまで出向いたんですから」

天本は、チラリと振り返って、そう言った。

「つまり……タイムスリップパークの中で仕事するってことか？　ここで化け物退治を？」

「そうです。あんたはあれこれ考えずに、ただ俺たちについてくればいいんですよ」

「……はいはい。どうせ僕は野次馬《やじうま》だよ」

海に近いせいか、夜風は町中よりずっと冷たかった。僕は学生服を持ってこなかったことを後悔しつつ、両手で腕をさすりながら歩いた。

暗がりにほの白くそびえ立つのは、パークの中央にある岩山である。山肌は赤茶けた岩なのだが、頂上付近は雪を頂いて真っ白に見えるのだ。

園内のほとんどの照明は消えていた。しかし閉園しても、何らかの作業は夜通し行われているのだろう。そこここに明かりが点《つ》き、周囲を薄明るく照らしている。まるで、廃墟《はいきょ》のような、うすら寂しい感じがした。

切符売り場の脇《わき》を通り抜け、正面ゲートにさしかかると、そこにはひとりの男が立っていた。

銀縁《ぎんぶち》眼鏡をかけた、中肉中背の中年男だ。灰色のスーツを着込み、まるで銀行員のように、愛想《あいそ》のいい笑みを浮かべている。

その男は、天本たちを待っていたらしい。見事な角度で頭を下げ、何か言いかけた男は、僕を見て少し怪訝《けげん》そうな顔をした。

「お待ちいたしておりました。……そちらの方は？」

「俺の知り合いの、龍村さんだ」

天本は、実にそっけなく僕をその男に紹介した。河合が、少しだけ色を添えてくれる。

「この龍村君な、テンちゃんのクラスメートなんやて。ま、あれこれあって、今日は見学や。べつにかめへんやろ？」

「見学……でございますか」

男は少々躊躇《ためら》うように僕の顔を見、そして気を取り直したように、眼鏡を押し上げた。

「河合様がそう仰《おっしゃ》るのでしたら、わたしに異存はございません。わたしは、お二人のエージェント、早川《はやかわ》と申します。龍村様、以後、お見知り置きを」

「あ……はあ、よろしく」

丁寧《ていねい》な自己紹介をされて、僕も慌《あわ》ててお辞儀《じぎ》を返した。冷たくされるよりはいいが、こう馬鹿丁寧な態度をとられても、かえって戸惑ってしまう。

「では、早速《さっそく》ですが、本日これからの手順をご説明いたします」

早川と名乗ったその男は、なんの迷いもなく、誰もいないゲートをやすやすと開け、園内へと、僕らを案内した。そして明かりの下で、園内地図ののったパンフレットを僕に手渡してくれた。

「要領《ようりょう》は、昨夜と同じです。……昨夜はエンシェント・ゾーンを祓《はら》っていただきました。ですから、今夜と明日の夜で、残りの二つのゾーンと、アーケードをお願いいたします」

「せやなあ。ここ、馬鹿広いもんなあ。きりきりやらんと、終わらへんわ」

「は……祓うって……？　やっぱり化け物退治するのか？　だってここ、遊園地なんだぜ？　こんなところに……」

僕は、パンフレットで顔の下半分を隠して、天本に問いかけてみた。

「遊園地には子供が多いでしょう。妖《あやか》しは、子供の無垢《むく》な魂をことのほか好むんです。だから、園内……特に暗い屋内アトラクションには、どうしても雑霊《ざつれい》が溜《た》まりやすい。そいつらが子供の『気』を喰《く》らうから、死ぬほどではないにせよ、子供が疲れてしまうんですよ。そして、だんだん園内の空気が澱《よど》んでくる。それを避けるために、定期的に俺たち術者が入って、雑霊を祓うんです」

僕があまりに不思議《ふしぎ》そうな顔をしていたからか、天本は溜《た》め息《いき》をつきながらも、懇切丁寧《こんせつていねい》にそう説明してくれた。

「で、このだだっ広い園内を、全部お祓いして回るのか？」

「……あんたのイメージとはかなり違うと思いますが……まあ、そうです。それに今回は、ちょっと厄介《やっかい》なことも起こっているらしいので」

「厄介なこと?」

「ええ……まあ、あんたが気にすることはありませんよ」

天本は、何やら話し込んでいる早川と河合のほうを、気がかりそうに見た。これ以上邪魔をしては、天本を怒らせかねない。僕はおとなしく、口を噤《つぐ》むことにした。

早川は、僕と天本をチラリと見て、こう言った。

「……というわけですね。本日、確認と下見に入らせました術者の報告によりますと、昨日の浄化は完璧《かんぺき》だそうです。……そして、やはりいちばんの問題は、パストデイズ・ゾーン内らしいと」

(問題? 問題って何だよ?)

心の中に疑問符が飛び交うが、誰に訊《たず》ねることもできず、僕はただ立《た》ち尽《つ》くしているだけである。

「オレらの言うたとおりやったやろ? ほな、最後に大御所《おおごしょ》残して、今日はそのほかんとこやってしまおか、テンちゃん。昨日、かる～いとこで練習したから、もう慣れたやろ?」

「ええ、大丈夫《だいじょうぶ》です」

天本は、いつもと変わらぬ落ち着き払った様子でそう言い、僕の手からパンフレットを奪い取った。

「ということは、今夜片づけるのは……アーケードとフューチャー・ゾーンですね」

「そうなりますね。よろしくお願いいたします」

早川は、にこやかな笑顔を浮かべて頷《うなず》いた。

河合はパンと両手を打ち合わせ、ついでに自分の頬《ほお》を何度か軽く叩《たた》いて言った。

「よっしゃ。ほな、早いとこ取りかかろか。さくさくやってしまわんと、終わらへんし」

天本も、学生服のポケットから何やら取り出し、両手に嵌《は》めた。見ればそれは、黒い革《かわ》手袋《てぶくろ》だった。甲の部分に、小さな星の模様が、銀色の糸で縫《ぬ》い取《と》られている。

奇妙な代物《しろもの》だが、おそらく化け物退治に必要なアイテムででもあるのだろう。

河合は、天本に導かれ、巨大な温室のようなアーケードの入り口前に立った。

天本も河合も、僕の存在など忘れてしまったかのようだ。僕は少し後方で、なんとも居心地悪く、早川と並んで立っていた。

「……天本様の、クラスメート……ということは、やはりご旅行中なのですね？」

あくまで低姿勢に問われ、僕はドギマギして答えた。

「あ、はい。そうです。その……すいません、仕事の邪魔をしてしまって」

「わたしに謝罪なさる必要はありませんよ」

早川はそう言って、もう一つ質問してきた。

「河合様ともお知り合いですか？」

「いえ……さっき会ったばかりです。全然知り合いじゃありません！」

僕の語調によほど険《けん》があったのか、早川は吹き出しそうになるのを片手で隠して堪《こら》え、そして宥《なだ》めるような調子で言った。

「河合様は、誰に対してもああいう調子で接する癖のある方で……さぞ戸惑われたことでしょう。ですが、術者としての腕は一流で、天本様にはよい師匠、先達《せんだつ》であられますよ」

それは、見ればわかる。天本が、あんなに誰かを信頼しきった様子をしているのを、僕は見たことがない。僕が知っているのは、いつも群れから離れ、冷めきった眼差《まなざ》しで他者を見ている、一匹狼《いっぴきおおかみ》のような天本だ。

それが、河合に対している時の天本は、普段《ふだん》よりずっと年相応《そうおう》に見えた。まるで兄に教えを乞《こ》う弟のように、河合を見る目には、素直な尊敬の念があった。

だからこそ……僕は苛立《いらだ》っているのだ。

河合にあまりいい印象を持てないのも、何となく気後れしてしまうのも、二人の間に、僕と天本の間には望むらくもない固い絆《きずな》が……確かな信頼関係が存在しているからなのだ。

黙り込んだ僕に、早川は優しい声で言った。

「あなたは、天本様にとって、特別なお友達なのですね」

「……え？」

僕は、キョトンとして早川を見る。早川は頷《うなず》き、静かに言葉を継いだ。

「わたしがそんなことを申し上げるのもおかしな話ですね。しかし、天本様が、ご自分のお知り合いをわたしに会わせてくださったのは、これが初めてなんですよ」

「……へえ……。でも、誘ってくれたのは、その、河合さんのほうで……」

「それでも、です。天本様はあれで気性の激しいところがおありですから、たとえ河合様の仰《おお》せでも、本当にお嫌なら、決して承服なさらなかったでしょう」

僕の顔から、困惑と微《かす》かな喜びを感じ取ったのだろう。早川はにっこりして、前の二人の背中を見やった。

「これから、お二人はアーケード……このアーケード全体と、フューチャー・ゾーンを浄化して歩かれます。その前に、河合様が必要なエリアに結界《けっかい》を張るため、意識を集中しておられるのです」

「結界？」

そういえば、天本と出会った時、奴《やつ》は僕が「雑霊《ざつれい》」を大量に教室に持ち込んだため、奴の「結界」を乱してしまったと文句を言った。その時奴が、いかにも嫌々説明してくれたのは……。

「何だか、エネルギーで作るバリアーみたいなものだって天本が言ってたような……」

「そうです。ですが河合様は目が不自由でいらっしゃるので、場内の広さを把握《はあく》しがたいのです。ですからああして、天本様がサポートしておられます」

そういえばもう二人とも足を止めているのに、河合はまだ、天本の腕をしっかりと摑《つか》んだままだ。

「サポート？」

「ええ。ああして身体《からだ》を接触させることによって、天本様は視覚的な情報を、河合様に伝えておいでなのです」

「はあ……。器用ですね」

仕事に取りかかり、僕に注意を払う余裕のない二人に代わって、早川は、自分が解説役に徹することにしたらしい。余計な仕事を増やしてしまったようで、僕は思わず恐縮しつつも、話し相手がいることに安堵《あんど》した。

「じゃあ、今あの二人はもう、その、作業に取りかかってるわけですね？」

「ええ。……ですから、集中を損《そこ》なわないために、幾分《いくぶん》声を抑えていただけると助かります」

僕はいったん話を打ち切り、河合と天本の背中を斜め後ろから見つめた。河合は、口の中で何やら低く唱《とな》えつつ、空いたほうの手を顔の前に……拝むように置いていた。

天本は切れ長の目をあちらこちらに注意深く走らせている。奴《やつ》が見たものすべてが、まるで電流のように腕を伝い、河合の盲《めし》いた目に映っているのだろうか。

河合は、固く目を閉じたまま、軽く顔を仰向《あおむ》けた。プラネタリウムでも見ているように、夜空にぐるりと首を巡《めぐ》らせる。その顔は、さっきまでのそれより、ほんの少し真剣《しんけん》に引き締まって……は見えない。

相変わらず、蛙《かえる》が昼寝しているみたいな表情のままで、河合は片手を真《ま》っ直《す》ぐ天に伸ばした。

「……あ！」

僕は思わず驚きの声を上げる。闇《やみ》の中、河合の全身が、淡い水色の光に包まれる。ピンと伸びた人差し指の先から、ひときわ眩《まぶ》しい光が、リボンのように長く高く、様々な方向へと放たれる。光の数本は、僕と早川のすぐ後ろで、地面に触れ、消えた。

「あれが……結界《けっかい》？」

「そうです。ああして、『気』で見えない壁を作り、ある一定の広さの空間を、外界から隔ててしまうのです。ですから……今、ここで何が起ころうとも、結界の外にいる人間には見えませんし、妖《あやか》しも外へ逃げ出すことができません。……言うなれば、目に見えない檻《おり》のようなものですね」

「へえ……」

僕は、半信半疑で早川の解説を聞いた。そして、怖々、僕の背後……さっき、光が通ったあたりへ、手を動かしてみた。

……と、何もないはずの暗い空間で、電気ショックのような鋭い痛みが指先に走る。僕は慌《あわ》てて手を引っ込めた。

「ほな、行こか。昨日んとこより建物の中に隠れてる奴《やつ》が多いやろし、気ぃつけてやりや、テンちゃん」

河合はそう言って天本の肩を叩《たた》くと、一歩下がった。天本は頷《うなず》き、大きく一つ深呼吸した。綺麗《きれい》なラインを描く肩を、軽く上下させ、力を抜く。

「臨《りん》、兵《ぴょう》、闘《とう》、者《しゃ》、開《かい》、陣《じん》、列《れつ》、在《ざい》、前《ぜん》！」

冷たい夜の空気に、天本の鋭い声が響き渡った。意味はわからないが、一言ごとに、片手が刀のように、虚空《こくう》を切り裂いていく。横、縦、横、縦……と、素早く、規則的な動きだ。

「九字《くじ》の真言《しんごん》です。これでこの場を清め、これから妖魔《ようま》を退じる準備をしたのです」

早川が、耳元で低く囁《ささや》いてくれる。僕は黙って頷いた。

天本の手は優美に、しかし素早く動き続けている。両手の指を様々な形に組み合わせ、それと同時に、お経《きょう》のような呪文《じゅもん》を唱《とな》え始《はじ》める。

「ノウマクサンマンダ・バサラダンセン・ダマカロシャダソワタヤ・ウンタラタカンマン！　オン・キリキリ……オン・キリキリ……」

いかにも怪しげな響きだが、異様な迫力がある。空気がピンと張りつめているのがわかるし、肌が火に炙《あぶ》られたようにチリチリした。

「何か……お見えになりますか？」

早川が、そんなことを訊《たず》ねてきた。僕はかぶりを振り、早川の銀縁《ぎんぶち》眼鏡の奥の細い目を見た。

「見えません。……早川さんは、見えるんですか？」

「いいえ。……ですが、お二人には見えておられるのでしょう。妖《あやか》したちが、天本様の真《しん》言《ごん》により建物の内外で、逃げられぬよう縛られるのが……」

「河合さんにもですか？　でもあの人は……」

思わず、少し声が高くなってしまったらしい。いつの間にか、僕のほうを向いていた河合が、にま、と笑いかけてきた。

「オレな、この世のもんと違うもんは、ぼやーっとやけど見えるんや。おもろいやろ」

「……そうですか」

どうも、河合に対しては、早川に対するようには素直な口がきけない。無意識に張り合ってしまうようだ。

言葉の響きで、僕の心のわだかまりを感じたのか、河合はヒョイと肩を竦《すく》め、天本のほうを向いてしまった。

河合が呑気《のんき》な声を出しても、天本の集中は少しも緩《ゆる》まなかった。驚くほどややこしい印《いん》を結びつつ、天本の声は凛《りん》と響く。

「ノウマクサンマンダ・バサラダンセン・ダマカロシャダソワタヤ・ウンタラタカンマン！」

僕は、新たな説明を求めるように、早川を見た。場違いなところに迷い込んでしまった銀行員のような彼は、口座開設方法を説明するように、丁寧《ていねい》に教えてくれる。

「こうして、妖《あやか》しを真言《しんごん》と印《いん》で縛り、動けなくするのです。これを霊縛《れいばく》といいます。そうしておいてから、妖しを調伏《ちょうぶく》することによって、場を浄化するのですよ」

「……なるほど」

そんなどこか呑気《のんき》な会話をしている間にも、天本の手は休みなく動き続ける。

「ノウマクサラバタタ・ギャテイヤクサラバ・ボケイビャクサラバ・タタラセンダ・マカロシャケンギャキサラバ……」

僕は息を詰めて、天本の背中をじっと見守っていた。

舌を噛《か》みそうな呪文《じゅもん》、いや真言とやらを言い終えた天本は、ふうっと息を吐いた。弱々しい照明に、天本の顔は陶磁器《とうじき》のように白く照り映えていた。

いったん下ろされた腕が再びゆっくりと上がり、そして人差し指の先が、ゆるゆると文字を書くように動く。

「ノウマクサンマンダ・バサラダンセン・ダマカロシャダソワタヤ・ウンタラタカンマン！　……悪霊妖魔邪気調伏《あくりようようまじやきちようぶく》！」

ひときわ激しい、裂帛《れつぱく》の気合いとともに、天本の両の手のひらから、さっきの河合より眩《まぶ》しい光の筋が、洪水のように放たれた。

白銀の清浄な光に網膜《もうまく》を灼《や》かれ、僕は思わず片腕で目を庇《かば》った。慣れているのか、早川は少しも動じず、目の前の光景を見ている。

ボン……ボンッ！

花火が弾《はじ》けるような音が、あちこちで起こった。怖々腕をどけ、見ると、天本の手から放たれた光は、建物の中に、次々と飛び込んでいく。そして窓越しに、パアッと明るい光が見えるのと同時に、その奇妙な音が聞こえるのだ。光と音は、アーケードのあちこちで、無数に起こった。

「あれって……」

「天本様が放った光が、妖魔《ようま》を灼《や》き尽《つ》くしているのです」

「それが、浄化してるってことですか？」

「そういうこっちゃ。……ようやった、テンちゃん」

河合に声をかけられて、天本はふうっと、深く、そして長い息を吐いた。

僕らのほうを向いた天本の顔は、暗がりにも、酷《ひど》く疲れて見えた。無理もない。僕の目を眩《くら》ませるほどのエネルギーを、自らの体内から発散させたのだ。

「……やはり大量処理には、まだ慣れません。手間取りました」

しかし、冷めた声でそう言った天本は、端正な顔を歪《ゆが》めた。どうやら、自分の望んでいる成果は得られなかったらしい。

(……十分凄《すご》かったけどな)

何も言えない僕は、心の中でそう思いつつも、ただ、そんな天本を見ているしかなかった。

だが河合は、唇《くちびる》を噛《か》んで俯《うつむ》いた弟子のそばに歩み寄ると、手探りで触れた頭を、ガシガシと勢いよく撫《な》でた。

「何をしょぼくれ坊主になっててんねん。昨夜に比べたら、えらい進歩やで。言うとくけど、今日はオレ、ちょっとしか力貸してへん」

「ですが……」

顔を上げた天本は、縋《すが》るような目で河合を見た。少年らしい、心細そうな顔つきだった。河合は、眉尻《まゆじり》をうんと下げ、困ったような顔でこう言った。

「ですがもへったくれもあらへん。何でも完璧《かんぺき》にできる奴《やつ》なんか、ちーとも可愛《かわい》ないやん。テンちゃんは、呑《の》み込《こ》みもええし、こつこつ頑張《がんば》るから、ええ弟子や。師匠がそう言うねんから、素直に喜んどき。な？」

「……はい」

あるいは、ほんの少し赤面しているのかもしれない。そう思えるほどに、天本ははにかんだ笑みを浮かべ、頷《うなず》いた。

「…………」

僕は少し離れて、そんな二人をじっと見ていた。

どうやら両親にはあまりかまわれていないらしい天本に、こんなふうに頼れる年長者がいてよかった。そう思う心のどこかに、キリキリと針で刺されたように鋭く痛む箇所《かしょ》がある。

(僕じゃ、あんなふうに天本に頼ってもらえないんだよな。あんなふうに天本のこと、慰めたりとか励ましたりとか、できるわけないもんなあ……)

それが「嫉妬《しっと》」と呼ばれる感情であることに気づいていながらも、認めたくない自分が、確かにそこにいた……。

5

結局、河合《かわい》と天本《あまもと》は、アーケードでしたのとまったく同じことを、フューチャー・ゾーンでもう一回やってのけた。

そして、最後にゾーンの何か所か——決して客の目には留まらないところ……に、ペタペタとお札《ふだ》（本当は「符《ふ》」というものらしい）を貼《は》りつけた。

「大変お疲れさまでございました。……明日も、午前二時過ぎ、この場所でお待ち申し上げております」

早川《はやかわ》はそう言って、まだ暗い空の下、滑るようにやってきた車に、僕らをのせ、見送ってくれた。

「ちょっと時間食ってしもたなあ。……大丈夫《だいじょうぶ》か、間に合うか、朝飯？」

河合は、心配そうに僕らに訊《たず》ねた。窓硝子《まどガラス》に頭をもたせかけ、目を閉じてしまっている天本に代わり、助手席に座った僕は、首をねじ曲げて答えた。

「何とか大丈夫だと思います。……先生に見つからなければ」

「先生？　ああ、それやったら、小一郎《こいちろう》を使《つこ》うたらええねん」

「小一郎を？」

「うん。小一郎を先に行かせたらええ。あいつに偵察させて、誰もおらんとこ選んで帰ったらええねん。テンちゃん、連れてきてるんやろ？」

「…………」

答えはなかった。どうやら天本は、車にのり込むなり、眠ってしまったらしい。

「……たぶんポケットに入れとるわ。ホテル着いたら、出さしたって」

「はあ」

僕は曖昧《あいまい》に答え、運転手に気兼ねしながらも、大きくセンターにのり出し、死んだように眠っている天本の様子を窺《うかが》った。

天本は、昨日の朝、ホテルに帰ってきた時よりも、憔悴《しょうすい》しきって青ざめた顔をしていた。朝の点呼に間に合ったとしても、その後動けるとはとても思えない。

（どうするかなあ……。おまけに、今日は……）

「なあ龍村《たつむら》君。今日はどこ行くことになってるんや？」

僕の胸の内を読んだように、絶妙のタイミングで河合が訊《き》いてくる。僕は、わざとつっけんどんに答えた。

「たった今、後にしてきた、東京タイムスリップパークですよ」

僕の答えを聞くなり、河合はクックッと笑いだした。

「何やて？　そらええわ。今度は営業時間内にお出ましやなあ。まあ、夜のもう一仕事に響かん程度に、たっぷり遊んできたらええやん」

「……冗談じゃないですよ！」

誓って、喧嘩《けんか》したいと思っていたわけではない。だが、どうしても河合に対する怒りを抑えることが、その時の僕にはできなかったのだ。僕は、シートの背もたれを拳《こぶし》で叩《たた》き、河合を怒鳴《どな》りつけていた。

「天本、こんなにくたびれちまって……。遊べるわけないじゃないですか。そりゃ、天本はあんまり修学旅行が楽しみで楽しみでってタイプじゃないけど、それでもこいつだって、学生らしく楽しく過ごす権利はあるでしょう！　どうしてあんた、こいつにあんなつらい仕事させてるんです。旅行の間くらい、ただの学生でいさせてやったっていいじゃないですか。これじゃあんまり天本が……」

「可哀相《かわいそう》、とか言わんといてや、龍村君」

僕が憤《いきどお》りのままに吐き出した言葉は、途中でもの柔らかに、しかし容赦《ようしゃ》なく遮《さえぎ》られた。河合は、ゆったりとシートにもたれ、枯れ枝のように細い脚を組んで、穏《おだ》やかに言った。

「さっきも同じようなこと言うとったな、君。あん時は、敢《あ》えて言わんかったけど、オレは何も、ホンマに無理やり仕事させてるんと違うで、龍村君。確かに、手伝《てつど》うてくれたら嬉《うれ》しいとは言うたけどな」

「だったらやっぱり……」

非難し続けようとした僕に、河合は急にこんなことを訊《たず》ねてきた。

「なあ、龍村君。ほな君、盲導犬《もうどうけん》を可哀相《かわいそう》やと思うか？」

「……え？」

「盲導犬て、さんざんこき使われて、その辺の飼い犬が普通にしてるような遊びをさせてもらえんかって、可哀相やと思うか？」

「そんな……ことは……」

困惑する僕に、河合は小さな子供に噛《か》んで含めるような物言いをした。

「わからへんか？　ホンマんとこは、そうやないねんで。犬がいちばん嬉しいんはな、自分のしたことを飼い主が喜んでくれるこっちゃ。盲導犬は、普通の犬よりずっと大変やけど、ずっとずっと飼い主に喜ばれとんねん。オレら盲人は、誰かが目になってくれることが、何よりありがたいやん。盲導犬飼《こ》うたことのある者は、犬にいっつも感謝して暮らしとる。そんで、そういう飼い主の思いを、犬は全身で感じとるねん。それが、犬の何よりの喜びや」

呆気《あっけ》にとられていた僕の胸に、再び怒りの炎が燃え始めた。

「つまり……あなたが言いたいのは……天本は、あなたの盲導犬だって、そういうことですか？　あなたの役に立てて天本が喜んでるから、好きに使っていいんだって、そういうことなんですか？」

「そうやない。ええか、よう聞いてや、龍村君」

河合は少し困ったような顔で、考え考え話し始めた。さっきより、ほんの少しトーンの落ちた声だった。

「こいつな、早川さんにスカウトされて、この仕事始めよってん。高校一年の冬からや。そんで、オレの『助《すけ》』……ええと、まあ助手のこっちゃ……になったんや。最初、無愛想《ぶあいそう》なガキでなあ。ろくに口はききよらんし、口開いたら嫌味っちゅうか皮肉っちゅうか、何しか可愛《かわい》ないことしか言わんし、いっつも機嫌《きげん》悪い奴《やつ》でなあ。わかるやろ？」

「……ええ」

僕は黙って頷《うなず》き、しかしそれでは盲人《もうじん》の河合にわからないことに気づき、ワンテンポ遅れて返事をした。河合は、自分も小さく頷き、へへ、と笑みを浮かべて話を続けた。

「かなわんなあ、って思てん。えっらい難儀《なんぎ》な弟子押しつけられたーってな。……せやけどな、さっき見たみたいな調伏《ちょうぶく》の初歩の初歩から教え始めるとな、テンちゃん、めちゃくちゃ筋ええねん。いっぺん教えたら、次ん時にはモノにしとるし、熱心やし。……そんで、感心して褒《ほ》めたら、ごっつい照れるねん」

そんな時の天本の顔が、僕には容易に想像することができた。僕が初めてあいつの……つまり、その手の能力を目の当たりにして感嘆した時、天本はこちらが驚くほどあからさまに照れ臭そうな顔をしたものだ。

「そん時にな、こいつカワイイなあ、ってオレ思てん。そんで、わかったんや。……テンちゃん、オレと会《お》うた時あんなに荒《すさ》んでたん、自分の価値を見いだされんといたからなんやって」

「自分の、価値？」

「せや。誰かの役に立って、誰かから頼りにされることとか、誰かにごっつい褒《ほ》められることとか、そういうのがテンちゃんには必要やってん。……オレ、テンちゃんの家がどないなことになっとるんかは知らんで。せやけど、テンちゃん、誰にも頼れんと生きてきたんやなあ、って直感でわかってん」

「誰にも……頼れずに？」

河合は、うんうんと頷《うなず》いた。

「ひとりで気ぃ張って、ずうっと頑張《がんば》ってきたんやなってなあ。せやし、誰か頼れる人間ができて、ホッとしたん違うかな。オレやったら全然力不足かもしれへんけど。下駄《げた》預けられる誰かにあれこれ教わって、面倒みてもらって、そんでその人の役に立って褒められて、頼りにされるんが嬉《うれ》しい。自分で考えんでも、誰かが行く道教えてくれるんが楽やし、嬉《うれ》しい。そういうことと違うんかなあ」

「……だから、今回もこんなに頑張《がんば》っちまってるってこと……ですか」

僕の声からも身体《からだ》からも、徐々に怒りの熱が引いてしまっていた。河合の言葉が、胸にジワジワ沁《し》みて、妙に切ない思いに変わってきたのだ。

悔しいが、河合の言うことが、嫌になるほど納得できた。さっき天本が見せた表情……それこそ飼い主に忠実な犬のような、はにかみと喜びと誇りが綯《な》い交《ま》ぜに輝いた、あの子供じみた顔つき。

あの顔を思い出しただけで、僕はこの河合という男を、天本がどれだけ慕っているか、そして信頼しているかを推し量ることができた。

「テンちゃん、個人の家とかもっと小さな場所での仕事は上手《うま》いんやけど、今回みたいな大きな場所におる妖《あやか》しを、一気に調《ちょう》伏《ぶく》するんは初めてやねん。せやから昨日の夜はちょいと手間取ってな。今日はずいぶん上達しとったわ。偉いもんや。……せやけど、後先考えんと、こんなにクタクタになってしもて」

河合は、僕のほうを見て、にま、と笑った。

「堪忍《かんにん》な、龍村君。また迷惑かけるけど、テンちゃんの面倒みたって」

「……あなたにそれを言われなくたって、僕はちゃんとそうしますよ」

せめてもの虚勢《きょせい》を張り、僕は無愛想《ぶあいそう》に言い返した。勝てない相手に喧嘩《けんか》を売る自分の無《ぶ》様《ざま》さにうんざりしていたが、それでもそうせずにはいられなかったのである。

「わかっとる。オレがそんなん言わんでも、龍村君ならテンちゃん見捨てたりせえへんもんな。……ありがとうな、テンちゃんのために、そんなに必死になってくれて」

心からの言葉だった。悪態《あくたい》をつき続けようとする僕の心が、グラグラと揺れる。そしてそれは、何より明らかに、声に表れてしまった。

「そ……それだって、あなたに言われる義理は……」

「あるんや。師匠として、礼言うとくわ。……オレ、テンちゃんの友達に会うん初めてやけど、たぶん、龍村君以外に友達いてへんのやろな。ようの龍村君の話しよるねんで、テンちゃん。それも嬉《うれ》しそうになあ」

「何言ってるんですか。天本は……」

僕は、まさか自分が話題になっているとも知らず、熟睡している天本の寝顔を見ながら、思わず愚痴《ぐち》をこぼしてしまった。

「天本は、僕のことを友達だなんて思ってませんよ」

だが河合は、笑いながらかぶりを振った。

「そんなことあらへん。照れ屋やから、言葉にできへんだけやって。……テンちゃん、龍村君のことはホンマに好きやで」

「……まだまだ頼れはしないけど、ですか？」

「せやせや」

挑むように口にした言葉を、河合はいとも簡単に肯定し、さらりと流してみせた。

勝てない、と思った。まだまだ、この人には勝てない。だが、いつか。

「だけど、僕は……。いつかあんたよりずっと頼れる大人になりますよ。あんたなんかよりずっと、天本に頼られる大人にね」

言った僕が驚くような台詞《せりふ》だった。自分でも気づかなかった感情が、河合によって、いとも簡単に引き出されてしまったのだ。

そして、河合はそれに対して何も言わなかった。ただ、破顔一笑して、大きく一度、頷《うなず》いただけだった……。

*　　　*

ホテルで僕たち二人を降ろすと、河合はそのまま車でどこかへ去っていった。

「……まあ、次会うんはいつかわからへんけど、そん時はまあ、よろしゅうな」

そんな言葉を残して。

河合の第一印象は劣悪だったが、今はそこまで悪い人間だとは思えない。それでも……

こういうのは年長者に対して失礼かもしれないが、僕は彼を好敵手のように感じていた。

そして、中途半端《ちゅうとはんぱ》な睡眠段階で叩《たた》き起《お》こされたせいで、天本は車を降りた後も、半分寝たままだった。

僕は奴《やつ》の学生服のポケットから小一郎を摑《つか》み出《だ》し、河合に指示されたとおり、先生や早起きした生徒たちがいないか、偵察してもらった。

そして、柔らかい足で頼りなく歩く羊《ひつじ》人形に先導され、巨大な人形よろしく立っているのがやっとの天本を抱え、やっと部屋にたどり着くことができたのだった。

窓の外は、ずいぶん明るくなっていた。だが起床時刻まで、何とか二時間ほどは眠れるだろう。

支えている手を離した途端《とたん》に、天本は文字どおりバッタリと、ベッドに沈み込んだ。

「あああああ。せめて上着脱いどけ。皺《しわ》になるじゃないか」

僕は、俯《うつぶ》せに寝転がったままの天本から学生服を脱がせ、靴を引っぺがしてやった。極限まで疲労しているのだろう、天本は低く唸《うな》っただけで、指一本すら動かせない様子だ。

僕はそうしておいてから、自分もベッドに潜り込んだ。

よく考えると、僕だって徹夜明けなのだ。見ているだけだったから、天本ほどは疲れていないとはいえ、これから一日、おそらくは昨日以上に使えない天本のお守りをしなくてはならないのだ。

（少しでも、眠っておかないとな……）

しかし、慣れないことばかりで、神経が高ぶっているのか、少しも眠くない。

仕方なく僕は、せめて身体《からだ》だけでも休めるべく、ベッドに横たわったまま、徐々に明るさを増してくる部屋の景色を、ぼんやりと見ていたのだった……。

＊　＊

そして、午前十時。

僕らは、無事ほかの生徒たちと一緒に、東京タイムスリップパークに来ていた。

天本を起こすのは至難《しなん》の業《わざ》だったが、何とかベッドから引きずり下ろして顔を洗わせ、朝食の席に座らせた。

今朝は洋食で、僕の分も含めコーヒーを二杯飲めたのが、奴《やつ》にとってはせめてもの幸いだったらしい。それからバスに乗り込むまでは、何とか目を開けて、自分の足で歩いてくれた。

言うまでもないが、それから東京タイムスリップパークに着くまで、奴も僕もぐっすり眠り込んだ。何しろ、何も考えなくても、現地に連れていってくれるのだから、安心なのだ。

おかげで、

「ちょっと。二人して何よ。……夜通し語り明かしでもしたの？」という声とともに、津山《つやま》にユサユサ肩を揺すられるまで、僕は夢すら見ずに眠りこけていた。

ゲートを入ってすぐのところで記念撮影をすませると、僕たちは解散して自由に園内を歩き回ることを許され、一枚ずつパスポートを渡された。

これで、集合時間の午後六時まで、園内のどんなアトラクションにもただでのれるわけだ。

解散してすぐに僕と天本がしたことは、まずアーケードの入り口に立ち、周囲を見回すことだった。

数時間前に見た光景とはあまりにも違う、夢の国への入り口が、そこにはあった。

何種類もの制服、家族連れ、カップル……園内は人で溢《あふ》れかえり、陽気な音楽が流れ、お約束の着ぐるみ人形たちが、子供たちに取り巻かれていた。

緑や紫の恐竜の着ぐるみが、このパークのマスコットキャラクターらしく、パスポートにも、およそ可愛《かわい》くないそれらが、でかでかと印刷されていた。

「なあおい。昨夜のことは、本当なんだよな？」

僕は、そう訊《たず》ねずにはいられなかった。

「あんたが立ったまま寝ていなかったならね」

天本は、充血した目を鬱陶《うっとう》しげに眇《すが》め、ボソリと言った。そしてこう続けた。

「龍村さん。あんた、特定のアトラクションに固執《こしゅう》しますか？」

「……いや、べつに。お前は？　何かのりたいものでもあるのかよ」

問い返すと、天本は「いいえ」と口の中で答え、そして言った。

「だったら、毒を喰《く》らわば皿まで……ということで、昨日の仕事を検証するのにつきあってほしいんですが」

「検証？　ああ、その……何だっけ？」

「調伏《ちょうぶく》」

「そうそう、それ。それが上手《うま》くいったかどうか、確認するわけだな？」

「そうです」

「だけど、僕にはそういうの見えないぜ？　お前はそれをよく知ってるはずだろ？」

大丈夫《だいじょうぶ》です、と言って、天本はポケットから例の羊《ひつじ》人形を取り出し、僕の手のひらにのせた。

「小一郎が、あんたを手助けしますよ。そいつをポケットに入れておけば、あんたにも見えるはずです。おそらくは、ぼんやりと、ですがね」

「へ……へえ」

僕は感心して、手のひらにすっぽり収まる柔らかい人形を、しみじみと見た。周囲に人がいるので、小一郎はぴくりとも動かない。なかなかに偉い奴《やつ》だ。

「何だか実感湧《わ》かないけど、まあよろしくな、小一郎」

　僕は小さな声で囁《ささや》き、指先で羊《ひつじ》の頭をちょいと撫《な》でると、シャツの胸ポケットに入れた。

「で、どうすりゃいいんだ？」

　天本と並んでアーケードの中を歩きながら、僕はキョロキョロと落ち着きなく両側に立ち並ぶ店を眺《なが》めた。どの店にも、菓子やキャラクターグッズが所狭しと並び、入園早々、土産物《みやげもの》を物色する気の早い客たちで賑《にぎ》わっている。

　天本は、腫《は》れぼったい瞼《まぶた》を指で揉《も》みながら、自分も硝子《ガラス》張りの天井を見上げた。

「とりあえず、昨日歩いたところを、一緒に歩いてもらえれば助かります。今朝、符《ふ》を貼《は》りましたから、新たな妖《あやか》しが入り込むことは、しばらくありません。ですが、俺が未熟なせいで、捕らえきれなかった奴《やつ》が残っていると困るんです」

　河合さんの名前に傷がつくから、とつけ加えて、天本は小さな溜《た》め息《いき》をついた。この二日間で、ただでさえ無駄《むだ》な肉のない顔が、さらに少し瘦《や》せてしまったような気がする。顔色が悪いせいかもしれない。

「なあ。ここともフューチャー・ゾーンを歩けばいいんだろ？」

「ええ」

「だったらさ、それが終わったら、どっか……そうだな、ベンチでも芝生でもいいから、寝転がって一眠りしようや」

そう言ってみると、天本は軽く眉《まゆ》を顰《ひそ》めて僕を見た。

「一眠り？」

「うん。だって、今夜もまた出かけるんだろ？　だったら少しでも眠って、疲れを取ったほうが……」

「あんたがそんなことを気にすることはありません。……言っておきますが、今夜は、昨夜のような真似《まね》はせず、部屋でおとなしくしていてください。いいですね？」

天本はプイとそっぽを向き、つっけんどんにそう言った。

（河合さんと話してる時とは、えらく違うじゃないか）

そんな憤《いきどお》りがこみ上げて、僕は返事をしなかった。すると天本の奴《やつ》、怒った顔をして、念を押してきた。

「聞いているんですか？」

「……聞いてるよ」

さすがに不機嫌《ふきげん》になった僕の返答に、天本はちょっと物言いたげな視線を投げてきたが、しかしそれ以上何も言わなかった。

僕たちは、笑顔の人々ばかりのいる園内を、二人して仏頂面《ぶっちょうづら》で、しかも他人が見ればまったくあらぬ方向ばかりを見て、妖《あやか》しを捜しながらうろつき回った。

二時間ほどかけて、僕たち二人はアーケードとフューチャー・ゾーンの中を歩き回った。フューチャー・ゾーンでは、天本言うところの「妖《あやか》しが潜みやすい暗がりや物陰が多い」アトラクションにも、片《かた》っ端《ぱし》から入ってみた。

その中でも、最も印象的だったのは、「プラネタリウム・コースター」……宇宙船にのり、暗闇《くらやみ》の中を電飾の銀河を見ながら走る、ジェットコースターだ。

そこで僕は、驚愕《きょうがく》の事実を知ってしまった。

天本は、ジェットコースターに弱いのだ。というか、有《あ》り体《てい》に言うなら、怖いらしい。思えばのる前から、天本は様子が変だった。奴《やつ》にしては珍しいほど落ち着きがなく、一周して降りてきた客たちの会話に、ヤケに熱心に耳をそばだてていた。わけもなく深い溜《た》め息《いき》をついたり、地面を爪先《つまさき》で蹴《け》ってみたり。

そして……。実際にのってみると……。

子供でものれるジェットコースターであるから、決して想像を絶するスピードではなかった。宙返りするわけでも、物凄《ものすご》い急降下をするわけでもない。

ただ、レールが見えないせいで、次にコースターがどんな動きをするかわからない。それがスリリングなだけで、周囲の「星」を楽しむ余裕だってある。

それなのに、天本はずっと、埴輪《はにわ》のように固まっていた。

あまりに奴が静かなので、暗がりで目を凝《こ》らしてみると、天本は、渾身《こんしん》の力で手摺《てす》りを掴《つか》み、必要以上に両足を突っ張って、全身を硬直させていたのである。いつもは完璧《かんぺき》な美《び》貌《ぼう》を誇るその顔も、気の毒なほど引きつっていた。恐怖で、声も出せない状態らしい。

たとえるなら、ムンクの「叫び」。あれに瓜《うり》ふたつだ。

おかげで後半は、そんな天本を見ることに熱中してしまい、せっかくの美しいプラネタリウムを楽しむことすら、僕は忘れていた。

「……おい、天本。大丈夫《だいじょうぶ》か？」

コースターから降りた僕は、どこかヨレヨレしている天本の腕を取り、その顔を覗《のぞ》き込《こ》んだ。蒼白《そうはく》を通り越して、土気色《つちけいろ》の顔をした天本は、片手で口を押さえ、少し潤《うる》んだ目で僕を睨《にら》んだ。

「ちょっと酔っただけです」

唇《くちびる》を覆《おお》う手の下から、そんな言葉が漏《も》れる。

「酔ったって……お前、駄目《だめ》だったのか、ジェットコースター」

僕の声があまりに驚きに満ちていたせいか、それとも、どうしても我慢できなくて、ちょっと笑ってしまったせいか、天本は切れ長の目を吊《つ》り上《あ》げ、僕の手を振り払った。

「仕事でなければ、誰がのるもんですか、こんな悪趣味な乗り物なんか。……それより、妖《あやか》しはいたんですか？　ちゃんと見てくれていたんでしょうね？」

（つまり、自分は見ている余裕がなかったってことだよな！）

さっきの天本の醜態《しゅうたい》を思い出すと、笑いを堪《こら》えようとしても、肩が震えてしまう。僕は、わざとらしい咳払《せきばら》いをして、頷《うなず》いた。

「ああ。見てた。何もいなかったと思うぜ」

本当は、見ていたのは妖《あやか》しではなく天本なのだが、そのことにも気づかないほど怖かったらしい。

（こいつ……変なところで本当に可愛《かわい》いよな）

そんな思いを隠すべく、僕は顔を見られないように、先に立って歩きだした。天本は、後ろからよろめきながらついてくる。

その場に居合わせた同級生たちは……特に女子は、僕と天本が一緒に出てきたのを見て、好奇の視線とからかいの声を投げかけてきた。が、僕も天本も、それを完全に黙殺して、外に出た。

客は、時間が経《た》つにつれ、ますます増えてきたようだった。ジェットコースターの順番待ちの列も、僕たちの時よりずっと長くなっている。

「ほら見ろよ、人気アトラクションなのに、あんなに嫌がっちゃ可哀相《かわいそう》じゃないか」

「三半規管《さんはんきかん》によくありませんよ、あんな暴力的な乗り物は」

天本はそう吐き捨て、両手で前髪をぐいと掻《か》き上《あ》げた。僕は肩を竦《すく》め、周囲を見回した。ちょうど少し先で、恐竜の着ぐるみたちが、楽隊の音楽に合わせてダンスしている。

どうやら、列に並ぶ客たちへのサービスらしい。

「わあ、生演奏だぜ天本。見ろよ、けっこう踊りも上手《うま》いもんじゃないか」

思わず歓声を上げた僕に、天本は苦笑混じりに頷《うなず》いた。顔色が少しよくなっている。

「ええ。……こういうところには初めて来ましたが、確かにいい出来の人形ですね。中に入っている人間も、よく訓練されている」

「天本も初めてなのか、東京タイムスリップパーク」

「東京タイムスリップパークというか……遊園地に来るのが初めてです」

さりげなく告げられたその言葉に、僕は仰天《ぎょうてん》した。

「ちょっと待て。小さい頃、遊園地に連れてってもらったろ、親に」

天本は、あっさりと首を横に振った。

「いいえ。そんなことをしてくれる親ではありませんでしたし、俺も行きたいと思ったことがないので」

「……ほんとかよ。ごめん、悪いこと訊《き》いた」

僕は、何だか申し訳ない気持ちになって、頭をボリボリ搔《か》いて謝った。だが天本は、サラリと言い放った。

「哀れんでくれなくてもいいですよ。そのことを悲しいと思ったことはありませんから」

そんな冷めた言葉にも、僕の胸は痛むばかりだった。

（こいつ……どんな育ちかたしたんだろう。両親ってどんな人たちなんだろうなあ）

天本の家庭のことは、知りたくても、決して訊《き》いてはいけないことのような気がした。だから僕はそれについてはそれ以上追及しなかった。そしてただ、こう言ってみた。

「なあ。仕事もいいけどさ。せっかくの修学旅行じゃないか。アトラクションはアトラクションで、楽しもうな。僕でよければ、なんでもつきあうからさ。ジェットコースターが嫌なら、ほら、滝下りあったじゃないか。あれでもいいぜ？」

「……それはどうも」

「もし、お前がのりたいってんなら……まあ、コーヒーカップでも……メリーゴーラウンドでも、いいんだぜ？」

「そんなものにのりたくはないですよ。気を遣《つか》わないでください」

「べつに、気を遣うとか、そんなんじゃない。言えよ。次はどこに行きたい？　仕事じゃなくて、見たいもの、一つくらい言えよ」

「では……その、一つだけ。『ティラノ・パビリオン』におつきあい願えますか？」

天本は、ちょっと恥ずかしそうに口ごもり、明後日《あさって》の方向を向いてそう言った。僕が喜んで承知したのは言うまでもない。

「よし！　じゃあ、昼飯前に、いっちょ並ぶか！」

ようやく修学旅行らしくなってきた……と思いつつ、僕は天本の背中を押すようにして歩きだした……。

昼飯など食べたくないという天本を説き伏せ、僕らはエンシェント・ゾーンのレストランで昼食を摂《と》った。

このパークは三つのゾーンに分かれている。恐竜時代をテーマにしたエンシェント・ゾーン、古き良きヨーロッパをテーマにしたパストデイズ・ゾーン、それに未来の宇宙世紀をテーマにしたフューチャー・ゾーンである。

各ゾーンに、屋台だのカフェだのレストランだの、様々な店があるのだが、僕は、バイキング形式のレストランを選んだ。

選択肢《せんたくし》が多ければ、天本が食べられそうなものがあるかもしれないと思ったのだ。

「夜に備えて体力をつけないと」という僕の言葉が効いたのか、天本はいかにも嫌々ではあったが、肉料理をトレイにのせていた。

可愛《かわい》い制服を着たウェイトレスに案内されてテーブルにつくと、偶然隣のテーブルに、津山とその友達の女の子三人がいた。

「あ、龍《たつ》さんに天本じゃん」

津山は笑顔を見せ、残りの三人は、顔を見合わせ、いかにも怪しい笑みを交わし合っていた。どうせ学校に帰ったら、ろくでもない噂《うわさ》を流されるのだろう。

（……好きにしろよ）

僕は諦《あきら》めの心境で、彼女たちに挨拶《あいさつ》した。天本は、不機嫌《ふきげん》な一瞥《いちべつ》を津山に投げただけで、ほかの女子は完全に無視している。フォークの先でチキンをつつき回しているが、すぐに口に入れる気にはなれないらしい。

「ねえ、どっか行った？　あたしたち、朝一番にジェットコースターに並んできちゃった。あれ、早く行かないと混むんだよ。ご飯食べてから、ほら、『ティラノ・パビリオン』行くの」

津山は、何やらトマトソースの煮込み料理を口に運びつつ、ウキウキした調子でまくし立てた。天本と一緒にいるとつい忘れてしまうが、ここに来たらそれくらい浮かれるのが普通なのだ。

僕も、つられて何となく気分が上向くのを感じた。カリッと揚がったカツレツをナイフで大きく切り分けながら、僕は口を開いた。

「それ、僕たちもさっき行ってきた。凄《すご》かったぜ、ティラノサウルスの骨格標本。それに、恐竜の人形がたくさんあって、それが滅茶苦茶《めちゃくちゃ》精巧に動くんだ。鳴くし、喧嘩《けんか》するし、飯食うし」

「へえ。楽しみー。ねえ、エンシェント・ゾーン、ほかのも楽しかったから、行っておいでよ。きっと、みんな昼ご飯食べてる間は、列短いから」

「そうだな。……ほかにお薦《すす》めは?」

天本がこの世の終わりのような顔でチキンを食べているのをチラリと見ながら、僕は自分もカツレツを頰張《ほおば》った。

津山とその友達は、口々に自分のお薦めのアトラクションの名を口にしたが、やがてまとまった統一意見は、『スプーキィ・ハウス』は外せないね!」だった。

皆を代表して、津山がこう言った。

「勿論《もちろん》さあ、あたしたちはもっと女の子向けの……ほら、『フェアリー・ダンステリア』とかにも行くけど。でも、龍さんと天本が二人でそんなとこ行ったら……ねえ」

四人の少女たちは、互いに目配せして、クスクス笑いだした。失礼な奴《やつ》らだ。僕がムッとしていると、津山は「ゴメン」と言いつつも、まだ笑いながら言葉を継いだ。

「だけどさ、男二人でも、ぜったいお薦めなのって、やっぱり『スプーキィ・ハウス』だよ、龍さん! あたし、東京タイムスリップパークでいちばん好きかも。……それにさあ、女の子の制服、滅茶苦茶可愛《めちゃくちゃかわい》いよ!」

それはいい、と喉元《のどもと》まで出かかった言葉を、僕はすんでのところで吞《の》み下《くだ》した。そして、

「そんなに面白いんなら行かなくちゃな。……な、天本」と、話を天本に振ってみた。

「………」

それまでずっと無言でモグモグやっていた天本は、水を一口飲んでから、ボソリと言っ

た。

「そんなに女の子の制服が可愛《かわい》いなら、の間違いじゃないんですか、龍村さん」

　女の子たちが、一斉に吹き出す。

「やあだあ、龍村さんってば」

「へんたいー！」

「ひでえなあ」

　笑いとともに投げかけられる失礼なコメントに、僕はふてくされてみせる。

「ゴメンってば。怒らないでよ、龍さん。……あ、もうこんな時間。早く並びに行かないと！」

　フォローしようとした津山は、ふと僕の腕時計に目を落とし、そして吃驚《びっくり》したように立ち上がった。ほかの三人も、ガタガタと席を立つ。

「ほんとだ！　六時までに、できるだけたくさんのらないと！」

「いいじゃん、どうせ明日の自由行動もここ来ればあ」

「えー、明日は新宿《しんじゅく》と渋谷《しぶや》！」

「そんじゃまたね、龍さん、天本も」

　口々にそんなことを言いながら、ついでのように僕らに挨拶《あいさつ》し、少女たちは慌《あわ》ただしく去っていった。

後には、僕と天本だけが残される。

「余計なこと言いやがって」

僕が恨《うら》み言《ごと》を言うと、天本はとうに諦《あきら》めてしまったチキンの皿を脇《わき》に押しやり、いつもの皮肉っぽい笑みを浮かべた。

「俺が言わなくても、顔に書いてありましたよ」

「言ってろ」

僕は口いっぱいに、残りのカツレツを押し込んだ。息が苦しくなるほどの肉の塊を、力任せに噛《か》み潰《つぶ》す。

天本は、テーブルに片肘《かたひじ》をつき、デザートのマンゴープリンを、やけに嬉《うれ》しそうに食べながら言った。

「いいじゃないですか。行きましょう、津山推薦の『スプーキィ・ハウス』に」

「……ほへ？」

僕は吃驚《びっくり》して、しかしまだ口がいっぱいで喋《しゃべ》れないので、目を見開くことで驚きを表現してみせた。天本は気怠《けだる》げに、同じ言葉を繰り返す。

「ここで居眠りしていても、つまらないでしょう。……べつに、列に並んで乗り物にのるだけだ、体力を使うこともない。……それとも、龍村さんは行きたくないですか？」

ごくん。

やっとのことで肉を水で飲み下した僕は、怖々訊《たず》ねた。

「それって、お前も行きたいってことか？」

天本は、即座に頷《うなず》く。

「あんたと理由は違いますがね」

「……悪かったな、女の子の制服目当てで。じゃあ、お前の目的って何だよ？」

「今夜の下見です」

天本は、あっさりと言い放った。僕は少し考え、そしてもう一つ、問いを重ねてみる。

「つまり……。今夜の仕事のことか？　そういや、パストデイズ・ゾーンが残ってるって言ってたよな？　『スプーキィ・ハウス』って、そこにあるんだよな、地図によると。……それに確か早川さんが、『問題はパストデイズ・ゾーンにある』って言ってた」

「余計なことだけ、よく覚えている人だ」

天本は呆《あき》れたように、そしてほんの少し驚いたように、右眉《みぎまゆ》を跳ね上げた。天本が怒っていないことを確かめつつ、僕は慎重に話を進めた。

「その、問題って何だよ？　今夜もその、昨夜みたいに、まとめてばーっと祓《はら》っちまうんだろ？」

「まあ……基本的にそうなんですが、その早川言うところの『問題』については、おそらくもう少し慎重に……個別に対処することになると思います」

「個別に？　どういうことだよ？」

「……いいでしょう」

天本は、やや投げやりな吐息をつき、そして指先で白いコーヒーカップの縁《ふち》をなぞりながら言った。

「あんたにしても、中途半端《ちゅうとはんぱ》に見聞きしたままで協力させられるのは不本意でしょうから、この件に関してだけは、話します。その代わり……」

「他言無用、だろ？　いいぜ、約束する。っていうか、そんな話、誰にできるってんだよな」

僕が唇《くちびる》を歪《ゆが》めてそう言うと、天本も薄く笑った。

こんなふうに天本が笑う時は、機嫌《きげん》のいい時か、少しだけ反省している時、そのどちらかだ。おそらく今回は……。昨夜のことを、こいつなりに思い返し、後悔しているのかもしれない。……というか、していてほしい、というのが僕の希望的観測なのだが。

「それもそうですね。あんたが自分を発狂したと誰かに思わせたいなら、話は別ですが。……とにかく、今回の依頼には、園内の雑霊《ざつれい》を祓《はら》うこととともに、幽霊騒ぎの真相を確かめることも含まれているんです」

「ゆ……幽霊騒ぎ？」

話が、嫌な方向へ流れ始めた。そんな思いが顔に出てしまったのか、天本は面白そうに僕を斜めに見て、瞬《まばた》きで頷《うなず》いた。

「そうです。一か月ほど前から、インターネットのどこかのホームページで、『東京タイムスリップパークのスプーキィ・ハウスに、幽霊が出るらしい』という噂《うわさ》が流れ始めたんです。噂はネットを中心にあちこちに広がりました。関係者がそれに気づいたのはつい最近で、噂の元をたどることは、もはや不可能だったそうです」

「噂だろ？　そんなの、いちいち真に受けてたら……」

「ところが、立腹した関係者が、噂など嘘《うそ》だと主張するために、自分でアトラクションに入ってみたところ……」

「まさか、見ちまったのか？」

天本は、どこか面白そうに頷いた。

「それでも、噂を肯定することは、立場上できない。自分の猜疑心《さいぎしん》が幻を見せたのだと思い込みたい気持ちも、反対に不安な気持ちもある。……そこで、定期的に行う『祓《はら》い』に乗じて、幽霊騒ぎも解決してくれと持ちかけてきた。……そういうことです」

「迷惑な話だなあ。……あ、わかった」

僕は、ポンと手を打った。

「それで、今夜仕事に取りかかる前に、事実を確かめたいってわけだな」

「ええ。……俺ひとりだけでは、幽霊が警戒して出てこないかもしれない。ですが、あんたは前に言ったとおり、中途半端《ちゅうとはんぱ》に霊を寄せやすい。……あんたと一緒なら、何かと好都合なんですよ」

「何度聞いても、嬉《うれ》しくない話だぜ。……まあ、何にせよ、役に立てるんならいいよ。つきあう」

「助かります」

そう言って、天本は立ち上がった。

「では、善は急げだ。早速《さっそく》出かけるとしましょう」

＊　　＊

目指す「スプーキィ・ハウス」は、煉瓦造《れんがづく》りの古い洋館を模《も》した、なかなか重厚な建物だった。ちゃんと、建物の周りに、煉瓦の塀《へい》が巡《めぐ》らせてあり、その中に鎖を張り巡らせて、客を並ばせていた。

かなりの行列に見えたが、表示された待ち時間は三十分ほどだった。おそらく、人気スポットにしては、空《す》いているほうなのだろう。僕と天本は、おとなしく行列の最後尾《さいこうび》についた。

東京タイムスリップパークで長い行列に加わるのは、ほかの遊園地と違ってそうつらいことではない。それは、行列が止まったままではなく、絶えず少しずつ前へ進むので、だんだん自分の順番が近づいていることが実感できるからだ。

それに、着ぐるみのキャラクターたちや小楽団、それにマジシャンや大道芸人たちがちょくちょく回ってくるので、それを見たり聴いたりしていると、意外に時間が潰《つぶ》れるものなのだ。

僕らは、ここへ来る途中で買ったポップコーンを、ポリポリ食べながら待った。天本の奴《やつ》、飯はろくに食わなかったくせに、こういう菓子やアイスクリームの類《たぐい》は、実に旨《うま》そうに食べていた。

そして。やっと僕らは、津山の言うとおり最高に可愛《かわい》い制服の女の子にパスポートを見せつつ、建物の中に入った。

濃紺《のうこん》の、足首まである長いドレスに、編み上げブーツ。昔のメイドのユニフォームなのだろうが、小さな白いエプロンをギュッと絞《しぼ》ったウエストに巻いているのが、実にいい感じだ……と、何度も振り返って見つつ思っていた僕は、冷ややかな天本の眼差《まなざ》しに気づき、赤面する羽目《はめ》になった。

僕らはまず、この屋敷の主人の肖像画に対面させられた。

肖像画は我々に歓迎の言葉を投げかけつつ、徐々に朽《く》ちていく。頬《ほお》の肉が削《そ》げ、目がくぼみ、そして最後には完全な白骨になってしまう。白骨の顎《あご》がカクカクと動くのが、何とも不気味《ぶきみ》だ。

ホログラフィーなのだろうが、とてもよくできている。僕は度肝《どぎも》を抜かれて、それに見入っていた。

主人の話によると、この屋敷は、イギリスの没落貴族の邸宅で、今や廃墟《はいきょ》となり、幽霊たちの楽しい住《す》み処《か》になっている……ということだ。ということは、この先僕らは、たくさんの幽霊たちに遭遇することになるのだろう。


次に僕らは、小さな部屋に通された。何十人もの人間が、薄暗くて窓のない、そしてやたらに暗い部屋にぎゅうぎゅう詰めで立っているというのは、一種異様な状況である。

「……どうなるのかな」

小声で傍《かたわ》らの天本に囁《ささや》くと、天本は「さあ」とやる気のない返事をよこしてきた。しかしその目は、感心したように、壁面や天井に施された美しい装飾を、興味深げに見ていた。「下見」と言いつつ、けっこうこのアトラクションを楽しんでいるらしい。

やがて、さっきの主人の声が室内に響き、それと同時に、床がガクン、と揺れた。

どうやら、床が沈んでいるらしく、天井がみるみるうちに高くなる。この部屋は、おそらくエレベーターになっているのだ。

僕らは互いに顔を見合わせたり、天井と床を見比べたりしつつ、動きが止まるのをじっと待った。

やがて、入った時と違う扉が開き、係員の女の子が、僕らを部屋から追い出した。言われるままに細い通路を歩いていくと、やがて、動く椅子《いす》の列が現れた。係の女の子が、ゆっくりと動き続ける椅子の一つに、僕と天本を案内してくれた。

椅子は黒くて、隣の椅子が見えないように、側面が大きく前に張り出している。男二人で並んで座っても、それほど窮屈《きゅうくつ》ではない。……しかし、できることなら、こういう椅子には、カップルでのりたいものである。

だが、そんな思いは、すぐに吹き飛んでしまった。

椅子は、座席の下で回転するようになっていて、通路を進みながら、くるくると自由に方向を変える。椅子の側面が張り出し、視野が限られているために、見せたいところだけを見せたい角度で、客に示せるようになっているらしい。

最初に現れたのは、怪しい書斎だった。本が、ガタガタと動いている。そして、本の間に飾られた大理石の胸像は、どこから見ても、僕らのほうを見ているように細工されている。

そして、長い廊下を抜けると、今度は、テーブルの上に置かれた水晶玉《すいしょうだま》が目に入った。水晶玉の中には、小さな女性がひとり入っていて、何やら喋《しゃべ》っている。英語らしいが、僕にはさっぱり意味がわからない。

「毛虫に、蜘蛛《くも》の脚に、トカゲの尻尾《しっぽ》。どこかにいる霊よ、応《こた》えておくれ。テーブルを叩《たた》き、炎を揺らし……」

するとと、横にいた天本が、静かに女の台詞《せりふ》を訳してくれた。

「よくわかるなあ、お前。……あ、そうか。お前のお父さん、外国人だったよな」

天本は軽く頷《うなず》き、こうつけ加えた。

「陳腐《ちんぷ》な降霊術《こうれいじゅつ》の文句ですよ。……こんな台詞で呼び寄せられる霊の顔が見てみたいですね」

「……ってことは、幽霊はいないってことか？」

「今のところは。雑霊《ざつれい》は、そこここにいますが」

短く答えつつも、天本の目は注意深く周囲を観察している。

「……なあ、さっき訊《き》かなかったけど、その幽霊、どこで出るんだ？」

そう訊いてみると、天本はチラと僕を見て、そして素《そ》っ気《け》なく言った。

「言わないでおきます。先入観を与えると、それだけで暗示にかかりやすい人間は、自分で作り出した幽霊を見てしまいますからね」

「……そういうものかな」

天本がそれきり何も言わないので、僕も目前の光景に集中することにした。

さっきまで、うねうねした通路を進んでいた椅子《いす》が、唐突《とうとつ》に横一列に並ぶ。目の下に見えるのは大広間で、そこでは幽霊たちがダンスをしていた。

男女ペアで、くるくる回るカップルたちは、半分透けていて、しかも消えたり現れたりする。

ホログラフィーだとわかっていても、目が釘付《くぎづ》けになってしまう。僕は身をのり出し、両手で膝《ひざ》を摑《つか》んで、幽霊屋敷の舞踏会《ぶとうかい》に見とれていた。

……と。何かが、僕の手に触れた。いや、手だけではない。何か温かいものが、僕の腿《もも》にも引《ひ》っ搔《か》くように軽く触れた。

（……げ！　まさか、こいつホモか？）

まさか、天本が……と、顔から血の気が引くような思いで視線を戻すと、そこには……。

「よいしょっと」

そんなかけ声とともに、椅子《いす》の前にある高い手摺《てす》りをよじ登ってくる、小さな女の子がいた。今にも転げ落ちてしまいそうな、危なげな様子である。

「うわあっ！」

僕は吃驚《びっくり》して、その子を両手で抱え上げ、僕の膝に座らせた。動かないように、女の子のウエストを腕でしっかり固定する。

「危ないじゃないか。椅子から飛び降りたりしちゃ駄目《だめ》だよ！　怪我《けが》しちゃうだろ」

「ごめんなさあい」

まだ三、四歳くらいのその女の子は、僕の腕にぴたりと身体《からだ》をくっつけ、首を巡《めぐ》らせて、人懐《ひとなつ》っこく笑った。

肩に届く、ちょっと癖《くせ》のある髪の毛は、耳の上で二つに結んである。くりっとした目がとても可愛《かわい》らしい。

どうやら、両親とのったものの、何かの弾みで椅子《いす》から飛び降り、ここまで来てしまったらしい。ずいぶん勇ましい女の子だが、感心してばかりもいられない。

「おい……天本、困ったな。どの椅子から飛び出してきちまったんだろ。……親御《おやご》さん、心配してるだろうなあ」

僕が困惑してそう言うと、天本はいかにも嫌そうな顰《しか》めっ面《つら》で、僕を見返してきた。べつに、この子が来てしまったのは、僕のせいではないのだが……。

まあ、天本が子供好きだとはとても思えない。理不尽《りふじん》はこの際、我慢しよう。そう思って僕は、女の子に話しかけてみた。

「なあ、名前は？　お父さんとお母さんと来たの？」

「うん！」

彼女は、大きく頷《うなず》く。髪が、まるで玩具《おもちゃ》のように、ぶんぶんと揺れた。

「レイビはねえ、レイビっていうんだよ。パパとママときたの」

「レイビ？　変わった名前だなあ。どんな字書くの？」

「レイビはレイビだもーん」

「そうか。レイビちゃんのパパとママは、心配してるよ」

「パパとママは、レイビがいなくなると、なくんだよ。わーんわーんって。……でもだいじょぶ。レイビ、ここでパパとママ、まってるから」

「そうか。……って、降りたら、すぐにパパとママのところに行くんだぞ」

「はあい」

レイビというその女の子は、僕の膝《ひざ》の上ですっかりくつろいで、機嫌《きげん》よく返事をした。

椅子《いす》は、大広間を抜け、屋敷の中ではあるけれど、言うなればアウトドア……つまり、墓地の中を進んでいた。

突然、棺桶《かんおけ》の蓋《ふた》を跳ね上げ、飛び出してくるゾンビ。口喧嘩《くちげんか》している彫像たち。歌を歌っている幽霊たち。不気味《ぶきみ》だが、ユニークで賑《にぎ》やかな墓場だ。

「怖くない？」

僕の問いかけに、レイビというその女の子は、元気よくかぶりを振った。

「こわくないよ！　おもしろい」

「面白いか。頼もしいなあ」

少女はケラケラと楽しそうに笑い、僕も笑った。少女は、僕の膝の上で、跳び上がらんばかりに身体《からだ》を揺すっていた。

そして……いよいよ、主人のアナウンスが、僕らに別れの言葉らしき台詞を語り始めた時……レイビは、僕の膝《ひざ》から立ち上がった。僕は慌《あわ》てて、彼女の足を支える。

「駄目《だめ》だよ。ちゃんと最後まで座ってないと!」

「レイビ、もういくの。またね」

「またね、って……」

「ばいばい、おにいちゃん」

そう言うなり、僕の手を驚くほどたくみに擦《す》り抜《ぬ》け、彼女はぴょんと通路に飛び降りた。

「うわあっ」

止める間もなかった。僕らの身体を固定している手摺《てす》りに邪魔されて、立ち上がって彼女の無事を確認することができない。ただ、通路を遠ざかる、軽い足音が聞こえたような気がして、僕はほっと胸を撫《な》で下《お》ろした。

「吃驚《びっくり》させてくれるぜ。……まったく、元気な子だな」

「…………」

天本は、小さく肩を竦《すく》め、うんざりしたように頷《うなず》いただけだった。

耳の後ろ、背もたれの中に埋め込まれてたスピーカーから、主人が「たまに、諸君に取《と》り憑《つ》きたがる幽霊がいるからご注意……」というようなことを言っているのが聞こえる。

　そして、目の前に突然現れた鏡。僕と天本の間、そう、さっきまでレイビがいたところに、ホログラムの幽霊がいつの間にか座って、にこにこ笑っていた。僕らの椅子《いす》にのり込んできたのは、帽子を被《かぶ》った、小太りの男である。冗談だとわかっていても、あまり道連れには嬉《うれ》しくない感じだ。

　そして、椅子《いす》から降りて通路を歩く間、僕は何度も後ろを振り返った。さっきの少女、レイビがちゃんと両親の椅子にたどり着いたかどうかを確認したかったのだ。

　しかしまあ、係の女の子にもその旨《むね》を伝えておいたし、おそらく彼女たちがきちんと確かめてくれるだろう。

　そう思ったので、僕は諦《あきら》めて、天本とともに外に出た。

　太陽の光が、睡眠不足の目に沁《し》みる。

「うーん、面白かったなあ！」

　僕が大きく伸びをしながら言うと、天本は奇妙な顔をして、曖昧《あいまい》に頷《うなず》いた。

「面白かった……ですか？」

「凄《すご》かったじゃないか、あの幽霊。凄い技術だよな！」

「ああ……そうですね」

「それに、あのレイビって子。可愛《かわい》かったけど、あんなにやんちゃじゃ、親が大変だ。

……あ、そういえば」

僕は、ふと気づいて、天本を見た。

「結局、幽霊出なかったなあ。それで面白くないのか、お前？　いいじゃないか、ただの噂《うわさ》だったら、仕事減るんだろ？」

「……龍村さん」

天本は、珍しく戸惑いがちに僕の名を呼んだ。何とも形容しがたい顔つきをしている。

「どうした？　それとも、お前にだけ見えたのか？　あ、まさか、最後にのってきたあのアニメみたいな幽霊がそうだとか言うんじゃないだろうな？」

アトラクションの楽しさに興奮気味《ぎみ》の僕を、天本は困惑とおかしさが混ざり合った複雑な表情で見つめ、そしてぽつりと言った。

「幽霊を抱き上げて、会話していた人の台詞《せりふ》とは思えませんが」

僕はポカンとして、天本の顔を見返した。天本は、困ったように眉根《まゆね》を寄せる。

「…………何だって？」

開いた口が塞《ふさ》がらない僕に、天本は、ですから、と説明を繰り返した。

「呆《あき》れた人だな。まさか本当に気づいていなかったんですか？　あなたが俺たちの椅子《いす》にのせてやったあのレイビという女の子、あれが『スプーキィ・ハウスの幽霊』ですよ。インターネットの噂も、園の関係者が見たというのも、あの女の子です。噂の幽霊の容姿《ようし》からして、間違いありません」

「……嘘《うそ》だろ」

声が掠《かす》れていた。背中に、冷たい汗が浮くのがわかる。天本は、気の毒そうに僕を見て、かぶりを振った。

「受付の女の子も、あなたの話を聞いて、複雑な顔をしていたでしょう？　彼女たちも、その話を聞くのは初めてではなかったんですよ、おそらく」

「そういえば……またかって感じの顔、したな」

「幽霊に名前を訊《き》いたのは、あなたが初めてのようですが。……見事に幽霊に懐《なつ》かれていましたね、龍村さん。お見事、と言いたいところです」

「……言われても嬉《うれ》しくないよ……」

僕は呆然《ぼうぜん》として、その場に突っ立ったまま、今出てきたばかりの建物を見た。

「だって、幽霊っていったらさ、足がなかったり女の人だったり兵隊さんだったりするじゃないか……。女の子だぜ？　抱っこしたら柔らかくて、温かかったんだぜ？　あんなに可愛《かわい》いんだぜ？　なあおい天本」

僕は思わず、天本の襟首《えりくび》を摑《つか》み上《あ》げ、いい加減にしろと怒鳴《どな》りつけたい衝動に駆《か》られた。だが実際のところは、情けなくぼやくのが関の山である。

「…………」

そして天本は何も言わず、両手をポケットに突っ込み、わずかに首を傾《かし》げて僕を見ているばかりだった……。

6

それから夕方の集合時間近くまで、僕らは島で過ごした。

島と言っても、園内に流れる人工河川の中州《なかす》へ吊《つ》り橋《ばし》を渡っていき、島内を散策するというアトラクションの一つなのである。

無論、僕らが「散策」する元気があるはずもなく、ただ、緑の多い、人が比較的少ないところに腰かけて、ぼんやりしたかっただけだ。

島のかなり奥のほうにある、岩を模《も》したベンチに腰かけ、僕らはただ黙っていた。傾《かたむ》きかけた太陽は柔らかい光を放ち、日向《ひなた》ぼっこの場所としては申し分ない。しかし、僕の心には、さっきの出来事が何度も何度も繰り返し甦《よみがえ》っていた。

僕を見上げ、笑った少女の顔。レイビと名乗った時の、舌足らずな発音。抱き上げた時の、体温と感触。

あれが幽霊ですと言われて、はいそうですかと納得することは、僕にはどうしてもできないのだ。

かといって、天本《あまもと》がそんなことで僕に嘘《うそ》を言うはずがない。

（だったらやっぱり……あの子が幽霊なんだよな。……だとしたら……）

心によぎった寒い考えに、僕は思わず天本の顔を見る。

並んで座っている天本は、じっと目を閉じていた。しかし、眠っていないことは、気配でわかった。

僕は、そっと声をかけてみた。

「なあ……天本」

「……何です？」

「あの子、はっきり見えたのは……小一郎《こいちろう》が助けてくれたからか？」

「おそらくはね」

目を閉じたまま微動だにせず、天本が答える。

僕は、躊躇《ためら》いがちに、問いを口にした。少し、声が震えていた。

「あのさ……。あの子。やっぱり、昨日とか、前に僕が見たみたく……その、消しちまうのか？」

天本は目を開け、そして、ゆっくりと僕のほうへ首を巡《めぐ》らせた。黒曜石《こくようせき》のような真っ黒の瞳《ひとみ》が、冷たく僕を見据《みす》える。

「つまり、あの子を調伏《ちょうぶく》するのか、と訊《き》いているんですか？」

僕が頷《うなず》くと、天本は目を伏せ、細く長い息を吐いた。

「しますよ。それが仕事ですから」

「だけど！」

「……龍村《たつむら》さん」

天本は、聞き分けのない子供を叱《しか》りつけるような、厳《きび》しい声で言った。

「可愛《かわい》いとか、生きている人間みたいとか、子供だからだとか、そんなことを言わないでください。……俺にだって、見えていたんですから」

「……だよな」

学生服のポケットの中で、羊《ひつじ》人形が、僕の身体《からだ》を叩《たた》いているのが、布越しに感じられる。主人である天本を、僕が虐《いじ》めていると思って怒っているのだろう。

(虐めてない。……それとも、虐めちまってるのかな。そうかもな)

僕は、天本に、ぺこりと頭を下げた。

「ごめん。お前のこと、冷血人間みたいに言った。そう思ってるわけじゃないんだ。それに、仕事のことで、部外者の僕が口を出したりすべきじゃないよな」

「そのとおりですね」

天本は素《そ》っ気《け》なく言い、どこか苦しそうに僕を見た。その目には、確かに迷いがあった。

「龍村さん。あんたの言うことはわかります。あの子は小さくて可愛《かわい》い女の子で、ただ無《む》邪気《じゃき》にあそこで遊んでいるだけだ、誰も傷つけやしない。誰を呪《のろ》いもしない。実害はないんだから、そっとしておいてやっていいじゃないか。……そうでしょう？　俺だってそう思いますよ。ですが、あの子はいつまでもあのままではいられないんです」

僕は、嫌な予感に襲われつつも、その続きを促《うなが》さずにはいられなかった。

「どういうことだよ？」

「あの子は、まだ死んで間もない。おそらく、幽霊の出現し始めたという一か月ほど前くらいに、死んだんでしょう。……子供の魂は、時に天に昇る道を知らず、地にとどまってしまうんです。そうした時、その子の魂は、生前大好きだった場所に来る」

天本は、淡々と言った。

「つまり、おそらくは『パパとママ』と一緒に来た東京タイムスリップパークが……とりわけ『スプーキィ・ハウス』が、あの子は大好きだったんでしょう。だから……」

「あそこにいついて、自分のことが見える客にまとわりついて遊んだりしているわけか。パパとママが迎えに来るまで」

天本の尖《とが》った顎《あご》が、微《かす》かに上下する。

「あそこは暗がりが多くて、霊には居心地のいい場所なんです。……ですが、あの子はそのうち変化してしまう。身体《からだ》が失われてしまった以上、そして、あの子の魂をこの世に縛りつける強い怨恨《えんこん》や恋慕《れんぼ》の情がない以上、いつまでも、生前の姿を保ってはいられません」

僕は、カラカラの喉《のど》に唾《つば》を送り込み、そして、問うた。

「どう……なっちまうんだよ」

「徐々に、自我が失われていくんです。いずれ、小一郎の力を借りても、あの子は靄《もや》のようにしか見えなくなるでしょう。……そして、このままでは、あの子は本当の妖《あやか》しになってしまう。……つまり、昨日俺たちが調伏《ちょうぶく》したような、ただこの世を彷徨《さまよ》い、人間に取《と》り憑《つ》き、生気を貪《むさぼ》る雑霊《ざつれい》の一つに変化してしまうんです」

「……そんな……」

「そうなったら、あの子を救う方法はありません。ですから、今のうちに……」

「救う？　救うってのが、調伏ってことか？　そうなのか？」

また、責めるような口調になってしまったのかもしれない。天本は、鋭い目を細め、そして薄い唇《くちびる》をギュッと引き結んだ。

「ごめん。ごめんな。お前を責めてるんじゃない。何か、凄《すご》くこんがらかっちまってるんだ。その……つまり、あの子は僕の思ってた幽霊とあんまり違うから。って、こんなことお前に愚痴《ぐち》ることが間違ってるんだよな。……ほんと、悪い」

謝るしかない僕を、天本はしばらく黙って見ていた。そして、再び唇を開いた時、天本の顔は、少し優しかった。

「あんたが、そこまで謝る必要はありません」

「だけど……」

「でも、今の俺には、これ以上何も言えないんです」

「わかってる。……なあ、しんどかったら、昼寝しとけよ。もう何も言わないから」

僕がそう言うと、天本はフウッと嘆息し、目元を和らげて、今まで見たこともないような寂しげな笑みを僕に向けた。

「肩を、貸してもらっていいですか？」

「……あ、ああ」

呆気《あっけ》にとられて頷《うなず》くと、天本は僕の肩に、自分の頭をのせた。腕組みしたままで、遠慮なく僕の腕に体重を預けてくる。

「時間が来たら、起こしてください」

「わかってる」

僕が請《う》け合《あ》うと、天本は小さく頷《うなず》き、それきり黙り込んだ。やがて、規則正しい寝息が聞こえる。

人気アトラクションに血眼《ちまなこ》の同級生たちは、おそらくここまではやってこないだろう。誰にも見られずに天本を休ませてやれるのは、僕にとっても好都合だった。

(それにしても……。あの子が……)

あの愛らしい少女が、ぐずぐずと溶け、やがてスライムのような化け物になってしまう……。その光景を想像して、僕は思わず首を振った。一瞬網膜《もうまく》をよぎった恐ろしいビジョンを、慌《あわ》てて頭から追い出す。頰《ほお》に、天本の髪がフワリと触れた。

(とにかく……これは天本の問題なんだよな。……僕にできることは、これくらいしかないんだよな)

自己嫌悪に苛《さいな》まれる頭と、どこまでも混乱し続ける心を抱え、僕はただ延々と、そこに座り続けていた。

*　　*

その夜。午前零時半。

僕らは、ベッドランプだけ残して消灯した部屋の中で、互いのベッドに座っていた。就寝前の点呼はとうにすみ、皆今頃は夢の中だろう。だが僕らは、まだ制服のままでいた。

ベッドの上に胡座《あぐら》をかいた僕も、ヘッドボードにもたれ、両足をマットレスに投げ出した天本も、部屋に戻ってから一度も口をきいていなかった。

口を開けば、心とは違う言葉が出てきてしまいそうで、天本の言葉を聞くのが何となく怖くて、僕は黙ったまま風呂《ふろ》に入った。そして、上がってきても浴衣《ゆかた》を着ず、再び制服に袖《そで》を通したのだ。

言葉ではなく行動で、僕が今夜も天本に同行すると、宣言したつもりだった。

そして、そんな僕を天本は感情の読めない目で見ただけで、やはり何も言わなかった。

「…………」

やがて、天本はギシッとマットレスを軋《きし》ませ、ベッドを下りた。窓際に歩み寄り、窓から下を眺《なが》める。

おそらく河合《かわい》の姿を認めたのだろう。彼は振り返り、そして夜の湖面のような静かな口調で、僕に言った。

「あんたに、これを頼むのは、間違いかもしれない。……ですが、あの子のために、俺を助けてくれる気はありますか？」

僕は、耳を疑った。天本が、僕に助力を求めてきたことが、とても信じられなかった。

だが、確かに天本は言ったのだ。「助けてくれないか」と。しかも、あの少女のために。

僕は思わず、胡座《あぐら》を解き、ベッドの上に正座してしまった。両手を膝小僧《ひざこぞう》の上に置き、しゃちほこばって答える。

「何でもする。……僕にできることなら、何でもする」

天本は、僕の反応に少なからず驚いたようだった。しかし、やがて驚きの表情は、今にも吹き出しそうな笑いに変わる。

「……嬉《うれ》しいですよ、それを聞いて」

口元を隠しながらそう言った天本は、すぐに顔を引き締め、そして言った。

「行きましょう。俺たちにできる最善を尽《つ》くしに」

「……おう」

頷《うなず》いた僕の鼻先に、小一郎の入った羊《ひつじ》人形がぷらんと吊《つ》り下《さ》げられる。

「僕を助けてくれよ、小一郎」

僕は、天本から羊人形を受け取ると、鼻と鼻をくっつけるいつもの挨拶《あいさつ》をした。それから、頼りになる小さな式神《しきがみ》を、そっとシャツの胸ポケットに入れた……。


今夜はホテルの前で待っていた河合は、僕が一緒にいることを知っても、まったく驚いた様子を見せなかった。

「龍村君もおったんか。えらい早い再会やったなあ」

そう言って、ニヤニヤと妙な笑みを見せただけだった。おそらく、僕が昨夜の光景を見ただけで引き下がるとは、最初から思っていなかったのだろう。

天本は、簡単な挨拶をすると、昨夜と同じようにタクシーを拾った。僕らは、極端に口数少なく、東京タイムスリップパークに向かった。

「お待ちいたしておりました。……龍村様も、またご一緒でしたか」

昨夜と同じに、ゲート前では、早川《はやかわ》が待っていた。彼もまた、僕がいることに、さしたる驚きも不満もないようだった。

そして早川は、天本に向かって、こんなことを言った。

「ご連絡を頂き、早速《さっそく》そのように手配いたしました。……すべて、仰《おお》せのとおりに」

天本は軽く頷《うなず》き、そして短い礼を早川に言った。早川の声は囁《ささや》きのように小さく、そして低かったので、天本のすぐそばにいた僕には聞こえたが、少し離れたところで大欠伸《おおあくび》をしていた河合には、おそらく聞こえなかっただろう。

そして天本は、僕にチラリと目配せした後、河合に声をかけた。

「ん？　わかっとお。今日は、最後に残してあるパストデイズ・ゾーンやろ？　さくっとすませよな」

河合は、うーんと長い腕を力一杯突き上げ、伸びをしながらそんなことを言った。天本は頷き、そしてこう言った。

「実は今日、日中、龍村さんと、パストデイズ・ゾーンの下見をしてきました。それで、例の幽霊騒ぎですが、やはり『スプーキィ・ハウス』にいたことがわかりました」

河合は、ちょっと驚いたように、見えない目をパチパチと何度か瞬《しばた》いた。

「へえ、龍村君とかいな？　そらまた感心なこっちゃな。……ほんで？　そいつから行くっちゅうんか？」

「いえ……」

天本はさすがに逡巡《しゅんじゅん》したが、やがて言葉を探しつつ、ゆっくりと口を開いた。

「おこがましいのはわかっています。……ですが、その幽霊の始末、俺と龍村さんに任せてもらえませんか？」

「…………何やて？」

河合は、さすがに一瞬、真面目《まじめ》な顔をした。声に、刃物のような鋭さがある。しかし天本は、もう怯《ひる》まなかった。

「まだ、生きている時の魂を持った、子供の幽霊なんです。……そんな子を、雑霊《ざつれい》たちと同じように調伏《ちょうぶく》することは、俺にはできません」

「それで、早川さんに頼んで、妙な小細工でもしたんか？」

驚いたことに、河合はさっきの早川と天本の会話を聞いていたらしい。たいした地獄耳だ。

「すみません」

天本は、素直に詫《わ》び、深く頭を下げた。河合はわざとらしいくらい長い溜《た》め息《いき》をついて、言った。

「……甘《あま》いな、テンちゃんは」

河合の言葉は、鋭い氷柱《つらら》のように、僕の胸をも刺した。僕は抗議の言葉を口にしかけ、しかし天本の目に制止されて、唇《くちびる》を嚙《か》んだ。

わかっています、と言って、天本はじっと河合の顔を見た。

「それでも、思うようにやらせてください。今回だけ、俺に機会をください」

「テンちゃんと……龍村君にか？　龍村君にも、できることがあるんかいな。っちゅうか、つきあってくれるんかいな？」

今度こそ、僕は思いきり頷《うなず》いた。

「できることは何でもすると、僕は天本に約束しました。何ができるかはわかりませんが、これは僕の我《わ》が儘《まま》でもあるんです」

「…………」

河合はしばらく沈黙し、やがて貧弱な撫《な》で肩《がた》を大きく上下させて、

「しゃあないなあ」といつもの間の抜けた声に戻って言った。いつしか、顔つきも、例の「蛙《かえる》の笑顔」に戻っている。

「好きにし。たまにはええわ。その代わり、オレは結界《けっかい》張ったるだけやで。それ以上、力貸さへんで」

僕と天本は、思わず顔を見合わせた。笑いこそしないが、天本の顔には安堵《あんど》の色が浮か

んでいる。僕だってきっとそうだろう。

「ありがとうございます」

「………ますっ」

天本と僕は、ほぼ同時に河合に頭を下げていた。そんな僕らを、早川はただにこにこして見守っていた。

*　*

パストデイズ・ゾーン、「スプーキィ・ハウス」の前。

そこで河合は、僕たちのために、結界《けっかい》を張ってくれた。そして、寝言のようなとぼけた口振りで、

「まあ、あんじょう頑張《がんば》りや」と言って、僕らを送り出してくれた。

早川は、意味ありげな微笑を天本に向け、こう言った。

「中のほうは、準備ができております。……そして、外のほうも……その、お待ちしておりますので」

「わかった。よろしく頼む」

天本は短く言い、そして僕の肩を軽く叩《たた》いた。

「行きますか」

「お……おう」

僕は頷《うなず》き、早川と河合に、軽く頭を下げた。そして、昼間はワクワクして通った建物の入り口へと、天本の後について歩いていった。

驚いたことに、建物の中は、昼間と同じように「営業中」の状態だった。例の骸骨《がいこつ》に変化する肖像画も、床の沈む小部屋も、そっくりそのままを、僕らは再度体験した。

ただ、あの愛らしいドレス姿の係員たちもいなければ、ほかの客もいない。ただ二人きりで、屋敷の主人の芝居がかった台詞《せりふ》を聞いているのは、何とも滑稽《こっけい》で、それ以上に不気《ぶき》味《み》だった。

「怖いですか？」

小部屋を出る前に、天本がサラリと訊《き》いてきた。僕は、素直に頷く。

「怖いよ。……だけど、約束だもんな。途中で帰ったりしないぜ」

天本はきつい目元を少し和らげ、そして言った。

「では、あんたにしてほしいことを言います。……あの子を、レイビと名のったあの幽霊を、外に連れ出してください」

「……あ？」

僕は驚いて、目を見張った。

例の乗り物に向かう通路を歩きながら、天本はごく事務的な口調で、僕に訊《たず》ねた。

「昼間、ここから出た後、俺が電話をかけに行ったのを覚えていますか？」

「ああ。……それがどうかしたか？」

「俺は、早川に電話したんですよ。あんたが訊《き》き出《だ》してくれた幽霊の名前、そこから、あの子の身元を調べてくれとね」

「まさか、わかったのか？」

驚きの目を見張る僕に、天本は薄く笑って頷《うなず》いた。

「夕方、ホテルの部屋にメッセージが届いていました。判明したとね。あの子は、都内に住んでいた、四歳の女の子ですよ。風邪《かぜ》をこじらせ、肺炎で亡くなったんです」

「……それがわかったからって、どうなるんだ？」

僕は思わず、首を傾《かし》げる。天本は、ごく冷静に説明してくれた。

「その後の指示は、早川に出してあります。……しかし、俺の思っているとおりに事を運ぶには、あんたの助力が必要なんです」

「あの子を外に連れ出すことか？　だけど……」

天本は、静かにかぶりを振った。

「俺では駄目《だめ》です。現にあの子は、あんたにだけ懐《なつ》いていた。……あんたのその一種独特な無防備さが、幽霊には心地いいんですよ」

わけのわからない理屈だが、僕にできて天本にできないことがある、という事実だけで、僕は十分満足することができた。そして、その満足感が、僕に勇気を与えてくれるような気もした。

「わかった。とにかく、僕らと一緒に、あの子を外に連れ出せれば、僕の仕事は終わりなんだな？」

「ええ」

天本はきっぱりと頷《うなず》いた。

「よし、行こう」

僕らは、係員のいない通路を、規則正しく連なって流れていく椅子《いす》の一つに、昼間と同じようにのり込んだ。

書斎、そして廊下、水晶玉《すいしょうだま》……。

たった二人だけのゲストのために、幽霊たちはパーティーを繰り広げる。僕も天本も、無言で座っていた。

勢いよく回る椅子《いす》の側面は堅くて、ちょっと油断すると頭をぶつけてしまう。しかし、そんな痛みは、少しも気にならなかった。

やがて、舞踏会《ぶとうかい》が繰り広げられる大広間にさしかかった時……。

「おにいちゃん」

弾んだ声とともに、前の手摺《てす》りに、いきなり少女がぶら下がった。

「わっ！」

それがレイビだと……幽霊だとわかっていても、やはり驚いてしまう。僕は天本と素早く視線を交わし、そして少女をそっと抱き上げた。

昼間と同じように、オレンジ色のワンピースを着た彼女の身体《からだ》は柔らかで、そして猫のように温かかった。

「おにいちゃん、またきたの？」

レイビは、大きな目をパチパチさせて、不思議《ふしぎ》そうに僕を見上げた。

「そうだよ。レイビに会いに来た」

僕はそう言って、さっきと同じように、僕と天本の間に少女を座らせる。

レイビは天本をちょっと見て、しかしすぐに、僕の腕にぎゅっと抱きついてきた。

「あのおにいちゃんはこわい。だけど、レイビ、おにいちゃんのことはすき」

無邪気《むじゃき》な言葉と開けっぴろげな笑顔に、胸がズキンと疼《うず》いた。

天本が、この子をどうするつもりか、正確なところを僕はまだ知らない。だが天本は、この子をこのままにしておけば、この子は雑霊《ざつれい》に……妖魔《ようま》になってしまうのだと言った。

だとすれば、方法はどうあれ、僕らはこれから、この子を消し去らなくてはならないのだ。そう思うと、身を切られるようにつらかった。

「おにいちゃん？　どうしたの？」

少女は、訝《いぶか》しげに僕を見つめている。

（迷うな。天本のことを信じるんだ。あいつは、絶対に間違ったことはしない）

僕は、自分を叱咤《しった》激励《げきれい》して笑顔を作り、レイビに言った。

「あのさ。レイビは、ここにいたい？　お兄ちゃんと一緒に、外に出てみたくない？」

「おそと？」

レイビは目を輝かせ、しかしちょっと悲しげに俯《うつむ》いた。

「だけど、レイビ、あかるいとこだめ。どうしてかわかんないけど、あかるいのだめなの。こわいの。ここは、くらいからすき」

どうやら、自分が幽霊になったという自覚がないのだろう。少女は本当にわからないというように、首を小さく横に振った。

僕は、つとめて明るく言った。

「大丈夫《だいじょうぶ》だよ。今は外も暗いんだ。夜だよ。だから、怖くないんだ。僕も一緒に行くよ。それでも駄目《だめ》？」

「おにいちゃんといっしょ？　ほんとに？」

「ああ。一緒に行こう。夜のお散歩をしよう。面白そうだろ？」

「うん！」

レイビは僕の腕を抱く手に力を込め、白い歯を見せて笑った。

椅子《いす》は、例のアニメのような幽霊が、勝手にのり込んでくる場所に差しかかりつつあった。僕は、半ば無意識に鏡を見た。

僕と天本の間には、今度は麦藁《むぎわら》のように痩《や》せこけた男が笑っていた。

レイビの姿は……僕の腕に縋《すが》り、僕を見上げて笑っている少女の姿は、どこにも映っていなかった……。

＊　＊

レイビは、僕と手を繋《つな》ぎ、動く椅子を降りた。そして、ちょこまかした足取りで、僕と並んで外に向かう通路を歩いた。

「ほんとにだいじょぶ？」

途中、一度だけ彼女は立ち止まり、ほんの少し不安げに問いかけてきた。だが、僕が大《だい》丈夫《じょうぶ》だと力強く言ってやると、こくりと頷《うなず》き、そしてまた歩き始めた。

生前に親が選んだものなのだろうか、白いレースのついた短い靴下も、ピンク色の小さな花がついた白い靴も、とても可愛《かわい》らしかった。

そして、外に出ると……。

そこには、河合と早川……。そして、驚いたことに、あと二人が、僕らを待っていた。

まだ若い男女である。彼らは早川の横で、手を取り合い、近づいていく僕らを強張《こわば》った面持《おもも》ちで見ていた。

「……あの人たちは？」

僕の問いに天本が答える前に、レイビが大きな声を上げた。黒い瞳《ひとみ》は、キラキラと光っている。

「パパ！　ママ！」

（……何だって？）

僕は吃驚《びっくり》して、思わず天本を見た。

「言ったでしょう。手配したと。あれが、この子のご両親です」

穏《おだ》やかな口調で、天本はそう言った。その言葉が嘘《うそ》でない証拠に、目の前の男女の目が驚愕《きょうがく》に見張られ、そしてやがて、顔全体が、クシャクシャに歪《ゆが》んでいく。

「レイビ……！」

「レイちゃん！」

やがて、両親の口から、同時に愛娘《まなむすめ》の名が放たれ……。レイビは、僕の手を握る手に力を込め、そして僕の顔を見上げて言った。

「あれが、レイビのパパとママだよ。……ずっと、まってたの」

「……うん」

「おにいちゃんが、つれてきてくれたの。ありがと」

「うん……」

僕は、それしかもう言えなかった。胸が詰まって、言葉がどこからも出てこなかったのだ。次の行動に移らなくては、と脳は言っているのに、身体《からだ》が金縛《かなしば》りのように動かなかった。その時……。

「龍村さん」

天本の声が、僕の背中をそっと押してくれたような気がした。

（……わかってる）

僕は、レイビの手を痛くない程度にギュッと握り返し、そして笑いかけてやった。

「レイビが会いたかったように、パパとママも、レイビに会いたかったってさ。……行っておいで」

「うん！」

レイビは元気よく返事をして、しかし、まだしばらく僕の顔を見つめていた。

「どうした？」

少女のぷっくりした頬《ほお》が、ちょっと揺れる。零《こぼ》れそうに大きな瞳《ひとみ》が、泣きそうに潤《うる》んでいた。

「……レイビ？」

小さな唇《くちびる》が、ゆっくりと動いた。か細い声が、ゆっくりと短い言葉を紡《つむ》ぎ出《だ》す。

「ば・い・ば・い」

（……え？）

ハッとした僕の手から、一瞬力が抜ける。その瞬間、レイビは駆《か》けだしていた。

両手を広げて待つ母親と、ただ泣《な》き濡《ぬ》れて立《た》ち尽《つ》くす父親に向かって。

まるでスローモーションで映像を見ているように、幼い少女は、髪を揺らしながら、跳ねるような足取りで走っていく。

そして……。

母親の胸にしっかりと抱きしめられたと思ったその時、少女の全身は、目も眩《くら》むような金色の光に包まれた。

「……！」

そこに居合わせた全員が、ハッと息を呑《の》む。

金色の光は、やがて輝く金色の砂となった。砂はゆっくりと渦を巻き、そして僕たちを淡く照らしつつ、ゆっくりと天に昇っていく。

やがて砂は、まるで黄砂が海を渡るように、夜空へと消え、見えなくなった。

放心して地面に座り込んだレイビの両親に、早川が歩み寄り、そして優しく声をかけた。

「お嬢さんの迷った魂は、ずっとご両親との思い出の場所で、迎《むか》えを待っていたのです。そして今、お母さんの胸に抱かれた魂は、安らぎを見いだし、天に還《かえ》ることができたのですよ」

早川の言葉が、本当なのかどうか、僕にはわからなかった。

だが、確かに彼女の魂は、空へと昇っていった。そして……少女の最後の言葉。

幼い彼女は、自分がそうなることを知っていたのだ。だから、僕に別れを告げたのだ。

——ば・い・ば・い。

あの澄んだ声が、夜風にのって聞こえたような気がした。

抱き合って啜《すす》り泣《な》くレイビの両親の姿を見ながら、僕もだんだん視界が滲《にじ》んでくるのを感じた。いつもなら必死で堪《こら》えるところだが、僕は、そうしなかった。ただ、涙が頬《ほお》を伝うに任せ、じっと立《た》ち尽《つ》くしていた。

僕たちはただそうして、少女が消えていった夜空を、しばらく見上げていた……。

＊　　＊

結局、レイビの両親が早川に連れられて去った後、河合と天本は、あらためてパストデイズ・ゾーン全体を「浄化」した。これで、園内の妖《あやか》しが、すべて退治されたことになる。

すべての作業が終了した後、河合は、目尻《めじり》にくっきりした皺《しわ》を寄せ、両手で僕と天本の頭を同時にぐりぐりと撫《な》でた。

「二人とも、ようやったな。……せやけど甘《あま》い。滅茶苦茶《めちゃくちゃ》甘いけど、今回は褒《ほ》めとく。何事も、結果オーライやからな」

河合らしい褒め言葉に、天本は心底嬉《うれ》しそうにはにかんだ。そして、僕も今度ばかりは、それを素直に受け取ることにしたのだった。

早川も、丁寧《ていねい》な労《ねぎら》いの言葉とともに、僕らをゲートの外まで見送ってくれた。

ほんのり明け始めた空の下、僕と天本は、早川と河合に別れを告げた。

「オレ、こっから早川さんと帰るしな。残りの旅行、楽しんでおいでや。……そんで、元気でやりや、龍村君。きっとオレら、いつかどっかでまた会うしな」

河合はそう言って、ニヤリと笑い、片手を差し出してきた。僕は、開けた車の窓越しに、その手をしっかりと握った。やはり、温かく、しなやかな手だった。

「ま、あんじょう気張《きば》って、ええ男になりや。オレみたいな」

「なりますよ。絶対に、河合さんよりいい男にね」

僕の答えに、河合はひゃひゃひゃひゃ、とおかしそうに笑い、手を放した……。


僕と天本は並んで車の後部座席に腰かけ、互いに別の窓から、早朝の町の風景を眺《なが》めていた。

身体《からだ》は疲労していたが、心は不思議《ふしぎ》なくらい穏《おだ》やかで、静かな悲しみに満たされていた。

「……ありがとうございます」

不意にそんなことを言って、天本が僕の肩にそっと片手を置いた。僕は、苦笑いして答える。

「ありがとうは、僕の台詞《せりふ》だろ？　あの子をきちんと送らせてくれて、ありがとうな」

そっぽを向いたままの天本の顔は見えなかったが、その表情を想像することは、決して難しいことではなかった。

「……いいえ。俺の良心を救ってくれたことに感謝します」

そう言って天本は、やっと僕のほうを見た。

想像したとおりの、完璧《かんぺき》な美貌《びぼう》をほんの少し左右非対称に崩した、照れ臭そうな笑顔でだった。

黙って頷《うなず》く僕に、天本はさらにこう言った。

「あんたは……得難《えがた》い友人ですよ、龍村さん」

「……え」

僕は、咄嗟《とっさ》に何も言えず、目を見開いたまま、天本の顔を穴が空くほど凝視《ぎょうし》してしまった。

天本は微《かす》かに目元を赤らめ、そして視線を逸《そ》らして言葉を継いだ。

「あんたが、俺を友達と思ってくれるなら……これからも」

続きは語らず、天本は置いた時と同じくらいそっと、僕の肩から手を放し、再び窓の外へ首を向けてしまった。

(友人……って言った……よな)

耳から入った言葉がジワジワ脳に沁《し》み込《こ》んでいくにつれ、僕の顔に、ゆっくりと笑みが広がっていく。

天本が、僕を友人と認めてくれたことが、嬉《うれ》しくて、気恥ずかしくて、そして誇らしかった。

「……当たり前だろ」

僕は照れ隠しに天本の後頭部を軽く小突き、そして腕組みしてシートにもたれ、目を閉じた。そうしていないと、背中がムズムズしていたたまれなかったのだ。

得難《えがた》い友人。

天本の言ってくれたその言葉を、僕は心の中で、こっそり天本に返した。

おそらくこれからの長い人生、僕たちはきっとこうしてやっていくのだ、と、何故《なぜ》かその時、僕はそう確信していた。

その後、僕らを結ぶ絆《きずな》は、ある事件をきっかけに無惨《むざん》に断ち切られ……しかし、心優しい少年の手で、再び強く結び直されることになる。

そんな波瀾万丈《はらんばんじょう》の未来が待ち受けていることを知る由《よし》もなかった僕らは、ただ清らかな朝の光を浴びる二人の少年だった……。

7

「ん……あれ？」

ずっと琴平《ことひら》君相手に、思い出話をしていたつもりだった。

しかし。気がつくと、僕は上半身だけをねじ曲げた妙な格好で枕《まくら》を抱き、布団《ふとん》を蹴散《けち》らかして寝転がっていた。

「いつの間にか……眠ってしまっていたんだな」

知らぬ間に、いつしか思い出の世界から夢の世界へと滑り込んでしまったらしい。

変な体勢で眠り込んでいたせいで、身体《からだ》の節々が鈍く痛んだ。

「うーむ……どこまで話したんだろう。全然記憶がないなあ」

僕はそのまま寝返りを打ち、布団の上に大の字になった。頭の上には、中国風のシャンデリアが下がっている。

首を巡《めぐ》らしてみると、隣の布団は、既に空っぽだった。とはいえ布団は畳《たた》まれておらず、琴平君の身体が入っていたとおぼしき空間が、掛け布団と敷き布団の間に筒状に残っている。

枕元《まくらもと》の目覚まし時計を見ると、既に九時過ぎだった。室内が明るいのも道理である。

「馬鹿みたいに寝ちまった」

僕は布団《ふとん》に片手をつき、気怠《けだる》く身を起こした。

琴平君が起きていることは自明の理だし、天本《あまもと》の奴《やつ》は、毎朝たいてい八時頃に起床する。もう二人とも、朝食を摂《と》っている時分だろう。

僕はジャージのままで客間を出て、居間の扉を開けた。大きな窓が開け放たれ、清浄な朝の光と爽《さわ》やかな冷たい空気が流れ込んでいる。

案《あん》の定《じょう》、台所から、天本と琴平君の声が聞こえてきた。

せっかくの会話を邪魔しないように、僕は注意深く足音を忍ばせて、そちらへ歩いていった。

台所の入り口からそっと覗《のぞ》くと、パジャマの上からガウンを引っかけた天本が、大きなボウルを抱えてコンロの前に立っていた。

天本がボウルの中の薄黄色《うすきいろ》のタネを玉じゃくしでフライパンに垂らすと、ジュウッという音とともに、甘《あま》い香りがあたりに立ちこめる。

どうやら天本の奴、ホットケーキを焼いているらしい。

同じくパジャマ姿の琴平君は、嬉《うれ》しそうに天本の背中にはりつき、フライパンの中を覗き込んでいる。

その微笑《ほほえ》ましい光景を乱すのは気が引けて、僕はそのまましばらく様子を窺《うかが》うことにした。

「おいしそう……。天本さんが朝ご飯作ってくれるなんて、久しぶりですね」

琴平君は天本の背中に柔らかそうな頰《ほお》をギュッと押しつけ、満面の笑顔を見せていた。

天本も、火加減に気を配りつつ、まんざらでもなさそうな口調で言う。

「珍しく、すっきり目が覚めたんだよ。……龍村《たつむら》さんも来ていることだし、きっちりした朝食を食わせようと思ったんだが……」

「起きてこないですねえ、龍村先生。起こしに行っちゃおうかな」

琴平君はそう言ったが、天本は穏《おだ》やかにそれを制止した。

「寝たいだけ寝かせておいてやれ。たまの休みだ、龍村さんもゆっくりしたいだろう」

「そっか……。きっと疲れてるんだ。だから……」

「だから？」

ホットケーキを鮮やかな手つきでひっくり返しながら、天本は怪訝《けげん》そうに訊《たず》ねる。琴平君は、クスクス笑いながら答えた。

「龍村先生ってばね、昨日話の途中で寝ちゃうんですよ！　僕、一生懸命聞いてたのに……。急に黙っちゃうから、どうしたのかと思ったら、ぐうぐう寝てるんだもの。……

あ！」

琴平君はハッとして口元を押さえたが、後の祭りである。天本の右眉《みぎまゆ》は、見る間に跳ね上がった。

「なるほど。……昨日、唐突《とうとつ》に客間で寝ると言いだしたのは、それが目的だったのか」

「えと……だって、龍村先生のお話、面白いんですよ」

「まったく、二人して何を喋《しゃべ》っていたんだ。どうせろくでもない話だろう。……ほら、できたぞ」

天本はブツブツ文句を言いながら、こんがりきつね色に焼けた大きなホットケーキを、琴平君の差し出す皿にのせた。

台所の小さなテーブルにそれを置き、スツールに腰かけた琴平君は、いかにも嬉《うれ》しそうに、ホットケーキにバターを塗り、たっぷりとメープルシロップをかけた。

大きく一切れ切って、口いっぱいに頬張《ほおば》る。まるで、頬袋《ほおぶくろ》にひまわりの種を詰め込んだ、ジャンガリアンハムスターのようだ。

「ふはんはいはらひや、はいへふおう」

……どうやら、「つまんない話じゃ、ないですよう」と言ったらしい。一瞬変な顔になった天本も、どうやら翻訳機能をフル活用したらしく、苦笑いしながらフライパンに新しいタネを流し込んだ。

「口の中の物がなくなってから話せ。で、何の話だって？」

「んー。美味《おい》しい！　外はカリッとしてて、中がふわふわ～」

　琴平君は、話すより目の前のホットケーキに集中したい様子である。しかし天本は、火を弱めると、フライパンをそのままにしてテーブルに両手をつき、琴平君の顔を覗《のぞ》き込《こ》んだ。

「こら。はぐらかすな。わざわざ俺を遠ざけて、龍村さんに何を訊《き》き出《だ》していたって？」

「だからあ、そんな、たいした話じゃないですよう」

「だったら言え。何だ？」

「うーん。そんなコワイ顔しなくても……」

　天本に睨《にら》まれて、琴平君は困ったように唸《うな》る。

　琴平君がどこまで話を聞いたのか僕にはわからないが、どちらにしても天本が、昨日の話の内容を聞いて、喜ぶとは思えない。

「えっとね……」

　しばらく考えていた琴平君の顔に、悪戯《いたずら》っぽい笑みが浮かぶ。……と、彼はちょっと腰を浮かし、天本の唇《くちびる》に、チュッと音を立てて、小さなキスをした。

「……！」

　不意をつかれた天本は、切れ長の目を見張り、わずかに身を引いたままで固まっている。

琴平君は、ニコッと笑って、挑むような口調で言った。

「ナイショ！」

「……こいつめ」

天本が片手を琴平君の後頭部に置き、ぐいとその小さな頭を自分のほうへ引き寄せたところまで見て、僕はそっと踵《きびす》を返した。

（……やれやれ。朝からご馳走《ちそう》さま、だな）

これ以上覗《のぞ》き見《み》を続けるのは、野暮というものだろう。僕には、出歯亀《でばがめ》になる気など毛頭ないのだ。

メープルシロップ味の、甘《あま》い甘いキスを堪能《たんのう》しているであろう二人を台所に残し、僕はそっとその場を引き上げることにした。

ついでに、居間のテーブルの上にちょこんと座っている羊《ひつじ》人形を、ヒョイと摑《つか》み上《あ》げて廊下に出る。

抗議するように、羊の柔らかい前足が、僕の手をぺしっと叩《たた》く。

このふわふわした感触は、昔のままだ。天本も琴平君も、この人形を……そしてその中に住む式神《しきがみ》を、とても大切にしているのだろう。

「邪魔者は去れ、だぜ、小一郎《こいちろう》」

僕は客間に入ると襖《ふすま》を閉め、布団《ふとん》の上にどっかと胡座《あぐら》をかいた。

枕元《まくらもと》に置いた羊《ひつじ》人形は、じっと沈黙を守っている。ここで人間の姿を現すべきか否《いな》か、考えているらしい。

昔は僕にまとわりついて甘《あま》えていたが、今はあからさまに僕を敬遠する小一郎である。おそらく、人間の姿を取れるようになり、天本のいちばんの式神《しきがみ》、そして琴平君の兄貴分の地位を確立した今、無邪気《むじゃき》かつ無防備だった赤ん坊時代を知る僕が、煙たかったり疎《うと》ましかったりするのだろう。

僕だってその気持ちはわからないでもないから、できるだけ小一郎を琴平君の前でかまわないよう、気をつけているつもりだ。

だが今朝は、昔のように、小一郎とのんびり過ごしてみたいような気がしていた。おそらくは、さっきまで見ていた夢のせいだろう。

僕は、指先で人形の頭をちょいと撫《な》で、ゴロリと横になった。

「ま、ここでゆっくりしていけよ、小一郎。昼飯の頃には、呼びに来るさ」

布団《ふとん》を被《かぶ》り、じっとしていると、山登りの要領で、羊人形がよじよじと腹の上に上がってくる。どうやら小一郎の奴《やつ》、羊の中に入ったままで、僕と朝寝を決め込むことにしたらしい。

もう眠れないだろうと思っていたが、こんなふうに障子《しょうじ》越しの柔らかい光の中で寝転がっていると、だんだん瞼《まぶた》が重くなってくる。

次に目を覚ます時に聞こえる声は、天本か、琴平君か……。

そんなことを考えながら、僕は再び、眠りの世界……過ぎ去った懐《なつ》かしい日々へ、僕らが本当の罪と闇《やみ》を知らなかった無邪気《むじゃき》な頃へと、戻っていった……。

あとがき

皆さんお元気でお過ごしでしょうか。椹野道流《ふしのみちる》です。

前作『忘恋奇談《ぼうれんきだん》』のあとがきで予告しておりましたとおり、ついに記念すべき十作目をお届けいたします。そして今回は、スペシャルバージョンとして、天本《あまもと》と龍村《たつむら》の高校時代、そして式神小一郎《しきがみこいちろう》のカワイイ赤ちゃん時代を書いてみました。いきおい、敏生《としき》は聞き役に徹することになるわけですが、そこは意外にちゃっかりさんな彼のこと、出番は少なくても、かなりオイシイ思いをしている模様です。ちょっといつもとテイストの違う、龍村一人称の奇談、お楽しみいただければ幸いです。

今回、第一話「石の蛤《はまぐり》」は、二年前に出しました同人誌「夢の中までも」に加筆・修正したものです。基本的に「同人誌として出したものは商業誌に転載しない」主義なのですが、如何《いかん》せん今回に限っては、天本と龍村の出会いを書いたこの作品を抜かしては、彼らの学生時代を描写することができません。同人誌を購入してくださった方々には申し訳ないのですが、どうぞご了承ください。

そして、第二話「人形の恋」及び第三話「約束の地」は、この本のための書き下ろしです。実は、商業誌で短編・中編を書くのは初めてだったので、かなり苦戦しました。短いほうが楽でしょ、と言われそうなのですが、長編と短編ではテンションの上げ方がまったく違うので、短くまとめようと思うと、かえって戸惑うことが多かったような気がします。でも、たいへん楽しい試みでした。今度はまた、誰かほかのキャラクターの一人称で書いてみたいです。……だけど、河合《かわい》師匠の一人称だけは、パス。書いているうちに、何だか眠くなっちゃいそうですから。

最近、特に小学生～高校生の読者さんから頂くお手紙の中に、「将来小説家になりたいのですが、どうしたらいいですか？」という質問がたくさんあって、かなり頭を悩ませています。

正直に言えば、「そんなのわかんない」のですが、それではあまりに愛想《あいそ》がないので、ない知恵を絞《しぼ》って一生懸命お返事することにしています。ですが結局、一言で言えば「小説を書くこと以外のことをたくさんしてください」ということになってしまうのです。

私は、「新人賞の獲《と》り方《かた》」も「各賞の傾向と対策」も研究しませんでした。ただ、自分の書きたかった小説を書いて、締め切りが近かった賞に応募しただけです。それをたまたま拾っていただき、素晴らしい担当さんと出会い、また優しい読者さんに恵まれて、ここまで何とか物書きとしてやってこられました。つまり私は、「小説家になりたかった」のではなく、「小説を書きたかった」人間なのです。そして、その気持ちは、小説家になった今も、少しも変わりません。

私に「小説を書きたい」と思わせてくれたのは、これまで生きていた中で出会った、たくさんの大好きな人たち、訪れた多くの場所、幼い頃に心ときめかせて読んだ本、そして学校で学んだ、当時は役に立つなんて少しも思わなかった様々な知識……そういった、自分を取り巻くすべてのものなのです。嬉《うれ》しいことも悲しいことも、好きなものも嫌いなものも、楽しいこともつらいことも、すべてが自分を強く、豊かに、そして大きく育ててくれたものばかりです。

だから、まだまだこれから「自分」を育てていかなくてはいけない学生さんたちに、私ができる唯一の助言は……「無駄《むだ》なことなんかない」これだけです。「小説家になりたい」という夢はもちろん素敵だし、書きたいと思うことが心に生まれたら、書いてみればいいと思います。ですが、小説家になるために小説を書くのではなく、まずは小説が書きたくなるような経験をいっぱいしてください。

後になってわかることなのですが、社会的に守られた立場で無茶《むちゃ》のできる十代というのは、本当に素敵な時代なのです。だから、好きなことも、ちょっと苦手なことも、とにかく何でも思いきってやってみてください。

上手《うま》くいったことはもちろん、穴があったら地核まで潜りたいような失敗も、世界の終わりみたいに感じる挫折《ざせつ》も、時が経《た》てば、自分を育ててくれた大切な記憶に変わるものです。少なくとも、かなり大人になってしまった今の私は、そう思います。

……と、何やらシリアスな話になってしまいましたが、一人一人にここまで長いお返事を書いていると、仕事が滞《とどこお》ってしまうので、ここでまとめてお答えさせていただきました。こんな感じで……いかがでしょうか？　それにしても、お手紙を読ませていただくと、いつも自分の学生時代を懐《なつ》かしく思い出します。あの頃は仲よしだったのに、今は遠く離れてしまった友達は、今頃どうしているのかな……。

さて、今回パソコンのキーを叩《たた》きながら延々と聴いていたのは、TIMESLIP-RENDEZVOUSの「OPEN THE GATE」です。私たちは人生でいったい幾《いく》つの門を開いていくんだろう、そんなことを考えつつ、原稿を書いていました。

一口に門を開けるといっても、うちの個性豊かなキャラクターたちにかかっては、その手段も様々。天本はきっと鍵《かぎ》を探し回る正統派、龍村は力任せに門扉を蹴破《けやぶ》り、小一郎と敏生は肩車で乗り越えようとし、そして河合師匠は、誰かが向こう側に行って鍵を開けてくれるのを待つ……。そんな感じでしょうか。私？　私は……うーん、落ちてた針金を鍵穴に差し込み……いやいやいやいや。

次作は、ついに京都《きょうと》へ怪獣敏生を上陸させてみようかと思っています。何故《なぜ》怪獣って……そりゃあ、京都には美味《おい》しいものがたくさんあるからです。食欲怪獣敏生を連れて、財布の危機に怯《おび》える天本……前作『忘恋奇談』に引き続き、天本は今回も受難の人なのでしょうか。嗚呼《ああ》。ほかの登場キャラクターは未定ですが、また賑《にぎ》やかな一作になることは間違いなしです。どうぞお楽しみに。……それにしても、天本が怪我《けが》をすると妙に喜ぶ方が多いのは、つくづく不思議《ふしぎ》です。主人公なのに……男前なのに……どうしてかしら。

いつものことですが、奇談の新作にだいたい合わせて、裏情報や読者さんのイラスト満載のペーパーを発行しています。ご希望の方は、「80円切手」および「宛名《あてな》シール（詳しくは『忘恋』あとがき参照）」をお手紙に同封してください。最新のペーパーをお送りいたします。私の仕事の都合で、あるいはかなりお待たせすることもあるかと思います。気長に待っていただけるかたのみご請求いただけますよう、また「お返事のお返事」は書けない状態ですので、切手と宛名シールの同封は、一作につき一通のみにしていただけますよう、よろしくお願いいたします（読む分には、何通でも本当にありがたく読ませていただいております）。次回ペーパーの予約等も、勝手ながらお断りさせていただいておりますす。どうぞご了承くださいませ。

また、手軽に私の近況や仕事の予定を知る手段として、インターネットのホームページがあります。友人のにゃんこさんが管理してくださっている「月世界大全」http://moon.wink.ac/にアクセスしていただければ、最も新しい情報がゲットできると思います。是非ご覧くださいね。


では最後に。

前作途中から担当代理をしてくださっている蒔田さん、しょっぱなから悪い子全開で申し訳ありませんでした。今回は……今回は、ちょっとマシ？　だといいんですが……。出先でお電話をいただくと、友人が「携帯持って直立不動になるのやめなよ……」と言うくらい、未《いま》だに緊張してしまう私です。今後とも、よろしくお願いいたします。

そして、イラストを担当してくださっている、あかまさん。『忘恋』の口絵、本当に素敵でした。特に師匠が……。余談ですが、あかまさんの原画プレゼントの企画を聞いた時、私は「アタシがほしいです～」と叫んでしまいました。すると、蒔田さんは爽《さわ》やかに「はがき書いてください」……鬼がおる……と思ったのは私の勘違いでしょうか……。はがき書いても、きっと当ててくれないだろうな……。超レアだもんな……と布団《ふとん》の端《はし》を噛《か》んでいじけている今日この頃です。本当に、いつも素敵な絵をありがとうございます。

というわけで、次作はおそらく年末にお届けすることができると思います。皆さんに新刊を抱えて二十一世紀に突入していただけますよう頑張《がんば》って書きますので、応援してくださいね。では、またお目にかかりましょう。

——皆さんの上に、幸運の風が吹きますように……。

槇野《ふしの》　道流《みちる》　九拝

当選者発表

前作『忘恋奇談』で実施した〝奇談シリーズ10冊記念・カラー原画プレゼント〟に、たくさんのご応募、ありがとうございました。

厳正な抽選の結果、

松原由香様（広島県）

が、当選となりました。
おめでとうございます。

椹野道流先生の『遠日奇談』、いかがでしたか？
椹野道流先生、イラストのあかま日砂紀先生への、みなさんのお便りをお待ちしております。
椹野道流先生へのファンレターのあて先
〒112-8001　東京都文京区音羽2-12-21　講談社　X文庫「椹野道流先生」係
あかま日砂紀先生へのファンレターのあて先
〒112-8001　東京都文京区音羽2-12-21　講談社　X文庫「あかま日砂紀先生」係

N.D.C.913　406p　15cm

椹野道流（ふしの・みちる）

講談社X文庫

2月25日生まれ。魚座のO型。兵庫県出身。某医科大学法医学教室在籍。望まずして事件や災難に遭遇しがちな「イベント招喚者」体質らしい。甘い物と爬虫類と中原中也が大好き。
主な作品に『人買奇談』『泣赤子奇談』『八咫烏《やたがらす》奇談』『倫敦《ロンドン》奇談』『幻月奇談』『龍泉奇談』『土蜘蛛奇談』（上・下）『景清奇談』『忘恋奇談』がある。

white heart

遠日《えんじつ》奇談《きだん》

椹野《ふしの》道流《みちる》

●

2000年8月5日　第1刷発行
2002年2月15日　第2刷発行
定価はカバーに表示してあります。
発行者――野間佐和子
発行所――株式会社 講談社
東京都文京区音羽2-12-21 〒112-8001
電話 編集部 03-5395-3507
販売部 03-5395-5817
業務部 03-5395-3615
本文印刷―豊国印刷株式会社
製本―――株式会社若林製本工場
カバー印刷―半七写真印刷工業株式会社
デザイン―山口　馨

ISBN4-06-255496-8　（X庫）

講談社X文庫ホワイトハート・FT&NEO伝奇小説シリーズ

法廷士グラウベン　彩穂ひかる
第6回ホワイトハート大賞《期待賞》受賞作!!（絵・丹野　忍）

消えた王太子　法廷士グラウベン　彩穂ひかる
ジャンヌ・ダルクと決闘！　危うし法廷士!!（絵・丹野　忍）

ケルンの聖女　法廷士グラウベン　彩穂ひかる
ドイツの運命——美貌の法廷士が裁く！（絵・丹野　忍）

瑠璃色ガーディアン　魔都夢幻草紙　池上　颯
キッチュ！　痛快！　ハイパー活劇登場!!（絵・青樹　總）

ヴァーミリオンの盟約　魔都夢幻草紙　池上　颯
怪異・魔事から江戸を守るハイパー活劇！（絵・青樹　總）

降魔美少年　岡野麻里安
光と闇のサイキック・アクション・ロマン開幕!!（絵・藤崎一也）

青の十字架　降魔美少年2　岡野麻里安
謎の美少年が咲也を狙う理由とは…!?（絵・藤崎一也）

海の迷宮《ラビリンス》　降魔美少年3　岡野麻里安
咲也をめぐり運命の歯車が再び回る!!（絵・藤崎一也）

カインの末裔　降魔美少年4　岡野麻里安
光と闇のサイキック・ロマン第四幕！（絵・藤崎一也）

審判の門　降魔美少年5　岡野麻里安
最後の死闘に挑む咲也と亮の運命は!?（絵・藤崎一也）

蘭の契り　岡野麻里安
妖《あやかし》と縛魔師の戦いに巻き込まれた光は……!?（絵・麻々原絵里依）

龍神の珠　蘭の契り2　岡野麻里安
光は縛魔師修行のため箱根の山中へ……。（絵・麻々原絵里依）

銀色の妖狐　蘭の契り3　岡野麻里安
光と千晶。命を賭した最終決戦の幕が上がる。（絵・麻々原絵里依）

桜を手折るもの　岡野麻里安
〈桜守〉vs.魔族——スペクタクル・バトル開幕！（絵・高群　保）

闇の褥《しとね》　桜を手折るもの　岡野麻里安
見る者を不幸にする、真夏に咲く桜の怪！（絵・高群　保）

桜の喪失　桜を手折るもの　岡野麻里安
桜の聖域にむかった隼人に、新たな試練が！（絵・高群　保）

桜の原罪　桜を手折るもの　岡野麻里安
〈桜守〉と魔族とのスペクタクル・バトル最終章！（絵・高群　保）

七星の陰陽師　岡野麻里安
落ちこぼれ美少年陰陽師、七瀬《ななせ》藤也《とうや》、登場！（絵・碧也ぴんく）

石像はささやく　小沢　淳
石像に埋もれた街で、リューとエリーは!?（絵・中川勝海）

月の影　影の海上　十二国記　小野不由美
海に映る月の影に飛びこみ抜け出た異界！（絵・山田章博）

講談社X文庫ホワイトハート・FT&NEO伝奇小説シリーズ

月の影　影の海[下]　十二国記　小野不由美
私の故国は異界《ここ》——陽子の新たなる旅立ち！（絵・山田章博）

風の海　迷宮の岸[上]　十二国記　小野不由美
王を選ぶ日が来た——幼き神の獣の逡巡！（絵・山田章博）

風の海　迷宮の岸[下]　十二国記　小野不由美
幼き神獣——麒麟《きりん》の決断は過《あやま》ちだったのか!?（絵・山田章博）

東の海神《わだつみ》　西の滄海　十二国記　小野不由美
海のむこうに、幸福の国はあるのだろうか!?（絵・山田章博）

風の万里　黎明の空[上]　十二国記　小野不由美
三人のむすめが辿る、苦難の旅路の行方は!?（絵・山田章博）

風の万里　黎明の空[下]　十二国記　小野不由美
慟哭《くるしみ》のなかから旅立つ少女たちの運命は!?（絵・山田章博）

図《と》南《なん》の翼　十二国記　小野不由美
恭国《きょうこく》を統《す》べるのは私！　珠《しゅ》晶《しょう》、十二歳の決断。（絵・山田章博）

黄昏《たそがれ》の岸　暁の天《そら》[上]　十二国記　小野不由美
帰らぬ王、消えた麒麟《きりん》——戴国《たいこく》の行方は!?（絵・山田章博）

黄昏《たそがれ》の岸　暁の天《そら》[下]　十二国記　小野不由美
戴国《たいこく》を救うため、麒麟《きりん》たちが尭天《ぎょうてん》に集う！（絵・山田章博）

華《か》胥《しょ》の幽夢《ゆめ》　十二国記　小野不由美
十二国の歴史を彩る珠玉の短編集!!（絵・山田章博）

悪夢の棲む家[上]　ゴースト・ハント　小野不由美
「誰か」が覗《のぞ》いている…不可解な恐怖の真相!!（絵・小林瑞代）

悪夢の棲む家[下]　ゴースト・ハント　小野不由美
運命の日——過去の惨劇がふたたび始まる!!（絵・小林瑞代）

過ぎる十七の春　小野不由美
「あの女《ひと》」が迎えにくる…。戦慄の本格ホラー！（絵・波津《はつ》彬子《あきこ》）

緑の我が家Home, Green Home　小野不由美
迫る恐怖。それは嫌がらせか？　死への誘《いざな》い!?（絵・山内直実）

修羅々　梶　研吾
漫画界の人気作家が挑む渾身のハード・ロマン!!（絵・高橋ツトム）

天使の囁《ささや》き　小早川恵美
近未来ファンタジー、新世紀の物語が始まる！（絵・赤美潤一郎）

天使の慟哭　小早川恵美
人間vs.亜種——戦いは避けられないのか!?（絵・赤美潤一郎）

足のない獅子　駒崎　優
中世英国、誰よりも輝く若者がいた…。（絵・岩崎美奈子）

裏切りの聖女　足のない獅子　駒崎　優
中世英国、二人の騎士見習いの冒険譚！（絵・岩崎美奈子）

一角獣は聖夜に眠る　足のない獅子　駒崎　優
皆が待つワイン商を殺したのは誰だ!?（絵・岩崎美奈子）

講談社X文庫ホワイトハート・FT&NEO伝奇小説シリーズ

火蜥蜴《サラマンダー》の生まれる日 足のない獅子　駒崎　優
妖艶な錬金術師の正体を暴け——!!（絵・岩崎美奈子）

豊穣の角 足のない獅子　駒崎　優
迷い込んだ三人の赤ん坊をめぐって大騒動！（絵・岩崎美奈子）

麦の穂を胸に抱き 足のない獅子　駒崎　優
ウェールズ進攻の国王軍に入った二人は……。（絵・岩崎美奈子）

狼と銀の羊 足のない獅子　駒崎　優
教会に大陰謀！　ジョナサンの身に危機が!?（絵・岩崎美奈子）

開かれぬ鍵　抜かれぬ剣 上　駒崎　優
ローマ教皇の使者が来訪。不吉な事件が勃発！（絵・岩崎美奈子）

開かれぬ鍵　抜かれぬ剣 下　駒崎　優
リチャードの兄、来訪の隠された意図とは!?（絵・岩崎美奈子）

晴れやかな午後の光 足のない獅子　駒崎　優
心暖まる読後感——珠玉の短編集!!（絵・岩崎美奈子）

水仙の清姫　紗々亜璃須
第6回ホワイトハート大賞優秀賞受賞作！（絵・井上ちよ）

寒椿の少女　紗々亜璃須
五十も離れた男の妾に望まれた少女の運命は!?（絵・井上ちよ）

此君の戦姫　紗々亜璃須
「貴女を迎えにきました」…使者の正体は？（絵・井上ちよ）

沈丁花の少女 崑崙秘話　紗々亜璃須
妖力によって眠らされた、美姫の運命は!?（絵・井上ちよ）

牡丹の眠姫 崑崙秘話　紗々亜璃須
残酷な過去の真相を知らされた瑞香は……!?（絵・井上ちよ）

風の娘 崑崙秘話　紗々亜璃須
華林&瑞香vs.狐精、最終決戦！　三部作完結編！（絵・井上ちよ）

紅の鳥　銀の麒麟《きりん》 上　紗々亜璃須
鳳凰族《ほうおうぞく》の神女が人界で体験する恋と友情!!（絵・井上ちよ）

紅の鳥　銀の麒麟 下　紗々亜璃須
人界へ赴いた神女・里灯《りとう》が出した恋の結論は!?（絵・井上ちよ）

英国妖異譚　篠原美季
第8回ホワイトハート大賞《優秀作》！（絵・かわい千草）

嘆きの肖像画 英国妖異譚2　篠原美季
呪《のろ》われた絵画にユウリが使った魔術とは!?（絵・かわい千草）

とおの眠《ねぶ》りのみなめさめ　紫宮　葵
第7回ホワイトハート大賞《大賞》受賞作！（絵・加藤俊章）

黄金《きん》のしらべ　蜜の音　紫宮　葵
蠱惑の美声に誘われ、少年は禁断の沼に…。（絵・加藤俊章）

傀儡《くぐつ》覚醒　鷹野祐希
第6回ホワイトハート大賞《佳作》受賞作!!（絵・九後　虎）

講談社X文庫ホワイトハート・FT&NEO伝奇小説シリーズ

傀儡喪失 鷹野祐希
すれ違う海生《かいせい》と菜樹《なみき》に、五鬼衆の新たな罠が。(絵・九後 虎)

傀儡迷走 鷹野祐希
亡霊に捕われた菜樹は脱出できるのか⁉(絵・九後 虎)

傀儡自鳴 鷹野祐希
菜樹は宇津保のあるべき姿を模索し始める。(絵・九後 虎)

傀儡解放 鷹野祐希
ノンストップ伝奇ファンタジー、堂々完結!(絵・九後 虎)

FW(フィールドワーカー)猫の棲む島 鷹野祐希
祟り? 呪い? 絶海の孤島のオカルトロマン!(絵・九後奈緒子)

セレーネ・セイレーン とみなが貴和
第5回ホワイトハート大賞《佳作》受賞作!!(絵・楠本祐子)

EDGE《エッジ》 とみなが貴和
私には犯人が見える…天才心理捜査官《プロファイラー》登場!(絵・沖本秀子)

EDGE2 ~三月の誘拐者~ とみなが貴和
天才犯罪心理捜査官が幼女誘拐犯を追う!(絵・沖本秀子)

EDGE3 ~毒の夏~ とみなが貴和
都会に撒かれる毒。姿の見えない相手に錬摩は⁉(絵・沖本秀子)

銀闇を抱く娘 鎌倉幻譜 中森ねむる
少女が消えた! 鎌倉を震撼させる真相は⁉(絵・高橋 明)

冥《くら》き迷いの森 鎌倉幻譜 中森ねむる
人と獣の壮絶な伝奇ファンタジー第2弾!(絵・高橋 明)

果てなき夜の終わり 鎌倉幻譜 中森ねむる
翠と漆黒の獣とを結ぶ真相が明かされる⁉(絵・高橋 明)

半妖の電夢国 電影戦線1 流 星香
電脳世界のアクション・アドベンチャー開幕!!(絵・片山 愁)

思慕回廊の幻 電影戦線2 流 星香
電夢界の歯車が、再び回りはじめる!!(絵・片山 愁)

優艶の妖鬼姫 電影戦線3 流 星香
新たな魔我珠は、入手できるのか…⁉(絵・片山 愁)

うたかたの魔郷 電影戦線4 流 星香
姫夜叉を追う一行の前に新たな試練が!!(絵・片山 愁)

月虹の護法神 電影戦線5 流 星香
少年たちの電脳アクション、怒濤の第5弾!(絵・片山 愁)

魔界門の羅刹 電影戦線6 流 星香
少年たちの電脳アドベンチャー衝撃の最終巻。(絵・片山 愁)

電影戦線スピリッツ 流 星香
新たなサイバースペースに殴り込みだ!(絵・片山 愁)

ゴー・ウエスト 天竺漫遊記1 流 星香
伝説世界を駆ける中国風冒険活劇開幕!!(絵・北山真理)

講談社X文庫ホワイトハート・FT&NEO伝奇小説シリーズ

スーパー・モンキー 天竺漫遊記2　流 星香
三蔵法師一行、妖怪大王・金角銀角と対決!!（絵・北山真理）

モンキー・マジック 天竺漫遊記3　流 星香
中国風冒険活劇第3弾。孫悟空奮戦す！（絵・北山真理）

ホーリー&ブライト 天竺漫遊記4　流 星香
えっ、三蔵が懐妊!?　中国風冒険活劇第四幕。（絵・北山真理）

ガンダーラ 天竺漫遊記5　流 星香
天竺をめざす中国風冒険活劇最終幕!!（絵・北山真理）

黒蓮の虜囚 プラパ・ゼータ ミゼルの使徒1　流 星香
待望の「プラパ・ゼータ」新シリーズ開幕！（絵・飯坂友佳子）

彩色車《カレット》の花 プラパ・ゼータ ミゼルの使徒2　流 星香
人気ファンタジックアドベンチャー第2弾。（絵・飯坂友佳子）

蒼海の白鷹《しろたか》 プラパ・ゼータ ミゼルの使徒3　流 星香
海に乗り出したミゼルの使徒たちの運命は!?（絵・飯坂友佳子）

雪白の古城 プラパ・ゼータ ミゼルの使徒4　流 星香
陸路を行くジェイたち。古城には魔物が……。（絵・飯坂友佳子）

見つめる眼 真・霊感探偵倶楽部　新田一実
〝真〟シリーズ開始。さらにパワーアップ！（絵・笠井あゆみ）

闇より迷い出ずる者 真・霊感探偵倶楽部　新田一実
綺麗な男の正体は変質者か、それとも!?（絵・笠井あゆみ）

疾走《はし》る影 真・霊感探偵倶楽部　新田一実
暴走する〝幽霊自動車〟が竜憲&大輔に迫る！（絵・笠井あゆみ）

冷酷な神の恩寵 真・霊感探偵倶楽部　新田一実
人気芸能人の周りで謎の連続死。魔の手が迫る！（絵・笠井あゆみ）

愚か者の恋 真・霊感探偵倶楽部　新田一実
見知らぬ老婆と背後霊に脅える少女の関係は？（絵・笠井あゆみ）

死霊の罠 真・霊感探偵倶楽部　新田一実
奇妙なスプラッタビデオの謎を追う竜憲が!?（絵・笠井あゆみ）

鬼の棲む里 真・霊感探偵倶楽部　新田一実
大輔が陰陽の異空間に取り込まれてしまった。（絵・笠井あゆみ）

夜が囁《ささや》く 真・霊感探偵倶楽部　新田一実
携帯電話への不気味な声がもたらす謎の怪死事件。（絵・笠井あゆみ）

紅い雪 真・霊感探偵倶楽部　新田一実
存在しない雪山の村に紅く染まる怪異の影！（絵・笠井あゆみ）

緑柱石 真・霊感探偵倶楽部　新田一実
目玉を抉られる怪事件の真相は!?（絵・笠井あゆみ）

月虹が招く夜 真・霊感探偵倶楽部　新田一実
妖怪や魔物が跳梁跋扈する真シリーズ11弾！（絵・笠井あゆみ）

黄泉に還る 真・霊感探偵倶楽部　新田一実
シリーズ完結！　竜憲、大輔はどこへ？（絵・笠井あゆみ）

講談社X文庫ホワイトハート・FT&NEO伝奇小説シリーズ

花を愛でる人　姉崎探偵事務所　新田一実
記憶から消えた二人。新たなる旅立ち！　（絵・笠井あゆみ）

ムアール宮廷の陰謀　女戦士エフェラ&ジリオラ①　ひかわ玲子
二人の少女の出会いが帝国の運命を変えた！　（絵・米田仁士）

グラフトンの三つの流星　女戦士エフェラ&ジリオラ②　ひかわ玲子
興亡に巻きこまれた、三つ子兄妹の運命は⁉　（絵・米田仁士）

妖精界の秘宝　女戦士エフェラ&ジリオラ③　ひかわ玲子
ジリオラとヴァンサン公子の体が入れ替わる⁉　（絵・米田仁士）

紫の大陸ザーン㊤　女戦士エフェラ&ジリオラ④　ひかわ玲子
大海原を舞台に、女戦士の剣が一閃する‼　（絵・米田仁士）

紫の大陸ザーン㊦　女戦士エフェラ&ジリオラ⑤　ひかわ玲子
空飛ぶ絨緞に乗って辿り着いたところは…⁉　（絵・米田仁士）

オカレスク大帝の夢　女戦士エフェラ&ジリオラ⑥　ひかわ玲子
ジリオラが、ついにムアール帝国皇帝に即位⁉　（絵・米田仁士）

天命の邂逅　女戦士エフェラ&ジリオラ⑦　ひかわ玲子
双子星として生まれた二人に、別離のときが⁉　（絵・米田仁士）

星の行方　女戦士エフェラ&ジリオラ⑧　ひかわ玲子
感動のシリーズ完結編！　改題・加筆で登場。　（絵・米田仁士）

グラヴィスの封印　真ハラーマ戦記①　ひかわ玲子
ムアール辺境の地に怪事件が巻き起こる‼　（絵・由羅カイリ）

黒銀の月乙女　真ハラーマ戦記②　ひかわ玲子
帝都の祝祭から戻った二人に新たな災厄が⁉　（絵・由羅カイリ）

漆黒の美神　真ハラーマ戦記③　ひかわ玲子
〈闇〉に取り込まれたルファーンたちに光は⁉　（絵・由羅カイリ）

青い髪のシリーン㊤　ひかわ玲子
狂王に捕らわれたシリーン少年の運命は⁉　（絵・有栖川るい）

青い髪のシリーン㊦　ひかわ玲子
シリーンは、母との再会が果たせるのか⁉　（絵・有栖川るい）

暁の娘アリエラ㊤　ひかわ玲子
〝エフェラ&ジリオラ〟シリーズ新章突入！　（絵・ほたか乱）

暁の娘アリエラ㊦　ひかわ玲子
ベレム城にさらわれたアリエラに心境の変化が⁉　（絵・ほたか乱）

人買奇談　椹野道流《ふしのみちる》
話題のネオ・オカルト・ノヴェル開幕‼　（絵・あかま日砂紀）

泣赤子奇談　椹野道流
姿の見えぬ赤ん坊の泣き声は、何の意味⁉　（絵・あかま日砂紀）

八咫烏《やたがらす》奇談　椹野道流
黒い鳥の狂い羽ばたく、忌まわしき夜。　（絵・あかま日砂紀）

倫敦《ロンドン》奇談　椹野道流
美代子に請われ、倫敦を訪れた天本と敏生《としき》は⁉　（絵・あかま日砂紀）

講談社X文庫ホワイトハート・FT&NEO伝奇小説シリーズ

幻月奇談　あの人は死んだ。最後まで私を拒んで。（絵・あかま日砂紀）　椹野道流

龍泉奇談　伝説の地・遠野でシリーズ最大の敵、登場！（絵・あかま日砂紀）　椹野道流

土蜘蛛奇談〔上〕　少女の夢の中、天本と敏生のたどりつく先は!?（絵・あかま日砂紀）　椹野道流

土蜘蛛奇談〔下〕　安倍晴明は天本なのか。いま彼はどこに!?（絵・あかま日砂紀）　椹野道流

景清奇談　絵に潜む妖《あやか》し。女の死が怪現象の始まりだった。（絵・あかま日砂紀）　椹野道流

忘恋奇談　天本が敏生に打ち明けた苦い過去とは……。（絵・あかま日砂紀）　椹野道流

遠日奇談　初の短編集。天本と龍村の出会いが明らかに！（絵・あかま日砂紀）　椹野道流

蔦《つた》蔓《かずら》奇談　闇を切り裂くネオ・オカルトノベル最新刊！（絵・あかま日砂紀）　椹野道流

童子切奇談　京都の街にあの男が出現！　天本、敏生は奔る！（絵・あかま日砂紀）　椹野道流

雨衣奇談　奇跡をありがとう――天本、敏生ベトナムへ！（絵・あかま日砂紀）　椹野道流

嶋子奇談　龍村――秘められた幼い記憶が蘇る……。（絵・あかま日砂紀）　椹野道流

堕落天使　人間vs.天使の壮絶バトル!!　新シリーズ開幕。（絵・二越としみ）　星野ケイ

天使降臨　君は、僕のために空から降りてきた天使！（絵・二越としみ）　星野ケイ

天使飛翔　天使の生態研究のため、ユウが捕獲された!?（絵・二越としみ）　星野ケイ

爆烈天使　JJ、なぜそんなに、俺を避けるんだ……!?（絵・二越としみ）　星野ケイ

天使昇天　達也たち四人の行く手には別れが!?　完結編。（絵・二越としみ）　星野ケイ

クリスタル・ブルーの墓標　私設諜報ゼミナール　政府からのミッションに挑む新シリーズ!!（絵・大峰ショウコ）　星野ケイ

胡蝶《こちょう》の島　私設諜報ゼミナール　学習塾が離島で強化合宿！　……真相は!?（絵・大峰ショウコ）　星野ケイ

斎《いつき》姫《ひめ》異《い》聞《ぶん》　第5回ホワイトハート大賞《大賞》受賞作!!（絵・浅見　侑）　宮乃崎桜子

月光真珠　斎姫異聞　闇の都大路に現れた姫宮そっくりの者とは!?（絵・浅見　侑）　宮乃崎桜子

講談社X文庫ホワイトハート・FT&NEO伝奇小説シリーズ

六花風舞《りっかかぜにまう》 斎姫異聞　宮乃崎桜子
〈神の子〉と崇められ女たちを喰う魔物出現。（絵・浅見 侑）

夢幻調伏《むげんちょうぶく》 斎姫異聞　宮乃崎桜子
夢魔の見せる悪夢に引き裂かれる宮と義明《よしあきら》。（絵・浅見 侑）

満天星降《まんてんにほしのふる》 斎姫異聞　宮乃崎桜子
式神たちの叛乱に困惑する宮に亡者の群れが。（絵・浅見 侑）

暁闇新皇《あかときやみのしんのう》 斎姫異聞　宮乃崎桜子
将門の怨霊復活に、震撼する都に宮たちは⁉（絵・浅見 侑）

燐火鎮魂《りんかたましずめ》 斎姫異聞　宮乃崎桜子
恋多き和泉式部に取り憑いたのは……妖狐⁉（絵・浅見 侑）

諒闇無明《りょうあんむみょう》 斎姫異聞　宮乃崎桜子
内裏の結界を破って、性空上人の霊が現れた。（絵・浅見 侑）

陽炎羽交《かげろうにはねをかわす》 斎姫異聞　宮乃崎桜子
義明に離別を言い渡した宮。その波紋は…⁉（絵・浅見 侑）

花衣花戦《はなのえはないくさ》 斎姫異聞　宮乃崎桜子
中宮彰子懐妊で内心複雑な宮に、新たな敵が！（絵・浅見 侑）

宝珠双璧《ほうじゅにたまをならぶ》 斎姫異聞　宮乃崎桜子
邪神は、〈神の子〉宮を手に入れんとするが⁉（絵・浅見 侑）

天離熾火《あまさかるおきび》 斎姫異聞　宮乃崎桜子
黄泉《よみ》に行けず彷徨《さまよ》う魂。激闘の果てに義明が⁉（絵・浅見 侑）

斎庭穂垂《いつきにわにほのたれる》 斎姫異聞　宮乃崎桜子
宮の躰《からだ》を己の器にと狙う邪神の新たな陰謀は⁉（絵・浅見 侑）

偽りのリヴァイヴ ゲノムの迷宮　宮乃崎桜子
辺境の星ぼしで武と倭の冒険が始まった！（絵・禾《みずかね》りょう）

月のマトリクス ゲノムの迷宮　宮乃崎桜子
廃墟の都市を甦らせる〝人柱〟に選ばれたのは。（絵・禾《みずかね》りょう）

緑のナイトメア ゲノムの迷宮　宮乃崎桜子
新たな目的地は、突然森林が出現した氷の惑星。（絵・禾《みずかね》りょう）

ホワイトハート大賞募集中!

ホワイトハートでは、広く読者の方から、
小説の原稿を募集しています。大賞受賞作品は、
ホワイトハート文庫の１冊として出版いたします。
ふるってご応募ください。

★　★　★

大賞　賞状と副賞100万円
およびび受賞作の出版のさいの印税

佳作　賞状と副賞50万円

応募の方法は、ホワイトハート文庫の
新刊の巻末にあります。